世界文學
經典名作

死神之眼

THE EYE OF OSIRIS
RICHARD AUSTIN FREEMAN

理查・奧斯汀・傅里曼 著

奥斯汀．弗里曼是位驚人的表演家，在同類作品的創作中——沒有敵手！

——美國推理大師　雷蒙德．錢德勒

沒有哪位推理小說作家可以像弗里曼這樣有影響力，他的推理小說催生了美國警察科學辦案體制的問世。

——世界著名推理小說評論家　霍華德．海格拉夫

本書簡介

考古學家約翰・伯林漢前往埃及進行考古探險，帶回一大批極其珍貴的文物，其中最引人矚目的是一具珍貴的木乃伊，和一整組的陪葬品。伯林漢準備將其中的一部分捐贈給大英博物館，他在和律師一起當著大英博物館館長的面對木乃伊進行了檢查後，動身前往親戚家拜訪。然而從此他卻神祕失蹤了，再也不見其蹤影了。

沒有人看到他離開，他寄存在火車站的行李也沒有人領取，而更加離奇的是，他經常佩帶的錶鏈上的聖甲蟲飾品，竟然落在了他弟弟家的草坪上，具人類屍體的殘骸碎骨在泥潭、水田中陸續驚現……所有這一切，給人們留下了一個難解之謎——伯林漢去了何處？他的人間蒸發與那具充滿神祕色彩的木乃伊，又有著怎樣的關係？是千年法老的詛咒顯靈？還是一個不可知的陰謀正在進行呢？

理查・奧斯汀・傅里曼（R. Austin Freeman），英國著名推理作家。生於倫敦蘇活區的一個裁縫之家，18歲進入米德爾・塞克斯醫院學習醫學。畢業之後遠赴非洲黃金海岸的英國殖民地，擔任外科醫生。七年後因健康原因回國，轉而開始文學創作。開始撰寫了一本頗受好評的遊記，不久與友人合作以克里福德．阿什當為筆名，創作了一系列犯罪小說，之後開始獨立創作。弗里曼開創了「反敘述式小說」的先河，他憑藉自己專業的法醫學知識與獨特的寫作技巧，創作了「法醫神探．宋戴克」，風靡全世界，而宋戴克經典形象的塑造也讓弗里曼享譽文壇。在弗里曼的小說中，讀者似乎已經知曉了真正的凶手，但懸疑的趣味卻絲毫不受影響，因為隨著對犯罪過程的逐步揭露、層層還原，更加引人入勝。這種形式本身，就是作者所追求的「實驗精神」。《死神之眼》是其最具代表性的作品之一。

CONTENTS · 目錄

法老的信徒

對於聖瑪格莉特醫院附屬學院而言，法醫專業——有時也稱醫事法律學專業——能夠擁有優秀的講師是件十分幸運的事情，因為在某些學校，教這門課的通常都是在其他學科混不下去的教師。可是在我們這裡，情況則大不一樣：擔任講師的約翰．艾文林．宋戴克先生，不但學識淵博、熱心助人，而且還是位稱職的教師；講起課來神采飛揚、激情澎湃；授課內容也豐富有趣，對於許多曾見諸於報端的著名案例，他都頗有研究；一切帶有法醫學意義的知識——不管是化學、物理學還是生物學，甚至是歷史學——哪怕只是有著很細微的聯繫，都會被他納入研究的範疇；至於他那些離奇古怪的親身經歷，則更是數不勝數。當他像這樣將所有的精力都投注到對乏味的死亡議題的研究上時，他最拿手的一種講課方式就是，分析和評論報刊上登載的某些案例（當然了，他的講述總是兼顧合法性與著作權的）——也正因為如此，我才會一頭栽進一連串的、驚世駭俗的事件中去，讓我的生活也跟著發生了巨大的變化。

剛剛結束的一堂課，討論的是有關生存者財產權的問題，內容有點枯燥。大部分學生都已離開了教室，那些留下來的則聚到講台前，圍著那位倚在桌邊、手上夾著粉筆，在黑板上寫下授課重點的宋戴克博士，聚精會神地聽他以閒聊的方式隨性發表的評論。

「有關生存者財產權的問題，」他就一個學生提出的問題作著解釋，「一般出現在當事人的屍體被發現，或者能夠判定其死亡時間——大概能得出其死亡時間的案子裡。可是如果當事人的屍體沒有被發現，而必須依靠旁證加以判定其死亡事實時，問題就出現了。

「當然了，這個時候的關鍵點就落在，如何確定當事人是在什麼時候嚥氣的。而要弄清楚這一問題，很多時候就要靠一些十分細瑣且不易被發覺的線索來加以佐證。比如，像今天報紙上刊登的一則新聞就剛好能夠說明這一問題：一位紳士神祕失蹤了。在此之前，最後一個看到他的人，是他曾拜訪過的一位親戚家的女僕。好了，假如這位紳士到此就不再露面了——不管是活著、還是已經死了——那麼，除了要弄清楚他活著的最後時刻外，還要注意另一個問題，那就是：當他去拜訪那位親戚的時候，身上是否佩帶了珠寶首飾？」

他停了下來，盯著手中的粉筆，好像在思索著什麼問題。突然，彷彿又察覺到了我們熱切的好奇，繼續說道：「可以說，這起案件十分蹊蹺，甚至是異常複雜的。倘若一定要訴諸法律的話，恐怕會非常難辦。這位失蹤的紳士——約翰．伯林漢先生，在考古界可是一位非常有名的人物。前不久他從埃及回到國內，並帶回了一批異常珍貴的文物，還將一部分——包括一具非常貴重的木乃伊和一整套的陪葬品——捐給了大英博物館，目前尚在展出。辦理完捐贈手續後，他好像就準備到巴黎談生意。不過在他動身前往巴黎的時候，那批陪葬品還沒有運抵國門，而那具木乃伊則已經被送到了伯林漢先生的家。10月14日那天，大英博物館的諾巴瑞博士在伯林漢先生和他的代理律師面前對木乃伊進行了仔細地檢查。這名律師已經獲得授權，當那批陪葬品抵達後，他要將它們轉交給大英博物館；這樣任務就算完成了。

「據說他在11月23日從巴黎回來，然後直接趕到了住在查令十字街的親戚家，一位單身住在艾爾森的赫伯特先生那兒。他在下午5點20分到達那裡，但此時赫伯特先生還在回家的路上，而且他要在5點45分才會到達。因此他便向僕人介紹自己，並且說他想在書房等赫伯特先生回來，順便再寫幾封信。於是女僕便將他帶進書房，還為他準備好了紙和筆，然後就離開了。

「5點45分，赫伯特先生回來了。他用彈簧鎖鑰匙把大門打開，女僕還沒來得及向他通報說有客人，他就徑直走進了書房，並且順手把門關上了。

「6點整，晚餐鈴響了，赫伯特先生獨自一人走進餐廳。當他看到餐桌上擺著兩人用的餐具時，女僕解釋道：『我還以為伯林漢先生會留下和你共進晚餐呢，先生。』

「『伯林漢先生？』赫伯特先生驚愕地大叫，『他來過嗎？我怎麼不知道他來了，你為什麼沒向我通報？』

「『但是我以為他同你一起在書房裡呀，先生！』女僕委屈地說。

「然後，他們找遍了整個書房，卻沒發現半個人影。難道伯林漢先生就這樣消失了？更加奇怪的是，這名女僕十分肯定地說伯林漢先生沒有走出大門，因為她和廚子都不認識這位約翰．伯林漢先生，而且當時她一直在廚房裡——從那兒可以看清前門的情況，偶爾她會到隔著走廊、書房對面的餐室裡。書房裡有一扇漂亮的落地窗，外面是塊小草坪，旁邊有一道通往小巷的邊門，伯林漢先生說不定就是從這條偏僻的小路離開的。不管怎樣，結論就是：他不在屋裡，也沒有人看見他離開。

「赫伯特先生沒好好吃頓晚餐就匆匆回城了，他往伯林漢的訴狀律師兼股票經紀人傑里柯先生的辦公室打了個電話，告知了他事情的經過。傑里柯先生顯然不知道自己的客戶已從巴黎回來了。隨後兩人乘火車趕往伍德弗——葛德菲爾．伯林漢的家，也就是這位失蹤紳士的弟弟的住處。他的僕人說他出去了，他的女兒倒是在書房裡，於是兩人來到後花園邊上一處被灌木叢包圍的小屋。他們運氣不錯，在那兒不僅找到了伯林漢小姐，她的父親也剛好從後門進來了。

「父女倆聽完赫伯特的講述，驚訝不已，並向他保證他們已經很長一段時間沒有約翰．伯林漢的消息了。

「隨後他們一起離開書房，準備回到正屋去。就在這時候，傑里柯發現離書房門口不遠的草坪上有什麼東西在發著亮光，於是就指給葛德菲爾看。當葛德菲爾把東西拾起來的時候，大家一眼就認出那是約翰．伯林漢常帶的一個配在錶鏈上的聖甲蟲[1]形狀的寶石飾品。

---

[1] 聖甲蟲，蜣螂，金龜子科，俗稱屎殼郎。在古代埃及，人們將這種甲蟲作爲圖騰之物，當法老死去時，他的心臟就會被切出來，換上一塊綴滿聖甲蟲的石頭。

絕對錯不了，因為這個由青金石雕刻而成的埃及第十八王朝的寶物實在很特別，而且它上面還刻有法老王阿孟霍特普三世的橢圓形徽章。此外，錶鏈上還串著一個有個缺口的金環。

「毫無疑問，這一發現讓事情變得微妙起來。再加上此後警方在查令十字車站的行李寄存處發現的一個標有J. B.名字縮寫的行李箱，事情就變得更加奇怪了。從車票本子上留下的票根來推測，箱子放在那兒的時間大概是在11月23日大陸號快車到站的時候，所以箱子的主人肯定直接趕往艾爾森了。

「這就是事情的經過。假如這位先生真的失蹤，或者說一直沒有發現他的屍體，那麼，首先要澄清的問題就是：他生前最後被人看見還活著的確切時間和地點。有關地點所涉及的問題的重要性，我想大家已經很清楚了，我們也就沒必要再囉唆了。而時間則是另一項具有特別意義的問題。課上我也曾提到過，在很多案例中，不到一分鐘的死亡時間差距，也可以證明生存者的財產權，確保財產得到繼承。

「現在再分析眼前的這件案子。人們看到這名失蹤男子還活著的最後時間是在11月23日下午5點20分。他似乎也曾到伍德弗去看望過他的弟弟，不過他的到訪並未得到那家人的證實，所以到目前為止，我們還不能確定他是否是先到的伍德弗，隨後再去找的赫伯特。假設他的確先到的伍德弗，那麼11月23日下午5點20分就是他被證實還活著的最後時間；而如果他是後來才到的那裡，那麼他往來於兩處地點所需的最短旅行時間也要被算進去。

「關於他造訪的先後順序，問題的關鍵還要看那件聖甲蟲飾品。假如他到赫伯特家時佩帶著它，那他一定是先去的那裡；而如果當時飾品不在他的錶鏈上，那麼他很可能之前去了伍德弗。由此我們可以得知，一個能夠判定財產繼承的關鍵時間點的問題就是：這名女僕是否注意到這一極為微小的細節。」

「關於這一問題，女僕說過什麼嗎，先生？」我問道。

「很顯然沒有，」宋戴克博士回答道，「確切地說是新聞稿裡沒提到這一點，儘管有關這件案子的報導已經十分詳細了：很多細節——連兩幢房子的平面圖都被刊登出來了。單是這一現象本身就十分引人注目，可見案子的重要性。」

「這指的是哪方面的重要性呢，先生？」一個學生問道。

「我想，這問題就留給你們吧。」宋戴克笑著說，「目前案子還沒審理，我們必須時刻關注這些當事人。」

「報上有這位失蹤者外貌方面的描述嗎，先生？」我又問。

「當然，而且描述得相當細緻，簡直有些小題大做了，畢竟，這個人說不定哪一天就會好端端地出現在眾人面前。失蹤者的左腳踝好像有一處波特氏骨折的舊傷，兩條腿的膝蓋處各有一條細長的疤痕，原因不難猜到；除此之外，他的胸部還有一塊非常精美的朱砂色刺青——歐西里斯[1]之眼的象徵圖形，也被稱做荷魯斯之眼或拉之眼。當然，屍體的辨識工作並非難事，但我想情況應該不至於是這樣的。

---

[1] 歐西里斯（Osiris），古埃及神話中的冥神。

「好了，我必須得走了，你們也一樣。我建議你們都去買份報紙，認真看完這則報導，並給它建份檔案。這是個很有意思的案子，日後很可能會有進一步的發展。再見，各位！」

對在場的學生而言，宋戴克博士的建議有著非同尋常的影響力，要知道，在聖瑪格莉特醫院附屬學院，醫事法律學可是個熱門科目，大家都非常喜歡。毫無疑問，博士的建議很快被實行了，學生們擁到最近的報攤，各買了一份《每日電訊報》，成群結隊地來到宿舍交誼廳，津津有味地讀起那則報導，並熱烈地討論案情的發展。儘管此前博士提出了諸多擾人的疑點，但我們的熱情絲毫未受影響。

蠱惑之音

人與人之間的相識必須通過適當的引薦——長久以來，這就是被受教育之人視為世俗規範而謹守（當必要時）的禮儀。為了彌補我在上一章未能遵守這項禮儀的過錯，在此章我將馬上做出補充，何況下面敘述的事情，已是兩年後發生的了。

首先自我介紹一下：我叫保羅．拜克里——前不久剛畢業的醫學博士，這一天正穿著整潔的長禮服，戴著高帽子，小心翼翼地穿行在裝滿煤炭的布袋與高高堆著馬鈴薯大托盤間的窄道上。

這是我在百花巷的一家商店時的情形。我之所以會在那裡，是為了打聽一位出診病人的地址。這位病人是我這天早上最後要出診的對象，住在奈維爾巷49號——老天才知道這地方究竟在哪兒，所以我打算向煤炭店老闆娘問問路。

「請問——奈維爾巷怎麼走？」

這位賈柏雷太太知道路，而且十分熱情地為我指引。她死死地抓著我的手臂——此後的幾週，我衣袖上的褶子一直都沒有消失——用顫抖的食指指向前方的一條小巷。

「就是那條小巷子。」賈柏雷太太微笑著說，「穿過一道拱門就是了。從菲特巷往右轉，再往前就是布爾姆住宅區。」

我向這位好心的太太道了謝，慶幸這天的出診任務終於要結束了，可以早點回去美美地泡個熱水澡。

實際上這天我是替別人出診的——可憐的迪克．巴納老醫師，他是聖瑪格莉特醫院裡出了名的老頑童，前一天他剛搭上一艘貨船到地中海旅行去了。雖然已不是第一次在早晨出診，但我仍覺得這好似一次地理探險。

我穿過菲特巷，很快就看到刻有「奈維爾巷」字樣的一道狹長的拱門，隨後，就像許多在倫敦小巷中穿梭的遊客那樣，我也同樣經歷了一連串驚奇的事情。原本以為這只是倫敦常見的那種陰暗的小巷，可等我穿過那道拱門後，一排整潔熱鬧、色彩明快的小店鋪頓時映入了眼簾——暖色調的舊式屋頂和牆面，它們在鮮綠嫩葉的映襯下顯得格外引人注目。在市中心，偶然看到一棵綠樹便會令人竊喜萬分，而這裡不僅綠樹成蔭，還有成片的灌木叢，甚至還有花叢。巷道的兩邊分布著花圃、老舊的木籬笆與修剪一新的矮樹叢，為這塊小地方平添了幾分雅致。隨後我與一群女工「狹路相逢」了，她們穿著顏色鮮艷的工作服，微鬈的髮絲在陽光下閃閃發亮，猶如一簇搖曳在樹籬間的野花，為這寧靜的角落增添了幾分活力。

一個花圃的甬道上鋪著環狀的磚塊，我仔細瞧瞧，原來那是由很多造型古樸的石頭墨水瓶底兒朝天埋在地裡鋪成的。當我瞥見大門上刻著的門牌號正是我苦苦找尋的，不禁想到這位病人也許是個文人，或是律師、作家，甚至是個詩人，要不怎麼會有如此雅興裝飾宅院呢？因為沒見有門鈴和門環，所以我直接拉開了門閂，推開門徑直走了進去。

如若說巷子裡的景象帶給人驚喜的話，那麼眼前的一切可以算是真正的奇觀了，猶如夢境一般，這裡距離喧囂的艦隊街僅幾步之遙。我置身於一座高牆內的舊式花園中，一關上庭院的大門，一切屬於城市的聲光瞬時被擋在了外面。我被四周的景象怔住了：綠樹鑲著金邊，花圃裡百花綻放，羽扇豆、金魚草、金蓮花與塔尖狀的毛地黃和茂密的蜀葵構成了前景；飛舞在花叢中的一對黃綠色的蝴蝶，隨著花下一隻毛色光潔、體態豐滿的白貓追逐嬉戲，一起一伏。白貓忽地躍起，雪白的爪子在半空中一陣撈捕；後方的景致也同樣賞心悅目：一幢老舊的古宅，渾厚的屋檐，頗具滄桑感。或許在那些紈袴子弟乘著馬車駛過小巷去風流快活的時候，溫雅的艾薩克·沃爾頓[1]悄悄地離開了他位於艦隊街的鋪子，穿過菲特巷到神殿園去享受垂釣時光的時候，這棟宅子就已經存在於這世上了吧！

我被這超然的景致所震驚，以至於手一直拉著門鈴的拉繩都未能察覺。直到理智很不合時宜地蘇醒，提醒我來訪的目的時，我才注意到門鈴下有一塊刻著「奧蔓小姐」字樣的銅牌。猛然間門被打開了，一位中年婦女射過兩道銳利的目光，從頭到腳打量著我。

「難道我拉錯門鈴了？」話一出口我就後悔了，真夠蠢的。

「我怎麼知道？」她反問一句，「或許是吧，男人常做這種傻事，然後道歉個沒完。」

---

[1] 艾薩克·沃爾頓（Lzaak Walton），英國十七世紀著名的傳記作家，因《高明的垂釣者》而蜚聲文壇。

「我不是那種過分的人，」我辯解道，「不過現在看來，我的目的似乎達到了——你已經開始關注我了。」

「你找誰？」她問。

「伯林漢先生。」

「你是醫生？」

「是的。」

「快隨我上樓去，」奧蔓小姐提醒道，「當心別踩著油漆。」

在這位女嚮導的引領下，我穿過寬敞的大廳，登上雅致的橡木樓梯，謹慎地踏在階梯中央鋪的一張長條墊子上。到了二樓階梯的平台，奧蔓小姐打開一扇門，指了指裡間的屋子：

「在那兒等著吧，我去告訴伯林漢小姐你來了。」

「我說的是伯林漢先生——」我的話還沒說完，門就在我面前「砰」地一聲關上了，只聽到門外奧蔓小姐迅速下樓的腳步聲。

我很快意識到自己正處於尷尬的境地。我所在的房間跟另外一間是相通的，儘管中間的門關著，可我還是能隱隱聽到隔壁房間的談話聲。一開始很模糊，時斷時續，但隨後突然爆發出一陣異常憤怒的喊聲——

「是的！我是說過！而且我還要再說一遍：賄賂！狼狽為奸！你想收買我，不可能！」

「冷靜點，葛德菲爾，根本不是這麼回事。」另一個聲音低沉地說道。

我故意咳嗽了幾聲，還移動了椅子，隔壁的爭吵聲立即降了下去。

為了使自己不再去注意隔壁的動靜，我好奇地打量著我所在的房間，依據房內的擺設猜測著主人的癖好。這個房間十分特別，既帶著可嘆的舊時尊榮與個性，又充滿著錯綜的矛盾。就房間整體的基調而言，它略顯清貧，幾乎沒有什麼家具，即使有，也是最便宜的那種：一張小型餐桌與三把溫莎搖椅，其中一個沒有扶手；地板上鋪的條紋毯子，已經洗得發白了；桌上鋪著廉價的棉織桌布，此外再加上一組書櫃——如果碼起來的雜貨箱也算是書櫃的話——這些就是房內的所有家具。雖然略顯貧寒，卻充滿一種居家的閒適感；雖然近乎清教徒式的簡約風格，卻不失其品位。黃褐色的桌布配上淡綠色的舊地毯，毫無俗氣之感；溫莎搖椅同餐桌漆成了低調的褐色，看得出桌腿都經過精細的打磨；擺在桌子中央的深褐色花瓶裡，插滿了新剪的花枝，這為素樸的房間增添了一抹鮮亮的色彩。

但最令我感到困惑的還是剛才所提到的矛盾性。比如那個書櫃，幾乎是自家手工製作、上漆的產物，而上面卻擺滿了古代藝術品與稀有的考古精品，甚至連壁爐架也被利用上了，上面放著一塊十分精美的青銅——絕不是塑膠的——希臘睡神頭像的複製品，還有一對埃及陪葬俑烏沙伯替的塑像。除了牆上掛著的一些飾品外，還有幾幅銅版畫。這幾幅珍貴的畫作都有署名憑證，全都是東方的真跡，另外還有一張十分精緻的埃及草紙畫的高級仿真品。簡陋普通的家具與昂貴稀少的精品、寒酸相與極致品位的結合所產生的矛盾，實在讓人費解。我不禁想像：即將面對的會是一位怎樣的病人呢？是隱居在祕密巷子裡的守財奴？還是孤芳自賞、自命清高的學者、哲人？抑或者是一位名副其實的怪人？

就在我沈浸在自己的想像中時，隔壁再一次傳來了憤怒的爭吵聲——

「你這是在誹謗我！你的意思分明就是在說是我把他弄走的！」

「難道不是這樣嗎？」另一人反問道。

「我只是認為由你去查出他的下落更合理，因為這是你的責任。」

「什麼？我的責任？」第一個聲音驚訝地說，「那你呢？你的責任又是什麼呢？如果真的追究起來，我想你的嫌疑最大！」

「不要亂說！」另一人大聲地吼著，「難道你在暗示約翰是被我親手殺死的嗎？」

在這場精彩、激烈的談話過程中，我只能悄悄地站在那兒，吃驚地聽著。後來，我好像突然清醒過來似的，找了一張椅子坐了下來，雙手捂著耳朵，靜靜地待了一分鐘，接著我的背後傳來了很大的關門聲。

我頓時跳起身來，難為情地轉身——我知道我當時的樣子一定很可笑。我發現門口站著一個身材修長、十分迷人的女孩。她的手正放在門鈕上。見到我則向我恭謹地鞠了一躬。我雖然只是稍稍地一瞥，但卻發現她和周遭的環境非常契合。她穿著一件黑色的長袍，頭髮烏黑，象牙白的臉上嵌著兩顆灰黑色的眼珠。她站在那兒，就像特波赫——十七世紀荷蘭巴洛克時期的一位畫家——所描繪的人物畫中的形象，整體的色調是那麼低沈，只有黑、白兩種顏色。雖然她穿著樸拙的舊衣服，但是仍然不乏為一個淑女，而且眉宇間透出一股在逆境中越挫越勇的堅定氣勢。

「很抱歉，讓你等了這麼久。」她不好意思地說。在她說話的時候，我發現她嚴肅的嘴角變得柔和了起來，不禁使我想到自己剛剛被她撞見時的窘態。

「沒關係，我並不趕時間。」我喃喃地說，事實上我很高興能夠有機會喘口氣；可就在我言不達意時，隔壁房間的爭吵又開始了。

「我不是已經說過了，根本就沒有這回事！該死，你為什麼要這樣說，你這是指控我跟人串通！」

伯林漢小姐——我猜想她就是——急匆匆地穿過房間，脹紅著臉。其實也難為她了，就在她快走到房門口時，門突然被撞開了，一個矮胖的中年男子衝了出來。

「露絲，快跑，你父親瘋了！」這位男子大叫著，「他真的是徹頭徹尾地瘋了！我拒絕和他進行任何溝通。」

「可是，這次會面並不是他主動提出來的啊！」伯林漢小姐冷冷地說。

「你說得沒錯，」對方明顯已經惱羞成怒了，但他繼續辯駁道，「好吧，是我自作多情了。但是結果呢，我又有什麼好處呢？我真的是已經盡力了，而且現在我已經無法再為你做什麼了。你可以留步了，我自己出去。再見了。」他硬生生地鞠了一躬後，向我瞥了一眼就快步走出了房間，狠狠地把門關上了。

「實在抱歉，讓你看了笑話，」伯林漢小姐不好意思地說，「但是，我想你不會被嚇到，是吧？請隨我來，我帶你看一下病人。」說著，伯林漢小姐把那扇門打開了，帶我走進了隔壁的房間，接著說道，「親愛的父親，你有客人。這位是——」

「哦，見到你很高興，我是拜克里醫生，」我馬上補充說了一句，「是替我的朋友巴納醫生來出診的。」

這位病人是一個大約五十五歲的英俊男人。當時他正靠著枕頭坐在床上，一隻手顫抖著，但我仍然熱情地握住了它，內心不禁產生一陣悸動。

「哦，你好，拜克里醫生。」伯林漢先生緩緩地說，「但願巴納醫生此刻很健康。」

「哦，是的，他沒病沒痛，」我回答，「他只是坐著商船到地中海旅行去了。因為機會難得，所以我敦促他還是把握機會趕緊出發，不然他又會改變心意。對於我的冒昧，還請你們原諒。」

「你這樣說真是太客氣了，」對方誠懇地說，「說實在的，我很感謝你把他趕走了。他真的需要好好休息一陣子，這個可憐的傢伙。當然我也很高興認識你。」

「你真好。」我高興地說。然後，這位中年男人以在病床上所能展現的最大優雅向我頷首致意。在我們互換了必要的禮節之後，我便開始問診了。

我謹慎地問了第一個問題：「你不舒服多長時間了？」我這樣問，就是為了避免讓他看出我的委託人在臨走前，並沒有向我交代他的病情。

「差不多一星期了，」他痛苦地回答，「那個郵車是一輛漠孫雙輪馬車，我就是在法院對面被它撞倒在路中央的。當然，這起事故是我不對，因為車夫這樣說的——我想他一定不會弄錯。」

「傷勢嚴重嗎？」我急切地問。

「還好，只是我的膝蓋有一塊很大的淤青，當時我嚇出了一身冷汗。你也知道，我現在年紀大了，禁不起這種撞擊。」

「換了誰都受不了的。」我安慰他說。

「是的，但是我想二十歲的人應該比五十五歲的人更耐摔。總之，現在膝蓋好多了，你一會兒檢查的時候就知道了；而且你也能看出來，我已經儘量不移動它了。但這並不是最麻煩、最糟糕的事情，關鍵是我的脾氣因此變得十分暴躁，很容易發怒，有時還像貓一樣敏感，所以晚上也休息不好。」

這時我想到剛剛和他握手時，他顫抖的手。可他看上去並不像酗酒的人，但是——

「你經常抽煙嗎？」我委婉地問道。

伯林漢先生詭異地望著我，沒有回答，最後咯咯地笑了起來。

「這真是一個高明的問法，我親愛的醫生，」他笑著說，「但是不，我不是經常抽煙，請相信我，這是實話。我想你是注意到了我顫抖的手，但是沒關係，我並不介意。當醫生的本來就要時刻睜大眼睛觀察嘛！平時我拄拐的時候就很穩；但是只要受到一點刺激，它就像軟軟的果凍一樣，不僅抖而且沒有力氣。而且剛才，我的確同一個人進行了一番不愉快的談話……」

「拜克里醫生，」伯林漢小姐打斷了父親的話，「其實，街坊四鄰都聽到了。」

這時，伯林漢先生不好意思地大笑起來，說：「我想我的脾氣真的很壞，可是，我本來就是一個愛衝動的老頭兒。醫生，每當我發脾氣時，總是有話直說，有些莽撞。」

「而且你的嗓門特別大，」他的女兒補充道，「你是不知道，當時拜克里醫生在門外被逼得不得不把耳朵捂住。」說著，她向我瞥了一眼，深灰色的眼珠一閃，似乎給我傳遞了什麼暗號。

「我真的大吼大叫了嗎？」伯林漢先生雖然有些疑惑，但看不出有一絲悔意，然後他補充了一句，「很抱歉，親愛的露絲，我保證以後不會再這樣了。而且我想那個討人厭的傢伙以後也不會願意再來了。」

「希望你以後不會這樣了。」伯林漢小姐說，「拜克里醫生也不會介意的。好了，我不打擾你們了。如果有事就叫我，我就在隔壁。」

伯林漢小姐微微向我鞠躬，我為她開了門，她便出去了。我回到床邊坐下，繼續問診。伯林漢先生的情況屬於意外事故引起的神經衰弱。至於他的舊病史，也就和我沒什麼關係了。可伯林漢先生卻不這樣認為，他念叨著：「知道嗎，其實這起事故並不是最主要的原因，我現在之所以如此虛弱，是因為我的身體早已走下坡路了。在過去的兩年裡，我遇到了很多麻煩，但我想我不應該用自己的私事來煩你。」

「不，只要你不介意，只要與你的健康有關的事，我都有興趣知道。」我微笑著說。

「你不介意？」他大叫了一聲，「你看過哪個病人在談論自己的時候不是開開心心的？事實上，介意的人應該是那些無辜的聆聽者。」

「那好，我這個聆聽者不介意。」我說。

「好吧，」伯林漢先生說，「那我就自私一點，將我全部的煩惱都說給你聽。平時我也很難有機會向我這個階層的人發牢騷。但是在我說完之後，你也一定會認為我向命運之神的宣戰是有道理的：就在幾年前的某個晚上，睡覺前，我還是一個十分富有、境遇優越的紳士，但是就在我第二天醒來時，我發現自己變成了乞丐。對我來說，這實在是讓人難以接受，這種痛苦你能夠體會嗎？」

「是的，對誰都一樣。」我贊同地說。

「然而，事情還沒有結束，」他繼續說，「就在這個時候，我的哥哥竟然不見了，他是我最親近、最忠誠的朋友。他失蹤了——無緣無故地從地面消失了。我想你大概聽說過這件事，那時報紙上幾乎天天報導。」

說到這，伯林漢先生停了下來，因為他發現我的表情有了變化。而當時我確實回想起了他說的這起案子。當我走進這間屋子時，記憶中的某個角落似乎就已經蠢蠢欲動了，而他最後說的這幾句話點醒了我。

「是的，」我說，「我記得報紙上刊登過這則新聞。但是，當時如果不是我的法醫學講師提起了這個案子，我想我也不會有這麼深的印象。」

「的確。」伯林漢先生肯定且不安地說，「他說了些什麼？」

「他擔心這起案子會牽扯出許多錯綜複雜的法律問題。」

「上帝啊！」伯林漢再一次大叫，「這個人簡直就是先知！法律問題，說得太對了！但我敢說他一定沒有想到，我被何等可怕的法律困擾著。哦，對了！你剛剛說的這位講師叫什麼名字？」

「宋戴克，」我回答說，「約翰．艾文林．宋戴克博士。」

「宋戴克，」伯林漢先生若有所思地重複著，好像想起了什麼似的，「我對這個名字有印象。對了，難怪嘛！我有一個法律界的朋友叫馬奇蒙，他曾跟我提到過這個人。他說宋戴克在幾年前處理過一起同樣離奇的失蹤案，失蹤者是一個叫傑佛瑞．布萊克莫的人，最終宋戴克博士十分高明地破了此案。」

「我敢說他對你的這起案子，也一定頗感興趣。」我試探地說。

「我也是這樣認為的，」他回答，「但我總不能讓這麼一位專業高手白白浪費時間，而且我又沒有錢聘請他。這樣說來，我想此刻我也是在白白浪費你的時間，竟和你說這些沒有意義並且令人頭疼的事。」

「怎麼會呢？我今早的出診任務已經結束了，」我說，「而且你說的這些事很有意思。但我想冒昧地問一個問題，你說的法律困境是什麼呢？」

「至於這一點，我想你就是在這待上一整天聽我說，到夜深恐怕我都說不完。但要是簡單地說就是一件事——我哥哥的遺囑。首先，我沒有權力執行這份遺囑，因為我找不到可以證明我哥哥已經死亡的證據；另外，即使我可以執行這份遺囑，可他的全部財產也會落到一些與我們毫不相干的人手上。可以說，這份遺囑是一個神經錯亂的人絞盡腦汁想出來的極度荒謬的設計。就是這樣，好了，你現在想看看我的膝蓋嗎？」

看到伯林漢先生在回答我的這個問題時聲調不斷激昂，最後幾乎是吼出來的，而且臉色也開始發紫，我想這個話題也該結束了。於是我按他的要求檢查了他的膝蓋，他的膝蓋幾乎痊癒了，然後我為他做了徹底的檢查；最後告訴他一些必須遵守的生活戒律，於是我便準備起身離開。

在我和他握手告別的時候，我說：「記住，不准抽煙，不准喝酒，而且要避免受到刺激，心態要平和。」

「你說得很對，」他咕噥著，「但是萬一有人跑來惹我發火呢？」

「那你就不要理會他們，」我說，「你可以閱讀《惠特克年鑒》❶」說完，我便向另一個房間走去。

當時伯林漢小姐坐在隔壁房間的桌邊，面前放著一疊藍色皮的筆記本，其中有幾本攤開

---

❶《惠特克年鑒》，由英國出版家約瑟夫·惠特克（Joseph Whitaker）於一八六八年創刊，被譽爲英國最好的年鑒和一部微型百科全書。

著，上面寫滿了整齊的字。看到我走了進來，她立刻站起身，以一種詢問的眼神看著我。

「剛才我聽到你建議我父親讀《惠特克年鑒》，這算是一種治療的方法嗎？」

「可以這麼說，」我回答，「而且按我的經驗，這很有效的。因為它很有醫療效果，能夠作為避免精神刺激的良方。」

「但是很難說它是一本感情豐富的書。」伯林漢小姐淡淡地一笑，接著說，「不知道你還有什麼指示？」

「還有一項老掉牙的建議——樂觀，遠離煩惱。但我想我這樣說你不會認同。」

「怎麼會呢？」她酸澀地說，「你的這番忠告實在很有用，毋庸置疑，我們這種階層的人算不上是快活的族群，但我們也不會自尋煩惱，往往都是麻煩自己找上門來的。當然，這也不是你可以幫得上忙的。」

「很遺憾我不能給你更具體的幫助，但我誠懇地希望你父親的事能夠盡快解決。」

伯林漢小姐向我致謝後，便送我走到了大門，禮貌地同我握手後，我便離開了。

當我穿過拱門時，菲特巷的噪音肆無忌憚地向我的耳朵湧來，這與舊花園那種莊嚴寧靜的氣氛格格不入，它使小巷顯得格外污穢。至於油布地板、醫師辦公室外牆上貼著的金光閃閃的、俗氣的保險廣告牌，更讓我覺得刺眼無比。於是我用寫日記的方式轉移我的注意力。

當酒鬼阿多弗悄悄地走進來，告訴我該吃午餐時，我還在忙著寫這一天早上的出診記錄。

惡魔的剋星

哪怕是最不講究外表的人也會承認，一個人的衣著往往可以反映出他的性格。這種說法不僅適用於個人，也適用於群體。即使今天，那些從事戰鬥事業的人也依然像非洲戰士以及美洲印第安勇士那樣，用一些羽毛、奪目的色彩和金銀飾品來裝扮自己，以此彰顯自己在現代文明中的戰爭地位。羅馬教堂的神父們在登上祭壇時不也依舊穿著羅馬帝國滅亡前的僧服，象徵著教堂無法動搖的歷史嘛！還有，時代顛簸前進的同時，我們的司法不也依然沿襲著安妮皇后時代的頭飾，以表示對前人的尊崇嘛！

在此我應該向讀者們致歉，本不應插入這麼一段莫名其妙的話語。但是，因為在炎熱的下午，我多次跑到聖殿法學院的迴廊上納涼，當時我發現那裡有一家假髮商店，裡面有些很有趣的商品，所以才有感而發。我站在那家小商店的櫥窗前，癡迷地看著裡面擺放的假髮，腦袋裡迅速湧現出我上一段提到的種種遐想。突然，我的耳邊響起了一個低沈、輕柔的聲音：「假如我是你，我就會選全罩式的。」

我猛地轉過身來，眼前出現的竟是我的老朋友兼校友——里維斯。在他身後，正以一種莊重的微笑凝視著我們的是我的恩師——約翰．艾文林．宋戴克博士。這兩人十分熱情地和我打招呼，頓時我感到受寵若驚，因為此時的宋戴克博士已經是業界的知名人士，而里維斯又是高我好幾屆的學長。

「願意和我們一起喝杯茶嗎？」宋戴克問，我自然欣喜。於是我們三人並肩穿過廳堂，向舊財政部走去。

「剛才你為什麼望著那些法庭裝飾品出神啊，拜克里？」宋戴克笑著問，「難道你有意加入我和里維斯的隊伍，要棄醫從法？」

「什麼？里維斯學長當了律師？」我驚訝地大叫。

「出乎你的意料吧！」里維斯回答道，「我現在已經是宋戴克的寄生蟲了！你知道，就好比大臭蟲身上的小臭蟲，或者說我是整數小數點後面拖著的附帶數字。」

「不要聽他胡說，拜克里，」宋戴克連忙插話說，「他才是首腦級人物。我所能提供的僅僅是信譽和精神支持。對了，你還沒有回答我的問題，你究竟為什麼在炎熱的午後，站在假髮店的櫥窗前？」

「我在替我的一個同事巴納出診，他在奈維爾巷有一個病人。」

「我知道他，」宋戴克說，「有時我們還會碰面，但他最近看起來有些憔悴。難道他去度假休息了？」

「是的。他搭乘了一條商船去希臘小島度假了。」

「如此說來，」里維斯笑嘻嘻地說，「你就是本地的全能醫生了？怪不得看上去如此威風了。」

「剛才看到你十分優閒的樣子，」宋戴克說，「猜得出你這次出診很順利。病人都是本地人嗎？」

「是的，」我回答，「巴納的病人基本上都住在街道巷弄裡，距離醫院只有半里路，一部分人的住處十分簡陋。啊！差點忘了，我剛才遇到了一件非常奇特的事情，我想你一定會感興趣。」

「人生就是由一連串的巧合組成，」宋戴克感嘆道，「只有那些小說評論家才會對巧合驚訝。說吧，是什麼事？」

「我所說的這件事同你兩年前在醫學院課堂上提起的一樁案子很相似，是一個男子突然失蹤。不知道你是否還記得？這個人的名字叫約翰·伯林漢。」

「你說的是那個埃及考古學家？當然，我記得十分清楚。怎麼了？」

「他的弟弟就是我今早出診的病人，他同女兒住在奈維爾巷。從他們屋子裡的擺設可以看出他們生活得比較拮据。」

「真的？」宋戴克驚訝地問，「這倒是有趣了。但我想他們一定是突然陷入了困境。因為我沒記錯的話，他的弟弟當時是住在一棟豪宅裡的，而且擁有大塊的土地。」

「沒錯，的確是這樣。看樣子你想起這樁案子了。」

「我親愛的朋友，」里維斯說，「宋戴克從來不會忘記那些重要的案子。他倒很像一隻駱駝，在駝峰中儲藏著大量的法醫案例。閒下來的時候，他就會反芻，仔細咀嚼這些案例。宋戴克可以將報紙或法庭上出現的案子全部吞下去。然後，當事過境遷，沒有人再記得那些事情的時候，他會讓它們以新的面貌冒出來；這時人們會為之震驚，而宋戴克早已經將它們採收曬乾了。我知道這段時間他一直都在思考這起案子。」

「我想你看到了，」宋戴克說，「我這位博學的合夥人經常沈迷於複雜的隱喻之中無法自拔。雖然有時愛用一些晦澀的詞語，但是他說得倒都是事實。待會兒咱們喝茶時，你可要多告訴我一些關於伯林漢先生的事。」

我們就這樣一邊走、一邊談，很快我們就來到聖殿法學院步道大樓，二樓就是宋戴克的辦公室。這間屋子寬敞堂皇，而且還裝飾著嵌板。當時有一位年紀稍大的男子在屋子裡，他身材矮小，穿著整潔的黑色衣服。我好奇地打量著他，雖然他一身黑色裝束，但看上去並不像僕人。其實，他的外貌十分耐人尋味，神態沈靜莊重，從他那副嚴肅而充滿智慧的臉龐可以看出，他是一個很有學問的人。可從他靈巧的手來看，他又很像是一個技術嫻熟的技匠。

宋戴克看著茶盤，對老人說：「你準備了三個茶杯，親愛的彼得，你怎麼知道我會帶一位朋友回來喝茶？」

這個身材矮小的男子笑了笑，帶著一絲感激的意味解釋道：「因為你們繞過街角時，我正巧從實驗室的窗口看見了，先生。」

「唉，單純得教人失望，」里維斯遺憾地說，「我還以為這裡面有什麼玄機，像是超感應之類的呢！」

「先生，但是你忘了單純是效率之本。」彼得說了句精僻的警語。在他檢查完茶具後，確定沒有遺忘什麼，便悄悄地離開了。

「好了，讓我們都回到伯林漢的案子上吧！」宋戴克嚴肅地說，「你現在可以回憶一下那些關於當事人的事情嗎？我的意思是，你可以在這兒說嗎？」

「我只是聽說了一兩件，當然提出來也無妨。例如，我知道葛德菲爾．伯林漢，也就是我的這位病人，在這樁失蹤案發生的同一時間，失去了全部財產。」

「這真是很怪異，」宋戴克說，「如果情況相反，那就很容易理解；但是不管怎樣都不會窘迫到這個地步啊！除非另外設立了什麼津貼之類的。」

「並沒有什麼津貼，所以這才讓我驚訝。而且這起案子存在很多令人無法理解的地方，裡面牽涉的法律問題也很多。舉個例子，雖然有遺囑，但遺書執行起來卻十分麻煩。」

「除非能找到可以證明當事人已經死亡的證據，不然這份遺囑恐怕就很難執行了。」宋戴克說。

「的確。而這只是問題之一。除此之外，遺囑本身好像也有問題。但我不了解具體是怎麼回事，我想伯林漢先生遲早會告訴我的。對了，我和他提到了你，說你對這種案子很有研究，我猜測伯林漢先生大概會來找你幫忙，但這個可憐的傢伙說自己沒有錢聘請你。」

「如果其他相關的人都有錢，而單單他沒有，這事就更奇怪了。也許只能訴諸法律了。但是法律又不會維護窮人的利益，所以他恐怕要吃苦頭了。這點他需要得到別人的忠告。」

「我也想不到誰能夠幫助他。」我遺憾地說。

「我也同樣，」宋戴克坦誠地說，「沒有任何一個單位能夠協助身無分文的訴訟者，法院似乎只有有錢人才能進去。當然，像我們認識當事人或者熟悉案情的還能幫他一把；但事實上情況並不是這樣，他有可能是一個徹頭徹尾的無賴。」

那天，我無意間聽到了一段對話，但我不知道如果我把這番話說出來，宋戴克會有什麼反應。現在我不方便說，所以只能大概說一下我的印象。

「我並不覺得他有什麼可怕的，」我說，「當然，人不可貌相。總之，他給我留下的印象還是不錯的，與另一個傢伙相比好多了。」

「另一個傢伙？是誰啊？」宋戴克問。

「這起案子裡還有另一個重要人物，是吧？但我忘了他叫什麼了，我在出診的時候看見過那個人。感覺不太好，他好像一直在給伯林漢先生施加壓力。」

「我想，拜克里對這人的了解應該比我們要多，」里維斯說，「我們可以查一下檔案，看看這位陌生人究竟是何方神聖。」說著，他從書架上取下一本厚厚的剪報，放在桌上。

「快來看看吧，」他的手指順著索引向下滑著，「宋戴克有一個習慣，就是將所有的懸案歸檔，我知道他十分關注這些案子。我猜他此刻正想像著這位失蹤紳士的屍體會從誰的家中突然冒出來。有了，這個人叫赫伯特，是他們的表兄弟，這位紳士失蹤前最後現身的地方就是他家。」

「你認為是赫伯特先生從中操控？」宋戴克隨便瀏覽了一下檔案，問道。

「這只是我的印象，」我回答，「說實話，我什麼都不知道。」

「好吧，」宋戴克說，「如果你有關於這起案子的新發現，而且得到允許的話，就請告訴我們，對此我是很感興趣的；還有，假如我的非正式意見能夠幫上你什麼忙的話，我也很願意效勞。」

「如果另一方請了律師，那倒是有些幫助。」過了一會兒，我接著說，「你是不是花了很長的時間來研究這起案子？」

「其實也不能這麼說，」宋戴克思索了一會兒說，「當初報紙上剛登出這件事時，我仔細地閱讀了一回，之後偶爾會思考一下案情。就像里維斯說得那樣，我比較喜歡用空閒時間思考這種特殊的案子，例如在火車上，為那些懸案尋找些合理的解釋。我想這算得上是一個好習慣，因為，我可以在進行思考訓練的同時獲得一些經驗，而且很多案件最後都要交到我手上，這樣一來也就節省了再思考的時間。」

「對於這樁案子，你有什麼推論？」我問。

「我倒真有幾個推論，其中一個是我特別偏好的，其實我一直都在關注這起案子是否有新的發現，從而讓我判定哪個推論，才是正確的。」

「拜克里，你不必這樣拼命地打水了，」里維斯說，「宋戴克的腦子裡就像裝了一個反向節流閥的水泵，你所能做的就是往裡面注水，想從中打出一點水來，是不可能的！」

聽到這話，宋戴克不禁咯咯地笑了起來。

「我這位博學的朋友，說得還挺準確的，」他接說，「要知道，儘管我現在可以隨時被徵詢對這起案子的意見，但是如果現在我就將自己的觀點全部吐露出來，那豈不是太蠢了？不過，我倒很想知道你和里維斯對報紙上的報導有什麼看法。」

「你看看，又來了，」里維斯假裝痛苦地大叫起來，「我就說吧，他這個人只想吸你腦子中的信息。」

「既然這種事關係到我的大腦，」我笑著說，「而他吸取的方式又頗像吸塵器，那我只好退到一邊去。畢竟你是一個專業律師，而我僅僅是一個小醫生。」

里維斯把煙斗填滿，其動作有些誇張，然後點燃，深深地吸了一口，向空中吐出一團煙霧，說：「如果你真的很想知道我對這起案子的看法，那麼我只能說兩個字——沒有！」

「上帝啊！拜託！」宋戴克說，「你『沒有』是因為你懶得去想。拜克里可是等著見識你的法醫素養呢！對於這起案子，即便是那些很有經驗的律師都會感到困惑不解，但他們絕不會直截了當地將自己的想法表達出來，他們只會用委婉的詞彙加以詮釋。好了，快告訴我們，你得出了怎樣的結論，讓我們聽聽你鑽研之後的成果。」

「可以，」里維斯說，「現在我就向二位展示一下我高超的分析能力，雖然目前還沒有什麼結論。」里維斯又深深地吸了口煙，臉上帶著一絲尷尬。說實話，我很同情他。他吐出一小朵煙霧後，就開始發表評論了：「我的推測是這樣的：一個男子被人看見走進了一棟房子，然後被僕人帶到書房，隨手關上了門。但是並沒有人看到他走出來。然而，就在書房的門被再次打開的時候，屋子裡卻空無一人，這個男子好像在地平面消失了一樣。不管他現在是否還活著，故事的開始就充滿了詭異的色彩。

「很明顯，事情有三種可能：第一、他或許仍然活著待在那間書房裡，或者是那棟房子裡；第二、他可能死在了那個房間或那棟房子裡，而屍體則被藏匿了起來，至於死因無非就是自然死亡和非自然死亡；第三種可能是他已經離開了那棟房子，只是沒人察覺。按第一種情形來看，他絕對不可能活著待在那棟房子裡兩年之久，而且還不被人發現。例如僕人打掃房間時，不可能看不到他。」

「看起來，我這位博學的朋友沒有認真對待我的問題。」宋戴克帶著寬容的微笑望著自己的學生，接著說道，「好吧，我們暫且接受他的結論，認為那名男子不可能活著待在那棟房子裡而且不被人發現。」

「謝謝你這麼說。但是，能說他死在了那間屋子裡嗎？這種說法顯然也不成立。據報導，這名男子失蹤後，赫伯特就命僕人們徹底、仔細地搜索過所有房間。如果他死掉了，兇手也不可能有機會或充分的時間將屍體處理掉，唯一合理的結論就是那裡根本就沒有屍體。甚至可以說，如果我們承認他死掉了，而且是謀殺——因為只有這樣才有必要匿藏屍體——

那麼問題就來了：他是被誰殺掉的呢？當然不會是僕人。至於那位赫伯特先生，我們現在還不清楚他與失蹤者有什麼樣的關係。總之，我不清楚——」

「我也是，」宋戴克附和著說，「我所知道的除了報紙上提到的，就是拜克里今天告訴我們的。」

「這樣看來，我們對此一無所知。赫伯特或者具有殺害這名男子的動機，抑或沒有。但問題在於，他好像沒有機會動手。即使假設他有辦法將屍體暫時藏起來，但他還是要找機會將它處理掉。況且他不可能將屍體埋到花園裡吧？這樣一來會被家裡的僕人看到或發現，他也不可能把它燒了。所以他唯一能做的就是把它切成小塊，然後將它埋在某個荒僻的地方，或者丟到池塘、河流裡。但是，直到今天我們也沒有發現這類的殘骸。照理說，我們現在至少應該會發現一小部分的。所以這種說法也是不成立的。

「那麼現在就剩第三種假設了——他離開了屋子，只是沒有人看到他離開。這種情況是存在的，但這又是十分奇怪的現象。或許這名男子是　個極度衝動或奇怪的人。對於這個人的性格，我們毫不知曉。唯一知道的就是這兩年裡，他一直沒有現身。如果說他真的在當時悄悄地離開了那棟房子，那麼他一定是跑到哪個地方藏了起來，而且一藏就是兩年多，直到現在。當然，大概他就是那種舉止怪異的瘋子，這也說不定。

「另外，在他弟弟位於伍德弗的住所庭院裡發現的那個聖甲蟲寶飾，也讓這起案子變得更加神祕與複雜，它好像在暗示我們什麼——他曾經在某個時間來過那兒，但是又沒有人確定看過他。所以，我們無法判定他到底是去了他弟弟家還是赫伯特的家。如果他在抵達赫伯特位於艾爾森的房子時佩帶了那件飾品，那麼就說明他真的悄悄地離開了那間書房，然後來到伍德弗；如果沒有，那麼就說明他是先到的伍德弗，然後去的艾爾森，並在那裡失蹤了。對於他在失蹤前最後一刻被赫伯特家的女僕看見的時候，是否真的佩帶了那件飾品，到現在還找不到可靠的證據。

「如果他是在造訪赫伯特家之後才來到他弟弟的家，那麼我們就可以很容易地理解他的失蹤。假設謀殺的可能性依然存在——因為只有在這種情況下才有可能棄置屍體。但問題是沒有人看見他走進那間房子，即使他曾經進入過，那也應該是從與書房——和主臥室有一定距離的獨立小屋——相通的那道後門進去的。假如真是這樣的話，那麼他的弟弟就有很長一段時間可以避開別人的耳目去丟置屍體。因為沒人看到他進入那間屋子，也沒有人知道他去過那裡——如果他真的去過。很顯然，那間屋子始終沒有人搜查過。其實，如果有證據證明這名男子曾活著離開赫伯特家，或者在他到那兒時他佩帶著聖甲蟲寶飾，那麼情況則對伯林漢父女非常不利——父親涉案，女兒自然也逃脫不了關係。但並沒有證據證明失蹤者是活著離開赫伯特家的。若他真的沒有離開，那麼，就像我剛開始說的，不管你如何推理，最終一定會鑽進死角。」

「真是虎頭蛇尾的解析。」宋戴克評價道。

「我知道你會這樣說，」里維斯說，「那麼你又得出了什麼結論呢？或許也有很多種推論，但其中只有一種是真的。可是我們又該怎樣判定呢？我想，我們只能進一步研究當事人的財務狀況或利益糾紛，不然我們不會有任何線索。」

「這點，」宋戴克說，「我真是完全反對。事實上，我們已經掌握了十分豐富的線索。你認為我們無法判定究竟哪一種推論是真實的，但我認為，假如你認真、仔細地閱讀過那些相關報導的話，你一定會有所發現，所有的事實都清楚地指向一種推論，而且不會有其他的可能。或許那並不是真實的案情，但我也不這樣認為。不過，我們一直都在針對案情作出理論性的推測，並且我堅定地認為我們手上的資料足夠作出結論。你說呢，拜克里？」

「哦，我認為我現在應該回去了，晚上6點我還有一個診療會議。」我尷尬地說。

「那好，」宋戴克說，「希望我們沒有耽誤你的工作，那個可憐的巴納此刻應該還在希臘小島上採紅醋栗呢！記得一定要來看我們。你可以在下班的時候來，不要擔心會打擾我們，我們一般在晚上8點之後，就不怎麼忙了。」

對於宋戴克的熱情邀請我深感親切。於是我便離開他的辦公室，沿著中殿巷和河堤區向家的方向走去；雖然這不是通往菲特巷的直線路徑，但是剛才的談話讓我對伯林漢一家產生了很強的好奇心，也刺激了我的推理神經。

聽過他們的分析和推論，我發現這個案子的陰謀意味突然變得很濃重。失蹤者約翰．伯林漢先生有可能是被那兩位可敬的先生謀殺的——我並不否定這種可能。從那兩人赤裸裸的、充滿憤怒的談話中不難看出，他們能夠讓邪惡的念頭輕而易舉地進入心中——僅僅只差一步，就能變成具體的懷疑。我的頭腦因為他們的話變得活躍起來：這起案子謎團重重。

緊接著，我的思緒突然從問題的本身遊離到了那位迷人的女孩身上。雖然是第一次見到她，但在我眼裡那是多麼迷人，且令人難忘啊！

此時我想起了里維斯說的一句話：如果父親涉案，那麼女兒也逃脫不了關係。這種說法讓人恐懼，雖然這只是猜測，卻令我非常反感，我很驚訝於自己的這種感覺。然而，我無法否定記憶中浮現出的那個穿著黑袍的灰暗的身影，的確帶著一絲神祕、悲劇的色彩。

被困羔羊

由於陷入沈思，竟沒有察覺自己迂迴繞了遠路。大約在十分鐘後，我才來到菲特巷尾。沈靜的心情頓時轉變成一位忙碌醫生特有的高度警覺，我大步流星地向前走去。但是我的眉頭卻緊鎖著，看起來就像剛從一個棘手的患者那兒回來似的，而就診室裡只有一名病人在等我。看到那位病人時，我輕輕地哼了一聲，就當跟她打了個招呼，而她則朝我鞠了一躬。

「原來這兒就是你的辦公室？」她說。

「是的，奧蔓小姐，」我回答道，「說實話，我正打算到府上拜訪你呢！有什麼能為你效勞的？」

「謝謝，沒有。」她回答，「我的私人醫生都是女性，今天到這來是替伯林漢先生帶個信兒。」說著，她掏出一封信遞給我。

看後得知，我的病人已經好幾晚無法安然入睡了，而且白天疲倦不堪。所以他希望我能給他開點治療失眠的藥。

對於這個請求，思索了片刻。因為醫生不能隨便為病人開安眠藥，但是失眠也真是讓人非常苦惱的事。最後，我決定先給這位病人開一劑低量的溴化鉀處方，晚一點的時候再打電話問病人是否有提高劑量的需要。

「奧蔓小姐，請轉告我的病人，讓他立刻服用這劑藥，」我將藥瓶交給她，接著說，「稍後我會到府上去看望他的。」

「我想他要是看到你一定會很高興的，」她微笑著說，「因為今晚家裡只有他一個人，他一定非常鬱悶。伯林漢小姐出門去了。但是我要提醒你一點，他是一個很可憐的老人，只是脾氣很壞。對不起，我不應該這麼說。」

「哦，不，奧蔓小姐，很感謝你提醒我這一點，」我說，「當然我並不是非要看望他不可，但我真的很想去看看他，和他聊聊天。」

「是的，我想這會對他很有幫助。你有很多優點，除了不守時之外。」奧蔓小姐挖苦道，然後便匆匆離開了。

晚上8點30分，我來到了奈維爾巷。奧蔓小姐帶我走過一段寬敞卻較為陰暗的樓梯後，便招呼我進了房間。當時伯林漢先生正低著腦袋喪氣地坐在椅子上，望著空蕩的壁爐，看樣子好像是剛吃過晚飯。當他看到我時，眼睛一亮，只是精神還是有些委靡不振。

「真不好意思，你辛苦了一整天之後還要來看我，」伯林漢先生說，「但是見到你我很高興。」

「不辛苦。我聽說你今天一個人在家，所以就過來和你聊聊天。」

「你真是個好人，」他誠懇地說，「但是，恐怕你會發現我這人並不好相處，整天為一大堆瑣事煩惱著的人是很難有知心朋友的。」

「那麼假如你想獨處，千萬要告訴我。」此時我突然感覺自己好像打擾到他了。

「哦，親愛的拜克里醫生，你並沒有打擾我。」然後大笑著說，「事實上是我打擾了你。說句心裡話，如果不是擔心你會感到無聊，我真願意將我全部的煩惱都傾吐於你。」

「我當然不會感到無聊了，」我說，「在不給對方造成不便的情況下能夠分享別人的經驗，總歸是件讓人愉快的事。你知道的『想要研究人，就得去找人』，對於醫生來說更需要這樣。」

聽到我這麼說，伯林漢先生苦笑了一下，然後嚴肅地說：「你讓我感覺自己就像一個細菌。但是，假如你想通過顯微鏡觀察我，我會乖乖地趴在鏡台上供你觀察，即使我的行為並不會為你的研究提供什麼幫助。我可憐的哥哥，他才是主角，不知道他在哪個墳墓裡面操縱著細繩，導演著這場傀儡戲。」

說完，他停頓了片刻，凝望著壁爐思考著，彷彿忘了我的存在。過了半晌，他緩緩地將頭抬了起來，繼續說道：「說起來這件事還真古怪，拜克里醫生，太古怪了。我知道你已經了解了其中的一部分的內容——中間那段，但我還是想從頭說起，這樣一來，你和我知道的就一樣多了。至於這件事的結局，我們都不知曉，它依舊是一個謎。毫無疑問，所有這些都是命中注定的，只是我們還要靜靜地等待著結局的到來。

「從我父親去世後，悲劇就開始了。他是一個沒有什麼家產的神職人員，而且還是有兩個孩子——我的哥哥約翰和我——的鰥夫。父親想盡辦法使我們進了牛津。畢業後，約翰便到外交部工作了，而我準備著到教堂任職。但是當時我突然發現自己的宗教觀發生了變化，並不適合做這份工作。就在這個時候，我的父親意外得到了一筆相當可觀的財產。因為他曾清楚地說過，他會把這筆財產留下，然後平均分給我哥哥和我。所以對我來說，工作就不是謀生的工具了。我一直對考古學有很大的興趣，因此我下決心，要追求自己的夢想。順便說一句，其實我是追隨了家族的嗜好，才喜歡上考古的。因為我的父親非常熱中於研究古代東方史，而且約翰，你是知道的，他也是一個狂熱的埃及古物學家。

「結果，我的父親突然去世了，沒有留下任何遺囑。雖然他曾找人草擬過一份遺囑，但因為當時一再拖延，終究沒有完成。我父親留下的財產幾乎都是不動產，而我的哥哥則全部繼承了下來。但是，由於眾人都清楚我父親生前的願望，所以我哥哥為我設立了一筆每年五百鎊的津貼，其數目大約是我年收入的四分之一。當時我催促他將我應得的部分一次性支付給我，但他總是拒絕那麼做。相反的，他竟然指使他的律師將我的津貼數額降低為之前的四分之一，直到他去世為止。按理說，他去世之後，我應該是他財產的繼承者，或者我先死掉了，那麼這些財產則應歸到我女兒露絲的名下。可你知道的，後來他突然失蹤了。一方面各種跡象表明，他已經死了，因為我們找不到任何能夠證明他還活著的證據。因此，他的律師傑里柯先生認為他已經無法繼續付給我津貼了。但另一方面，因為沒有證據可以證實我的哥哥已經死了，所以他的遺囑也不能執行。」

「我想知道你所說的那些能說明你哥哥已經死亡的跡象，是什麼跡象？」我追問道。

「主要因為他失蹤得非常突然，而且還是徹底的失蹤。或許你還記得，火車站寄存著他的行李，但卻遲遲沒人領取；另外，還有一件事更堅定了我的想法。我哥哥定期都要到外交部領取退休金，這筆錢必須由本人親自去領取；如果本人在國外，在代領取時必須出示此人仍然活著的證明。對於領取退休金這件事他從不含糊，而且他從來不會偷懶，也不會出現忘了把必要的文件交給他律師的情況。但是，自從他神祕失蹤以後，他的退休金就一直沒有被人領取過。」

「這樣說來你的處境的確很艱難，」我說，「但是，要取得法院認定他已經死亡以及執行遺囑的許可，也不是那麼容易的。」

「你說得很對，」伯林漢先生緊皺著眉頭說，「但是這對我仍毫無幫助。就像你知道的，在當時那種情況，傑里柯先生等了很長一段時間，但我哥哥一直沒有出現。於是傑里柯先生採取了十分明智的做法：他將我和其他當事人都召集到他的辦公室，然後向我們宣讀了遺囑的內容。結果讓我很震驚，遺囑中的那些條款簡直太怪異了。其中最誇張的一點是，我那可憐的哥哥，竟然認為自己已將所有的事情，都安排得盡善盡美了。」

「或許人都是這樣的。」我只是簡單地回應了一句。

「也許是這樣。」伯林漢先生無奈地說，「但是可憐的約翰，他的遺囑內容怎麼會如此離譜，我認為那絕非他的初衷。我們家是倫敦古老的家族之一，在皇后廣場附近有一棟房子，這棟房子名義上是用來居住的，但實際上是我哥哥用來存放收藏品的，而且它也是伯林漢家族世代居住的古宅。大多數去世的家族成員都埋葬在宅子附近的聖喬治墓園，只有極少數的幾個成員葬在了那一帶教堂附屬的墓地。我哥哥——這個單身漢——十分熱愛家族傳統，因此，他在遺囑中要求，在他死後必須要葬在聖喬治墓園，讓他和先人們在一起，或是把他葬在他出生的教區的墓地。可是這絕非單純地表達他的願望，或希望遺囑的繼承人幫助他達成心願，事實上這是作為影響遺囑執行的一個條件。」

「影響？怎麼影響呢？」我疑惑地問。

「這種影響是很要命的，」伯林漢先生嚴肅地說，「我的哥哥將所有的房產都留給了我，如果我先死掉了，那麼這份遺產就由我的女兒露絲繼承。但是，想順利地繼承這筆財產是有條件的，就是我剛才說到的——必須把我的哥哥葬在特定的地點——如果我們沒有完成這個條件，那麼所有的財產都將轉而由我的表弟喬治．赫伯特繼承。」

「但是，在這起案子中，」我說，「既然一直沒有找到屍體，那麼你們誰都無法得到這份遺產啊！」

「這一點我就不敢確定了，」他搖著頭說，「假如我哥哥真的已經死了，那麼我們可以確定一點，他並沒有被葬在聖喬治墓園，或者是他所提到的其他地方。對於這一點，我們可以根據登記數據得到證實。但是，如果通過這種方式獲得了死亡認定，那麼這份遺產就要交到赫伯特的手裡了。」

「那麼遺囑執行人是誰？」我問道。

「唉！」伯林漢先生嘆了口氣，「這是另一個讓人困惑的問題。遺囑有兩個執行人：一個是傑里柯，另一個就是直接受益人，根據遺囑內容，這個直接受益人就是赫伯特或我。但問題是，我們倆誰都不能執行這份遺囑，因為法院無法判定我們當中誰是直接受益人。」

「那麼該由誰向法院提出申請呢？這應該是遺囑執行人的職責啊！」

「你說得很對，赫伯特也在為這件事發愁呢！上次你來的時候，我們就在討論這件事，當時討論得非常激烈，」伯林漢先生苦笑著說，「事實上，傑里柯並不願意單獨蹚這個渾水。他說他必須得到另一個遺囑執行人的支持才行。然而目前，赫伯特不能成為共同執行人，當然我也不能。確切地說，我們兩個應該一起扮演這個共同執行人的角色，因為不管怎樣，受影響的不是他就是我。」

「情況真是太複雜了。」我感嘆道。

「是的，但是，赫伯特竟想出了一個很有趣的提議。他提出，既然埋葬約翰的地點的條件沒有被執行，那麼這份財產就應該歸他所有；同時，他還提出了一個簡潔的安排：只要我支持他，並同傑里柯一起向法院申請死亡認定，然後使他成為遺囑執行人，那麼他將每年付給我四百鎊的終生津貼。無論在什麼情況下，此種安排永遠有效。」

「這是什麼意思？」我疑惑地問。

伯林漢痛苦地皺著眉頭，向我解釋道：「他的意思就是，哪天如果屍體突然被找到了，那麼關於遺囑中提到的埋葬地點的條款在實施以後，他仍繼續持有遺產，並且繼續向我支付每年四百鎊的津貼。」

「真是太可惡了！」我憤憤地說，「他倒是很懂得談生意啊！」

「他的如意算盤打得響著呢！如果屍體一直沒有被找到，那麼他每年最多也只是損失四百鎊，直到我死；哪怕最後真的找到了屍體，他也沒有什麼損失。」

「我認為你一定會反對這個卑鄙的提議，是嗎？」

「是的，我會反對到底的，我的女兒也很支持我。但我不知道這樣做到底對不對。我想，人總是要為自己留後路的。」

「那麼你和傑里柯先生討論過這個問題嗎？」

「討論過，今天我還同他碰過面。傑里柯為人十分謹慎，他並沒有給我什麼建議。可是我知道，他其實並不贊成我拒絕赫伯特的提議。雖然他沒有明說，但他暗示過我：掌中雛勝過林中鳥，而且這片樹林現在還沒有影兒。」

「你認為傑里柯先生會不會不顧你的意見，而擅自向法院提出申請嗎？」

「其實我認為他自己不會這樣做。但是如果赫伯特向他施加壓力，我想或許他會屈服。況且，赫伯特作為遺囑執行人之一，也完全不會在意我的拒絕，他會徑自提出申請。傑里柯也是這麼說的。」

「哦，上帝啊，這真是一筆糊塗帳！」我感嘆道，「但有 件事讓我感到很奇怪，你哥哥在立遺囑的時候，傑里柯律師就沒有提醒過他這份遺囑的內容有些荒謬嗎？」

「這個當然有。傑里柯告訴我，他曾建議我的哥哥允許他草擬一份比較合理的遺囑，但是約翰不聽。可憐的老傢伙，有時他真是蠢到了極點。」

「那麼赫伯特的提議現在還有效嗎？」我繼續問道。

「沒有，都怪我這火爆的脾氣。當他和我說完這個狗屁提議時，我斷然拒絕了他，然後毫不客氣地將他攆了出去。上帝保佑我這樣做是對的。當時，我真是氣極了。你是知道的，我哥哥在失蹤前最後一次出現就是在赫伯特家——唉，可能是我太激動了，你今晚好意來陪我聊天，我卻說了一大堆自己的瑣事來煩你；不過，我之前可是警告過你的哦！」

「不是這樣的，我倒覺得你很有意思，而且我對你的這起案子也頗感興趣。」

伯林漢先生笑得有些勉強。「我的案子？」他重複道，「看你說的，好像我是一個喪心病狂的罪犯。但是，我很高興你覺得我很滑稽。這一點我倒是從未發現。」

「不，我並不是說你滑稽，而是說你很有趣。我是十分敬重你的，我認為你是混沌情勢中的主角。而且並不僅僅是我一個人這樣認為，還記得我上次和你提到的宋戴克博士嗎？」

「哦，當然，我記得那位先生。」伯林漢回答道。

「說來也巧，今天下午我遇到了他，然後在他的辦公室裡聊了半晌。有件事還要請你原諒，我擅自將我們認識的事告訴了宋戴克博士。不知道我這樣做會不會……」

「哦，不，我並不介意。這沒有什麼關係，不知道他是否還記得我家的——按你的說法——那筆糊塗帳？」

「宋戴克博士一直都在關注這起案子的進展，他對此案很有熱情。」

「唉，我何嘗不是呢！」伯林漢嘆了口氣說。

「我在想，」我說，「如果我將你剛才告訴我的事情轉述給他，你是否介意？因為我知道他一定很想了解更多的細節。」

伯林漢陷入了沈思，他又一次凝視著空蕩的壁爐。過了一會兒，他抬起頭來，緩緩地說：「我想不出什麼理由拒絕你的請求。當然這件事又不是祕密；即使它是祕密，也並不是只屬於我的祕密，如果他真的感興趣，那你就告訴他吧！」

「但是我向你保證，他不會說出去的，」我說，「他是個守口如瓶的人；而且我想那些線索對他來說會更有意義，說不定他能夠從中找出一些有用的東西。」

「哦，我可不是一個愛佔便宜的人，我不會佔他便宜的，」伯林漢突然說道，而且還帶著一點火氣，「我可不是那種到處向專業人士要求他們的建議的那種人。你應該懂吧，拜克里醫生？」

「這個我懂，」我趕緊解釋，「我不是這個意思，請不要誤會。我聽到了開門的聲音，是伯林漢小姐回來了吧？」

「我想應該是我的女兒，沒錯。怎麼要走啊，難道你怕見到我的女兒？」伯林漢看到我匆忙地起身拿起帽子，說道。

「我不確定是否真的害怕見到她，」我說，「因為她實在太迷人了。」

聽到這話，伯林漢先生捂著嘴咯咯地笑了起來。這時，他的女兒走了進來。儘管她一身樸素的黑色衣裙，而且手提袋也很舊，但她看起來依然那麼楚楚動人。

「你好，拜克里醫生。」她禮貌地和我握了握手。

「你好，」我說，「你父親打哈欠了，我呢，正準備離開。我想我是有點貢獻的，通過和我談話，你父親的失眠一定會有所好轉的。」

伯林漢小姐微笑著問：「難道你是因為我才急著走的嗎？」

「怎麼會，」我十分狼狽、羞澀地回答，「是因為我已經完成了任務，就是這樣。」

「那你就再留一會兒吧，醫生，」伯林漢先生催促道，「也讓我的女兒露絲見識一下你的神奇療法。如果你一看到她回來就離開，那麼她會因此感到不舒服的。」

「好吧，但是希望不會妨礙你休息。」我說。

「哦，不用擔心，我想睡覺了自然會告訴你。」伯林漢笑著回答。

這樣一來，我又重新坐了下來——但沒有一絲不情願。

這時，奧蔓小姐端著一個托盤走了進來，露出了難得 見的笑臉。

「親愛的，把你的吐司和可可趁熱吃了好嗎？」奧蔓像哄小孩一樣地說。

「好的，我會吃的，菲莉絲，謝謝你。」伯林漢小姐回答道，「但是我要先脫掉我的帽子。」說完，她離開了房間，後面跟著這位差距明顯的老姑婆。

不久，伯林漢小姐回來了，他的父親連打了幾個哈欠。當伯林漢小姐正準備坐下來吃點東西時，她父親說了一句讓我摸不著頭腦的話：「你回來晚了，孩子。牧人王的事一定很棘手，是吧？」

「不，」伯林漢小姐回答道，「我只是想盡快解決這件事，因此在回來的途中我繞到了奧蒙街的圖書館，把事情辦妥了。」

「這麼說來，你已經做好填塞他們的準備了？」

「當然。」她有些驕傲地回答。當她發現我一臉的不知所措時，竟大笑起來。

「哦，父親，我們不該在拜克里醫生面前打這種啞謎，」她說，「不然他會詛咒我們變成石頭的。拜克里醫生，我父親是在說我的工作。」她向我解釋道。

「哦？難道你是製作動物標本的嗎？」我問。

聽到這話，伯林漢小姐將舉到嘴邊的杯子迅速放下，噗哧地笑出了聲來。

「我想你一定是被我父親的奇怪言論給誤導了。就此他應該好好解釋一下。」伯林漢小姐笑著說。

「對不起拜克里醫生，是這樣的，」伯林漢先生解釋道，「露絲是文字搜查員——」

「哦，請不要稱呼我搜查員，親愛的父親！」伯林漢小姐抗議道，「這聽上去很像是在警察局負責搜身的警察。」

「好吧，調查員，女調查員，隨便你了。她的工作就是專門為那些寫書的人到博物館裡搜尋參考資料以及文獻，然後將與某一個主題相關的所有文字進行整合處理。當她蒐集到的資料快要把她的腦袋填滿的時候，她就會到客戶那兒去交代工作，將自己蒐集的所有東西都吐出來，裝到客戶的腦袋裡，最後再由這些客戶把這些東西全部吐出來修訂成一本書。」

「哦，父親，你的這種說法有點噁心！」伯林漢小姐說，「但是大致上就是這樣。我就好像是一隻搜索文字的豺狼，專門為獅子獵捕文字作為食物，這種說法應該很形象了吧？」

「真是再清楚不過了。但你們說了這麼多，我還是不明白填塞牧人王是什麼意思。」

「哦，需要接受填塞的是寫書的人，並不是牧人王！這只是我父親在故弄玄虛。其實事情是這樣的：一個德高望重的主輔祭寫了一篇關於約瑟夫大主教的文章。」

「但實際上他對大主教一無所知，」伯林漢先生接著說，「然後被一個學者識破了，因而惱羞成怒……」

「不是這樣的，」伯林漢小姐反駁道，「他所擁有的知識毫不遜色於普通的主輔祭，只能說那位學者的學問更高深一些。所以，這位主輔祭委託我去搜集關於埃及第十七王朝末期體制的文獻，我明天就要去找他，就像我父親說的，將所有的數據都吐給他，然後……」

「然後，」伯林漢先生突然打斷她的話，說道，「主輔祭將會用牧人王和賽科南拉王，以及一大堆埃及第十七王朝的信息把那位學者猛轟一頓，到時候一定會吵翻天的！」

「沒錯，我想一場爭執是免不了的了。」伯林漢小姐看起來像是能預示未來似地說著。

然後停了下來；而這時她的父親又大聲地打了幾個哈欠。

我以一種仰慕和不斷滋長的好奇感注視著伯林漢小姐。撇開她那蒼白的臉、疲倦的眼神以及十分憔悴的面容，她的確是一個標緻的女孩。我發現，在她的神情中有種不同於普通女孩的專注、威嚴和堅強。這一點是我在無意間偷瞄她，以及轉頭答話時觀察到的；同時我還發現，雖然她的語言中總帶著一絲憂鬱，但是卻也不乏犀利和幽默。她真是一個神祕且有趣的女孩。

吃完晚餐，露絲將托盤推到一旁，將她的舊手提袋打開說：「你對埃及歷史感興趣嗎？我們對這個主題頗為狂熱，甚至可以說是一種家族病。」

「哦，很遺憾，我對這方面的了解並不多，」我抱歉地說，「讀醫學院時，就十分辛苦，所以也沒什麼時間讀其他書籍。」

「當然，」她點點頭說，「沒有誰能夠樣樣精通。但是，假如你對文字調查員的工作方式有興趣，我很願意把我的筆記拿給你看看。」

我立刻接受了這項提議。當然，我很清楚自己的想法——醉翁之意不在酒。於是她從手提袋裡拿出四本藍色封面的四開筆記本，上面分別記錄著從第十四到第十七王朝四個王朝的歷史。我瀏覽著上面摘錄的整潔有序的內容，開始同她討論關於那段謎一般的歷史。

漸漸地，我們壓低了聲音，因為伯林漢先生已經將頭垂在椅背上，閉上了眼睛。就在我們談到阿培巴二世統治時期的艱難政局時，屋子裡突然傳出一陣巨大的鼾聲，不禁使我們輕聲笑了起來。

「很明顯，你的談話真的很有效果。」露絲小聲地說。

我笑了笑，拿起帽子。然後我們便躡手躡腳地向門口走去。露絲開門時竟然沒有發出一點響聲。當我們走出房間後，露絲熱切地對我說：「很感謝你能抽出時間來看我的父親！你給了他很多的幫助，我非常感激。晚安，拜克里醫生！」

露絲誠懇地同我握了握手，然後我便向嘎嘎作響的樓梯走去。因為樂昏了頭，竟然忘了要稱讚她。

泥潭中的碎骨

與大多數執業診所一樣，巴納醫生的診所，總會給人帶來希望與絕望交錯的複雜心情，使執業人員萬般痛苦。忙碌的高峰期又夾雜著幾乎停滯的間歇期，而在我到奈維爾巷之後的第二天，就遇到了一個間歇期。中午11點的時候，我便閒了下來，因為感覺閒得有些發慌，於是我來到河堤區漫步。倚在欄杆上，靜靜地欣賞著河邊的風景。不遠處是壯觀的灰石拱橋和子彈塔，西敏寺和聖史蒂芬教堂就坐落在稍遠的地方。

在石橋中央的拱口處，滑過一艘駁船❶，桅桿上還飄著一面梯形的帆，一個穿著白色工作裙的女子正操作著舵柄。這般景象著實讓人感到寧靜、祥和，同時還充滿了生命的躍動和明朗的浪漫氣息。我癡迷地望著在微波中前行的帆船，望著那位謹慎老練的女舵手，以及甲板上正朝著遠處吠叫的狗，此刻我想起了露絲·伯林漢。

這位陌生的女孩為什麼會令我如此著迷？其實這個問題我已經問了自己很多次，但我仍然不知道其中的原因。難道是因為那棟神祕的房子？或者是因為她那份特殊的工作和不凡的

---

❶ 用來運貨物或旅客的一種船，一般沒有動力裝置。由拖著或推著行駛。

學識？或者是她所具有的獨特性格及迷人的外貌？或者是因為她與她那位失蹤伯父的關係？可以說，這幾點都是問題的答案。與露絲相關的一切都是那麼的奇特且吸引人。但是，除了以上幾點，我強烈地感受到自己內心深處還存在著一股特殊的感情，那就是對她的同情和微妙的情愫，而且還暗暗希望她能夠有所察覺並給我回應。總而言之，我是深深地被她吸引了。雖然認識的時間不長，但我的心已經被這個女孩牢牢地佔據了，任何人都無法替代。

後來，我的思緒從露絲・伯林漢跳到她父親告訴我的那起奇案上。這件案子真是詭異透了，一份離譜的遺囑，一個從中阻撓、令人困惑不解的律師。我想整件事的幕後定有一雙黑手在操控著，再加上赫伯特先生作出的相當耐人尋味的提議，更是十分可疑。只可惜我幫不上什麼忙，這種事是律師的專長，應該請教律師。於是我決定晚上去見一下宋戴克，將我知道的所有情況都告訴他。

就在我作出這個決定時，一件神奇得讓人無法相信而實際上卻又恰恰出現的事發生了。當時，我注意到從布雷克弗萊橋的方向走來了兩名男子，我一下子就認出他們是我的老師和他的助手里維斯。

「我正想著要去找你們呢！」當他們走近時，我興奮地說。

「太榮幸了，」里維斯說道，「我還以為你在同魔鬼說悄悄話呢！」

「我想他只是在自言自語，」宋戴克笑著說，「但我想知道你為什麼想見我們，有什麼事情嗎？」

「是的，因為我正在想伯林漢的案子。昨天，整晚我都待在奈維爾巷。」

「哈！那你有什麼新發現嗎？」

「真是要命，真的有一點新情況！伯林漢先生將遺囑的內容詳細地告訴了我。」

「那麼他同意你將遺囑的內容，都轉述給我嗎？」宋戴克急切地問。

「當然，我特意問了他一下，他並沒有反對。」我笑著說。

「很好。我們現在要到蘇活區吃午餐，因為彼得忙不過來。和我們一起去吃午餐吧，你也可以在路上和我們說說你昨晚了解到的情況，怎麼樣？」

在診所裡沒有等待就診的病人的情況下，這個提議正合我意，所以我沒有遮掩我的欣喜，立刻接受了他們的邀請。

「那好，」宋戴克說，「咱們可以慢慢地走，在沒有走進人潮前，將這件事談個清楚，以免將祕密泄漏出去。」

於是，我們三個人沿著寬廣的人行道優閒地走著，我也開始敘述昨晚發生的事情。從目前處理遺產的各種阻礙，到遺囑中列出的條件，我的講述讓兩位朋友聽得津津有味。宋戴克偶爾還讓我暫停，給他一點時間做記錄。

「這個傢伙一定是瘋了！」聽我說完，里維斯大叫道，「我想他一定是被自己精心設計的荒唐遺囑給害了。」

「也不能這麼說，許多立遺囑的人都有這種怪癖，」宋戴克解釋道，「那種直接且容易理解的遺囑反而屬於特例。但是，我們還是要等看到原始文件之後才能下定論。我想伯林漢先生手上應該有一份遺囑副本。」

「這個我就不太清楚了，」我說，「但我可以找機會去問問他。」

「如果他手上真有，我真希望能親眼看一看，」宋戴克說，「我發現這些條款十分特別，而且就像里維斯說的，好像有人蓄意設計要違逆立遺囑人的心願──如果它的內容果真是這樣的話。另外，這些條款一定與失蹤事件有著密切的聯繫。我想你也一定注意到了。」

「我所知道的是，如果沒有找到約翰的屍體，那麼受益的人就是赫伯特。」

「的確。但是還有其他幾處值得注意的地方。不管怎樣，只有等我們見到遺囑原件之後才能進一步討論它。」

「假如伯林漢先生有遺囑的副本，」我說，「那麼我會盡力把它拿過來給你看。但伯林漢先生擔心被人指責他四處找律師進行免費咨詢。」

「你能這樣做自然好，」宋戴克微笑著說，「這種事情一點都不丟臉。你一定要協助他克服這種顧慮，你和在學校時一樣，還是那麼優秀，令人欣賞，而且，我感覺這家人好像已經把你當成了朋友。」

「是的，他們一家人都很有趣，」我解釋道，「而且非常有教養，家族裡每一個成員都對考古學很熱中，就好像是家族遺傳似的。」

「你說得很對，」宋戴克說，「考古是他們的家族興趣。你挺喜歡葛德菲爾．伯林漢，是吧？」

「的確。雖然他的脾氣有些暴躁，愛衝動，但整體而言還算親切和善。」

「那他的女兒呢？」里維斯問道，「是個什麼樣的人？」

「哦，你說那位露絲小姐啊，她是個十分博學的淑女，她的工作就是在博物館尋找各種文獻和資料。」

「什麼？」里維斯驚訝地大叫了起來，「我了解那種女人！她們的手指上沾滿了墨水，身材扁平，特別傲慢做作，總戴著一副眼鏡，而且鏡片很厚。」

「你錯了！」我憤慨地大吼道，里維斯對那位可人兒的惡劣描述使我氣憤，「露絲小姐是十分漂亮的，而且女人味十足；或許她有些拘謹，但我們畢竟是初次見面——甚至可以說是陌生人。」

「那麼，」里維斯追問道，「她到底是什麼樣子？我指的是外表，高矮胖瘦，描述得詳細一些。」

於是，我開始在記憶中尋找露絲的樣子。

「露絲大約有五尺七寸高，身體修長而且十分豐滿，從外表上看，她是一個儀態端莊、優雅的女孩；烏黑的頭髮略為中分，自然、漂亮地向下垂著；她的膚色白皙，五官秀麗，深灰色的眼珠很有神，眉毛筆直，鼻梁不僅直而且很美，嘴巴雖小但很豐潤；下巴略圓——喂，里維斯，你在傻笑什麼？」眼前這位朋友突然像貓一樣，齜著牙、咧著嘴，一副取笑我的樣子。

「如果那份遺囑真的有副本，宋戴克，」里維斯說道，「那我們一定要拿到手。不知道你這位高材生是否同意我的說法？」

「我已經說過了，」宋戴克為了緩和氣氛插話道，「我對拜克里是很有信心的。好了，我們可以暫停這個話題了，餐廳到了。」

說著，宋戴克推開一扇樸素的玻璃門，我們便隨他一起走進了餐廳。餐廳裡彌漫著一股提高人們食慾、同時還夾帶著脂肪的有害的蒸汽香味。

大概過了兩小時，我便在聖殿法學院步道邊的法國梧桐樹下與我這兩位朋友道別了。

「我現在不能邀請你到我的辦公室去，」宋戴克說，「因為下午我們與客戶有個會議。但是，希望你能夠在有時間的情況下來看望我們，當然並不一定要帶著遺囑副本來。」

「是啊，」里維斯跟著說，「晚上下班後你就可以過來。當然了，如果你今晚沒有浪漫的約會的話。哦，你的臉怎麼紅了，孩子！不要害臊，我們都是過來人。即使宋戴克也曾在埃及前王朝時期年輕過。」

「別理他，拜克里，」宋戴克一臉嚴肅地說，「這個傢伙的乳牙還沒掉光呢！等他到了我這個年齡或許才會懂。」

「等到變成老古董？」里維斯大叫道，「那還是祈禱我不要活那麼久！」

宋戴克看著自己的助手和藹地笑了一下，便熱情地同我握了握手，然後走進了律師事務所的大樓。

我從聖殿法學院走到皇家外科學院，在那裡研究了幾個鐘頭的浸泡標本、溫習病理學和解剖學的知識，同時驚嘆於現代解剖學的完美技術，暗自慶幸開設了這門學科，而自己正好學習了它。鐘聲和喝杯茶的渴望，敦促我暫時放下手上的工作，離開實驗室休息一下。而此時，我滿腦子想的仍然是病理檔案以及標本玻璃瓶。突然我發現，自己走到了菲特巷卻不知道要做什麼。就在這時，從我的背後傳來一陣刺耳的叫喊聲，我頓時清醒了許多。

「悉德卡鎮有駭人聽聞的新發現！」報童尖聲大喊著，聽上去就像是清脆的耳光聲。我氣沖沖地轉身，看到報童正高舉著一個黃色廣告牌子，上面的文字吸引了我的注意：

「水芥菜田裡有駭人的發現！」

也許有些人會否認，但是「駭人的發現」這幾個字卻有一種莫名的吸引力，其中充滿了悲劇、懸疑以及浪漫的暗示，好像為灰暗平淡的生活注入了一劑戲劇性的調劑。鄉村的淳樸也因此增添了幾分恐怖的色彩——無論是什麼事。

於是我買了一份報紙，夾在腋下，匆匆走回診所，準備了解這個「駭人的發現」。然而，就在我將診所的門打開的時候，一個圓圓胖胖、滿臉粉刺的女人向我迎面走來，然後帶著重重的鼻息朝我鞠了一躬——原來是百花巷煤炭店鋪的那位老闆娘。

「晚上好，賈柏雷太太，」我驚訝地同她打了聲招呼，「你不會是來看病的吧？」

「你說得沒錯，就是。」她直起腰來，悶聲地說，然後隨我走進了診療室。我讓她坐在了病人椅上，而我則端坐在辦公桌前。「醫生，最近我感覺身體有些不對勁。」她慢悠悠地對我說。

此時我滿腦子想的都是報紙上的駭人發現，所以我只是靜靜地等她進一步說明情況。很快，賈柏雷太太停了下來，用她那雙暗沈、泛著苦水的眼睛肯切地望著我。

「啊！」我回過神來，說道，「你身體不舒服，是吧，賈柏雷太太？」

「是的。我的耳朵也有問題。」她補充道，然後嘆了口氣，整個房間頓時充滿著黑巧克力般的濃烈、懷舊的氣息。

「那麼，你現在頭很痛，是嗎？」

「是啊，痛了很長時間呢！」賈柏雷太太說，「腦門總是一開一闔的，當我坐下來的時候會痛得很厲害，簡直就要爆炸了！」

她對於自己感官的生動描述與她這個人倒是很一致，這樣一來我對她的病情也有了很具體的了解。我向她解釋人體皮膚的彈力是多麼地驚人，從而使她安心一些，然後便開始竭力地思索著她的情況。無意間，我的思緒漫遊到了「黑巧克力」上面。最終我不得不敷衍她，請她先回家休息。

此時我勉強地打起精神，打開一瓶由巴納用密封罐裝的威士忌與汽水的混合飲料。開始閱讀那篇關於駭人發現的報導。但是，還沒等我將報紙攤開，另一名病患又來了。他是一名患有膿皰病的病人，一個菲特巷的少年也感染了這種病。緊接著，又來了一個病患。就這樣，整整一晚我都沒閒下來，最終使我徹底忘了水芥菜田的事件。直到我用熱水洗臉，消除一天的疲憊後，準備坐下來吃頓簡便的晚餐時，才突然想到那則新聞。於是我便迅速地從辦公室的抽屜裡抓起了報紙——這是剛才在匆忙中隨手塞進去的。為了方便閱讀，我將報紙折成小塊，讓它靠在飲料罐上豎立著，一邊吃飯一邊閱讀。

這篇報導很長。很明顯，報社將這篇報導當作獨家新聞大篇幅地進行了報導，因為它被安排在了頭版頭條的位置。

悉德卡鎮的水芥菜田裡有駭人的發現！

昨天下午，清理人員在肯特郡小鎮悉德卡附近的水芥菜田裡，發現了駭人的物體；對於那些經常享用清爽蔬菜的人們而言，這將帶來極大的不快。在詳細描述發現這一物體的經過之前，先簡單地透露一點，這個物體正是人體殘骸。那麼我們先來回溯一下，這次意外發現的奇妙巧合。

這片水芥菜田位於克雷河支流所灌溉的小型人工湖上。相對其他菜田來說，它的深度較深一些，水流不斷，但是非常緩慢。正因如此，殘骸才得以被很好地掩蓋起來。這條支流流經很多牧場草地，水芥菜田則位於其中一座牧場。爲了滿足人們食肉的慾望，幾乎整整一年那些受害的羊群，一直在進行著將牧草轉化爲羊肉的工作。

近幾年前，一種俗稱「肝蛭症」的傳染病侵襲了這片牧場上的羊群。在此，我們必須暫時岔開話題，進入病理學來解釋一下這一病症。「肝蛭症」的感染過程非常浪漫。病因起源於一種扁平的小蟲——肝吸血蟲，牠能夠寄生在羊的肝臟和膽管內。

那麼這種蟲子是如何進入羊的肝臟的呢？這便是牠浪漫的地方了。

變態循環剛剛開始的時候，吸血蟲在流經牧場上的某條小河時，會在陰暗的角落裡產下卵。每一個蟲卵都有類似蓋子的器官，牠們會立刻打開，然後讓毛茸茸的幼蟲游出去尋找一種特定的水螺——生物學者稱這種水螺爲截口土蝸。當幼蟲尋找到這種水螺的時候，牠會鑽進水螺的體內，然後迅速變大變肥；接著牠便開始大量繁殖，產下無數外形和牠完全不同的幼蟲——雷蚴。隨即，這些幼蟲會立即產下無數的小雷蚴，牠們會代代相傳，直到某一代雷蚴產下完全不同的後代：頭大、尾巴長、類似蝌蚪的小蟲——尾蚴。很快，最後這代尾蚴便鑽出水螺的體外，展開一場複雜的生存鬥爭。這種水螺會經常離開水面，游到草原上，當那些逃出水螺體外的尾蚴發現自己處於草地之後，牠們便會立刻甩掉尾巴，將身體吊掛在草葉上。這樣一來，那些不知情的綿羊吃草時，便將尾蚴也吃進了肚子。尾蚴發現自己來到了綿羊的胃裡，便直搗牠們的膽管，然後游往肝臟。幾週之後，尾蚴就會全部長成吸血蟲成蟲，接著開始產卵、繁殖後代。

這就是「肝蛭症」的病理學傳奇。但是這與駭人的殘骸有什麼關聯呢？情況是這樣的，這種傳染病爆發之後，地主約翰·伯林漢先生便讓他的律師在菜田租約中加入了一項條款，這項條款規定租户必須定期清理菜田，並且由專家親自鑒定，確保沒有水螺才可以。然而，兩年前最後一期租約已經到期，因此菜田一直荒廢著沒人管理；但是，爲了鄰近牧場的安全，他們開始了定期的檢查，這才有了在水芥菜田中的駭人發現。

兩天以前，這項工作正式展開。三名工人依照次序打撈水草，然後將各種水螺蒐集起來，交由專家檢驗是否有寄生蟲存活。昨天下午，就在他們打撈完半邊菜田的時候，一位在深水域打撈的工人發現了幾根骨頭，骨頭的形狀讓他頓生疑慮。於是他呼喊同伴，三人細心地將骨頭上的雜草剔除，很快，呈現在他們眼前的是一隻人類的手骨。他們非常警覺，立刻停止了打撈工作，並且通知了警方。沒多久，警察以及地方的法醫一起來到了現場，他們仔細檢查了被妥善保留在原地的屍骨。就在這個時候，他們發現一個不同尋常的現象：那隻埋在爛泥裡的左手臂，竟然缺失了無名指。這一點立刻被警方列爲鑒定屍骨身分的重大依據，畢竟失去左手無名指的人是極少的。徹底搜索了整個現場之後，他們將屍骨完整地蒐集了起來，然後送到驗屍室，進行下一步化驗。

地方法醫布蘭登在接受本報記者採訪的時候，做出了以下說明：

「屍骨屬於一位中高年齡、身高大約在五尺八寸的男性所有。手臂完整，包括肩胛骨、鎖骨，唯獨缺少第四根手指骨。」

「是本身就殘缺，還是之後被切除了？」記者問道。

「經鑒定確認是被截肢過。」法醫回答道，「假如先天殘缺，相連的掌骨，應該出現發育不全或者畸形的現象，但是掌骨完整且正常。」

「那麼，骨頭在水裡浸泡多久了？」記者接著問。

「據我推測，至少超過一年。因爲骨頭沒有一絲殘留的肌肉組織，非常乾淨。」

「在你看來，這條手臂爲何被棄置在那裡？」

「這個很難回答。」法醫特意保留了一些想法。

「另外，」記者繼續追問，「請問那裡的地主約翰·伯林漢先生，不是在幾年以前就失蹤了嗎？」

「嗯，據我的了解是那樣的。」布蘭登醫生回答。

「你能不能告訴我們，伯林漢先生的左手是完整的嗎？有沒有缺失無名指？」

「無可奉告。」說完，布蘭登醫生微笑地補充道，「你可以去詢問警方。」

這就是本案的最新發展。據我們了解，警方已經開始對缺失左手無名指的失蹤人口展開了調查。如果讀者中有人知悉這一特徵，希望你能立刻通知本報或者警方。另外，我們相信警方已經開始對死者其他部位的屍骨，進行全方位搜索。

放下報紙，我陷入一陣沈思。還有什麼事情能比這更讓人費解的呢？記者的疑問正是我的疑問。那屍骨會是約翰·伯林漢的嗎？很顯然，這個可能性相當大。但我只能這樣認為，屍骨是在他的土地上被發現的，這無疑具有某種暗示，但這也僅僅是種可能。其中的關聯，也許只能用偶然來解釋，毫無因果關係。

至於死者缺失的無名指，失蹤報告中並沒有提到伯林漢先生也有類似的特徵。當然，也有可能是被忽略了。這幾天，我會與宋戴克見面，如果這則新聞和約翰．伯林漢的失蹤有關係，那麼我一定會有所耳聞。我一邊想著，一邊離開了餐桌，我決定引用後人編訂的約翰遜的名言，入睡之前「去艦隊街散會兒步」。

複製遺囑

我多次思考過煤炭與馬鈴薯之間的關係，但是始終只得到一個答案，那就是兩者都來自大地，都是土地的產物。而巴納的出診路線所提供的，除了位於百花巷賈柏雷太太的店鋪以外，還有就是菲特巷西側，那間窩藏在舊房子中間、比巷道地面矮了大約一尺的黑暗詭異的地下店鋪。那是一棟木製的三層樓房，彷彿懸在半空中，隨時都會有傾倒的可能。

我路過這間販售奇特產品的店鋪時，看見了奧蔓小姐站在陰暗的店裡。她也看見我了，立刻伸出還拿著西班牙大洋蔥的手跟我打招呼。於是，我走了進去，微笑著跟她回禮。

「這真是個漂亮的洋蔥，奧蔓小姐。你真的願意將它給我？」

「才不是呢！不過你看看它，是不是跟男人很像？」

「跟男人很像？」我詫異地打斷了她，「難道洋蔥……」

「喂！」她提高嗓音制止道，「不要在這裡胡言亂語！還是一個精通醫學知識的大男人呢！你應該很清楚的。」

「是的。」我難為情地說。

奧蔓小姐沒有理會我接著說：「剛剛我還往診所打過電話呢！」

「找我嗎？」

「當然了，不然我找打雜的嗎？」

「那倒不會。奧蔓小姐，你是不是終於發現女醫生沒有多大用處了？」

「哼！我打電話是為了伯林漢小姐。」奧蔓小姐咬著她那美麗的牙齒，狠狠地說道。

「伯林漢小姐生病了嗎？」我焦急地問道。突然間，我再也沒有心情開玩笑了。

「沒有，只不過把手割傷了；而且是右手，挺嚴重的。她又不是無所事事的人，經常會用到右手的。所以，你趕緊去看看她吧！」奧蔓小姐滿臉譏諷地對我說。

話音剛落，她已經消失在陰暗的店鋪深處了。

我一秒也沒有停留，立刻趕回辦公室拿上醫藥箱，往奈維爾巷趕去。奧蔓小姐家年輕的女僕接待了我，並告訴我，伯林漢先生出門了，只有伯林漢小姐在家。

說完，她便回廚房忙自己的事了。我上樓去找伯林漢小姐，只見她的右手用白布包了一層又一層，就像拳擊手套一樣裹成一團。

「很高興你能來。」她笑了，「菲莉絲——就是奧蔓小姐，她很細心地幫我包紮了傷口，但是你能幫我檢查一下，那就再好不過了。」

我們去了起居室，然後我將藥箱放在桌子上，開始詢問她受傷的經過。

「真是不走運，在這個節骨眼上竟然發生這種事兒。」她沮喪地說。

「怎麼這麼說呢，有什麼特別的事嗎？」我問道，同時試著解開纏在她手上的、充滿了女性巧思的布結，它們好像在故意為難我一樣，一點也不聽話。最後那個布結竟然在某個瞬間自動鬆開了。

「我必須完成一些很重要的工作。有一位才學淵博的女士，拜託我搜集有關阿馬納土丘的所有文獻資料。你應該知道吧，阿孟霍特普四世——那些刻在泥版上的楔形文字！」

「這個嘛……」我安慰她，「放心吧，你的手很快就會康復的。」

「不行！我必須立刻投入工作。在這個週末以前，我要將完整的資料送出去。可惜現在……我該怎麼辦才好？」

而這時，我已經將繃帶解開了，傷口暴露在我的眼前。深深的一道傷痕處於手掌中間，幸好沒有切中動脈。看來，這隻手需要休養一個星期才會好了。

「我在想，你會將它包紮得很好，也許能夠讓我寫字？」她的眼神充滿了期待。

「對不起，伯林漢小姐。」我搖了搖頭說，「看來我要用夾板固定你的手了，傷口太深了，我必須這麼做。」

「那這次的任務我只能放棄了。但我擔心我的客戶不能及時地完成這本書。古埃及文學是我最擅長的，而且這次的工作不但酬勞高，還非常有趣。唉，也許我只能認命了！」

我一邊小心地為她上藥，一邊思考著。很明顯，這件事情讓她很失望，失去工作就等於失去錢。只要看一眼她那身寒酸的黑裙，就能明白她的生活有多麼拮据了。更何況，這件事情也許對她還有更重要的意義。是的，就她的反應而言，似乎確實是那樣的。突然，我有了一個主意。「那也不一定。」我說。

她像是抓住了救命稻草一樣，用渴望的眼神看著我。

我繼續說道：「我有一個建議，但願你能接受。」

「看來你的建議有些不同尋常，」她說道，「不過我會認真考慮的，你說吧！」

「我還在念書的時候選修過速寫課。你知道的，我雖然不是一個優秀的記者，但是我的速寫能力也很強。」

「嗯，這個我能明白。」

「每天下午，我都有足夠的休息時間，一直到晚上6點。我想，上午你可以去博物館找資料，然後用書簽做上記號，當然了不許使用右手；下午我就過去幫你做速寫，你只要將你挑選出來的段落念給我聽就行了。我想，這樣一來應該可以達到你平時的抄寫量。」

「天啊，拜克里醫生，你真是個好人！」她大聲叫了起來，「真是太好了！但是我不能這樣佔用你的私人時間，雖然我很感激你能這麼說。」

伯林漢小姐堅定地回絕了我的提議，我雖然有些沮喪，但是仍舊堅持著：「希望你能接受我的建議！的確，一個相對陌生的人對一位女士提出這樣的建議，真的是有些冒犯。不過，假如你是一位男士，我也會提出相同的建議。所以，你應該接受！」

「可是，我畢竟不是男人。有的時候，我真的希望我是呢！」

「還是不要吧，在我看來還是維持你的現狀比較好！」我直率地說道。

接著我們哈哈大笑起來。就在這時，伯林漢先生提著一堆用皮帶捆著的新書進來了。

「你們還真熱鬧！」他和藹地看著我們，笑著說，「有什麼喜事嗎？看看你們，一對醫生和病人，竟然笑得像兩個女學生一樣開心，什麼事情讓你們這麼高興？」他把那一堆書放在桌上，接著說，「醫生說得很對，孩子，你還是做女人吧！我實在無法想像，你變成男孩子會是什麼樣子，你就聽拜克里醫生的吧！」

看見他心情很好，於是我乘機向他說起了我的建議，想要讓他幫我說服伯林漢小姐。等我說完後，他轉身看著女兒，問道：「你為什麼不答應呢，孩子？」

「會給拜克里醫生帶來很多麻煩的，這可不是輕而易舉就能完成的工作！」她回答道。

「也會給我帶來很多樂趣的，真的。」我的態度非常誠懇。

「既然這樣，你就答應了吧！」伯林漢先生說，「我們就施點小恩惠給醫生吧！」

「天啊，我不是這個意思！」她急忙叫道。

「好的，那你就接受他的好意吧！他真心想要幫忙，這當然是好事，我相信他會樂在其中的。醫生，她答應了。是嗎，孩子？」

「哦，你都這麼說了，我只好接受了。」

她笑了笑，這優雅的笑容本身就是最大的回報了。做完一些必要的安排之後，我滿心歡喜地趕回去完成早上的工作，然後簡單地吃了個已經錯過的早餐。

幾個小時之後，我再次來到伯林漢小姐的家，只見她拎著手提袋，站在花園裡。我順手接過袋子，然後一起走了出去。走到庭院大門的時候，我看見了奧蔓小姐嫉妒的目光。

難以置信，此刻的我竟然與這位佳人並肩走在巷子裡。因為有她，讓原本雜亂的環境變得光彩四溢，即使平日裡最普通的事物，也變得那麼美麗；而那條充斥著詭異趣味的菲特巷，原來也那麼美好。我深深地呼吸著高麗菜的味道，就像是在嗅著日光蘭的芬芳。就連我們搭乘的去往西區的公車，彷彿也變成了榮耀的戰車；而人行道上擁擠的人群，此刻也變成了純真的天使。

愛是愚蠢的，以至於讓平日裡瑣碎的事物都變得美麗；而戀人之間的思緒和行為更是愚蠢的。但是，以生活瑣事作為評判愛情的標準畢竟是荒謬的，因為功利主義讓我們的眼睛只專注於那些微不足道的細節，以及短暫的利益上，從而忽略了背後那偉大、永恆的愛的真諦。寂靜的仲夏之夜，夜鶯的歌聲比所羅門王的智慧更有意義。

進入圖書室之前，在入口處的小玻璃房裡，管理人員對我們進行了檢查，我將手杖交給一個禿頭僧侶保管，並換取了一張護符，然後我們就進入了龐大的圓頂圖書室。

我經常這樣想，假如能將某種具有高度防腐功能的物質——比如甲醛——這種致命的蒸汽注入這個大廳，那麼這裡所有的藏書和書呆子都將被保存，成為博物館另外一道流傳於後世的人類學風景線。毫無疑問，除了這個地方以外，全世界再也找不到一個能聚集這麼多怪胎的地方了。但是最讓我們好奇的是：這些人是從哪裡來的？當那巨大的鐘（專門為近視者設計的大鐘）敲響關門的鐘聲時，這些人又會去哪裡呢？就像那位滿臉愁容，走路的時候螺旋形的鬈髮不停跳躍的紳士；或者那位身穿牧師黑衣，頭戴圓頂禮帽，猛然回頭會把人嚇到的身材矮小的「中年男子」——其實是一位婦人，他們都將去哪裡呢？這些我們從來沒有遇見過的人，也許他們會在閉館之後，消失在博物館陰暗的角落，然後躲進古老的石棺裡，或者木乃伊的棺材裡，直到天亮？也許他們會抱著書本，在書架之間的空隙裡匍匐爬行，整夜沈浸於皮革和紙張的香味裡？誰也不知道！而我只知道，與那些怪人相比，露絲・伯林漢就彷彿是另外一種生物，幾乎可以與少年安提諾烏斯的頭像媲美——原本被安放在羅馬戰神雕像當中，後來被移開了；她就彷彿是一尊神祇雕像，被立在了擺滿面目猙獰的野人畫像的畫廊之中。

「我們從哪裡開始？」找到座位之後我問她，「要先看看目錄嗎？」

「不用了。我的手提袋裡有借書證，想要的書就擺在『珍藏書』那裡。」

我將帽子放在了皮革書架上，然後刻意把她的手套也放到了上面——多麼親密的暗示啊！接著更改了借書證上的數字，便一起往「珍藏書」的方向走去，開始了今天的工作——一個無比快樂的下午。我在光滑、油亮的皮革書桌上迅速抄寫了兩個小時的文字，這兩個小時是那麼的幸福甜蜜。我彷彿進入了一個既新鮮又奇特的世界，那裡有愛、有學習、有互動，還有死板的考古學，這個世界奇特詭異到了極點，卻又無比甜美。

在這之前，歷史對我而言是一門非常深奧的學科，就像著名的埃及異教徒法老——阿孟霍特普四世，他推翻了埃及傳統的多神信仰，主張只尊崇太陽神，並且還將自己封為神，因此遭到了埃及人民的反對。但是在這之前，阿孟霍特普四世對我來說只是個名字；還有西台人，他們是一個擁有神祕居住地的種族；至於寫有楔形文字的泥板，對我而言，也不過就是適合鴕鳥口味的粗糙的化石餅乾。

可是現在所有的一切都變了。我們並肩坐在一起，她在我的耳邊輕輕說著那段混亂不堪的歷史，緩緩飄來的耳語美輪美奐。（因為圖書室內禁止交談，所以我們可以這樣親近的接觸。）古埃及語、巴比倫語、阿拉姆語、西台、孟斐斯、哈瑪、密吉多……我興奮地將這些全部抄寫下來，希望她再多說一點兒。但是有一次我失態了，那個表情嚴肅，像是苦行僧的神職人員經過我們旁邊時，鄙夷地看了我們一眼，很明顯他以為我們正在圖書室裡調情。或許這位牧師也正在對我耳邊溫柔的聲音遐想聯翩呢！想到這裡，我忍不住笑了起來。而我那美麗的工作夥伴，此時已經將手放在書上，微笑中帶著譴責的意味看著我，然後繼續讀了起來。她工作起來的樣子，就像韃靼人一樣嚴肅凶狠。

有一個時刻是我最為自豪的，那就是當我問伯林漢小姐「然後呢」，她回答我「結束了」的時候。兩個半小時的時間裡，我們完成了六大冊書的去蕪存菁的工作。

「你真的太厲害了！」伯林漢小姐說，「如果只有我一個人抄錄的話，至少要花上整整兩天的時間呢！真的太謝謝你了。」

「不要那麼客氣。我不但很開心，而且還溫習了速寫。接下來我們做什麼呢？要不要找一下明天需要的書？」

「嗯，我已經將清單列好了。我們現在去目錄區吧，我來找編號，你來寫借書證。」

我們用了半個小時去找明天的新書，然後將那些被我們榨乾的書還了回去，這才離開了圖書室。

「現在我們去哪兒呢？」走出大門之後，她問我。大門口站著一個身材魁梧的警衛，就好像天堂的守護天使一樣，好在他的手裡沒有拿著禁止進入的火劍。

「去博物館那條街上吧！」我說，「那裡有一家很好的牛奶鋪，我們去喝杯東西。」

她雖然有些猶豫，但是最終還是跟我去了。不一會兒，我們已經並肩坐在了大理石台面的小桌前，一邊享用著茶水，一邊回味著剛剛結束的工作。

「這個工作你已經做了很久了嗎？」當她為我添滿第二杯茶的時候，我問道。

「真正專職也就兩年的時間。實際上，是從我家破產之後開始的。只不過在這之前我經常跟著約翰伯父——就是那位神祕失蹤的伯父——去博物館幫助他查找資料。我們倆是很好的朋友。」

「他是不是很有學問？」我對此非常好奇。

「是的，可以這麼說。對於一個上流社會的收藏家而言，他的確是。他熟悉博物館收藏的所有的埃及古物，並且對每一件都很有研究。埃及古物學本來就是一門深奧的學科，而且他也稱得上是一個博學多才的埃及學研究者。當然，他真正感興趣的是研究古物，而不是研究歷史。但是，他對埃及的歷史還是很了解的，畢竟他也是一個收藏家。」

「假如他死了，那麼他所有的收藏品將歸誰所有呢？」

「根據他的遺囑，大部分收藏品都會捐贈給大英博物館，剩下的歸他的律師傑里柯先生所有。」

「傑里柯先生，為什麼呢？傑里柯要那些埃及古董有什麼用呢？」

「他原本也是埃及學研究者，並且對此非常狂熱。他蒐集了大量的聖甲蟲寶飾，以及一些家用古董。我經常想，如果不是因為他對埃及古物的熱愛，也許不會和我的伯父這麼親近。當然他是一個很優秀的律師，同時也是一個非常謹慎、細膩的人。」

「是這樣嗎？看看你伯父寫的遺囑，我很懷疑這點！」

「不，這不能怪傑里柯先生。他已經跟我們解釋過了，他不止一次地勸說伯父再草擬一份內容合理的新遺囑，可是伯父不聽他的。事實上，伯父是一個相當固執的人。傑里柯先生也拒絕對此事負責，他說那份遺囑簡直就是精神不正常的人寫的。我覺得也是，幾天前我第一次看見了那份遺囑，很難想像，一個腦袋清醒的人會寫出那樣的東西來。」

「你有遺囑的副本嗎？」我突然想起了宋戴克的囑咐，於是急切地問道。

「嗯，有啊！你想看嗎？我的父親向你提過，對嗎？你倒是值得讀一讀——當作是一些瘋話。」

「我想讓我的朋友宋戴克看看，他說他對這份遺囑有興趣。」我說道，「讓他看看，或許能看出些端倪來。」

「我實在想不出反對的理由，」她接著說，「但是，你也了解我父親的現狀；我的意思是，他有所顧忌，怕人們誤會他在到處尋求『免費的法律服務』。」

「他不必為這個擔心。宋戴克只是對這個案子很感興趣，所以想看看遺囑。說實話，他是一個十足的偵探迷，對他而言，能親眼看看遺囑是求之不得的事。」

「嗯，他真是個熱心腸的人。我會跟我父親說說這件事情的，假如他同意的話，今天晚上我就將遺囑的副本給你送過去或者寄過去。我們現在要走嗎？」

我不太情願地點了點頭，然後付了茶錢，一起向外面走去；不一會兒，我們不約而同地掉轉了方向朝羅素大街走去，目的是為了避開繁華的街道和車流。

「你的伯父是一個什麼樣的人？」漫步在寧靜的街道上，我不緊不慢地問她，但是我還是補充道，「希望你不會覺得我很奇怪，因為在我的印象中，他好像是那種漫不經心，經常會惹上法律糾紛的人。」

「我的約翰伯父……」她沈思了一會兒，說道，「他的性格很古怪，而且也很倔強，向來都是我行我素，有人說這就是霸氣；不過，最要命的是他很不講理，還有些老糊塗。」

「嗯，從他的遺囑上能看出來他是這樣的人。」我點點頭。

「是的，不僅僅是這份遺囑，還包括他為我父親設立的津貼，簡直荒謬到了極點。不但是個可笑的安排，而且極其不公平。他應該遵從我祖父的心願，將遺產一分為二的。當然，也許他並沒有惡意，只是喜歡按照自己的意願辦事罷了，可惜他那一套真的是行不通。

「我記得這樣一件事，足以證明他有多麼固執難纏。雖然這件事情微不足道，但也頗能顯示出他的個性。他所收藏的物品裡面，有一枚非常精緻的第十八王朝小戒指，據說阿孟霍特普四世的母親泰皇后是這枚戒指的擁有者。但是，我認為這種說法是有偏差的，戒指上的圖案是歐西里斯之眼，你也應該知道，太陽神才是泰皇后所尊崇的。不管怎樣，這枚戒指真的非常漂亮。約翰伯父對這個神祕的歐西里斯之眼有著沒有來由的迷戀，因此他特意找了一位技藝精湛的金匠打造了兩枚仿製品，一枚給了我，一枚留給了他自己。當金匠準備為我們測量手指大小的時候，約翰伯父堅決不讓，他說兩枚戒指必須與真品一模一樣，甚至連尺寸也要相同。可想而知，我的手指太細了，而戒指太大根本無法佩戴；約翰伯父則是戴上去之後，緊得再也拿不掉了。幸好他的左手比右手細一點，否則連戴都沒有辦法戴上。」

「你的意思是，這枚戒指你從未戴過？」

「是的。我原本想將它改小一點，但是約翰伯父堅決反對，所以我只好將它放在盒子裡了。」她笑著說道。

「真是個怪異的老傢伙。」我評價道。

「是的，他就是這麼不可理喻。而且，他還經常為了他那些收藏品惹我父親生氣，他動不動就改動我們在皇后廣場的那棟房子。我們對那棟房子有著很深的感情，在建造之前我們家族就已經住在那裡了，那個時候是安妮皇后主政，以她命名的廣場才剛剛開始規劃。那是一棟非常有特色的房子，想不想去看看？就在前面不遠的地方。」

我絲毫沒有猶豫，就點頭答應了。其實，即使那是間煤炭棚或者炸魚店，只要能與伯林漢小姐繼續散步，我都樂意去。另外，我對這棟房子的確也很感興趣，畢竟它與神祕失蹤的約翰．伯林漢有著某種聯繫。

不一會兒，我們來到了豐宙廣場——這裡陳列著許多奇特的加農炮形狀的鐵柱，我們在這兒停留了幾分鐘，欣賞了一會兒這片威嚴的舊式廣場。一群男孩在廣場中央——由石柱環繞，中間豎立著古樸的燈柱——喧鬧玩耍；除此之外，整個廣場都被悠遠的歷史，以及肅穆的氛圍籠罩著。在這晴朗的夏日午後，廣場被濃密的梧桐遮擋著，顯得格外宜人，陽光透過枝丫將成排的、黝黑的磚造屋頂照得燦然透亮。我們沿著陰涼的西側街道走著，就要到達終點時，伯林漢小姐突然停了下來。

「就是這棟房子。」她說，「這會兒看起來似乎有點落寞，但是在我的祖父、曾祖父他們居住的時候，它應該非常迷人吧！那個時候，他們可以透過窗戶眺望大片的廣場，廣場不遠處是大片的草原，再遠一點就是漢普斯德和海格高地。」

她神情沈鬱地站在人行道上，仰望著這棟古老的房子；她的身影是那麼的淒涼，我看著她心裡想著：這樣一個秀麗、端莊的淑女，穿著破舊的衣服，戴著磨破了的手套，站在家族世代居住的房子跟前；這棟房子原本應該歸她所有，可是如今卻不得不拱手讓給外人。

我好奇地跟著伯林漢小姐仰起頭望著它，一陣哀傷、陰森的氣氛撲面而來。從地下室一直到樓閣，所有窗戶都緊緊地關著，沒有一絲生氣。死寂、悲涼彌漫了整棟房子，彷彿披上了麻衣，為失蹤的主人哀悼一樣。華麗的門廊內的大門上積滿了灰塵，好像與那些古老的燈架和生鏽的熄燈器一樣，已經老舊得不能再使用了。看著這棟舊式的房子，想像著安妮皇后的年代，家僕準備熄掉火炬，而某一位伯林漢家族的貴婦，正坐在鑲了金邊的椅子上休息。

停留了片刻，我們決定甩掉這傷感的一幕，往家的方向走去。伯林漢小姐一直陷入沈思之中，肅穆的神態與我初次見到她時一樣。不由得，我也被她的惆悵感染了，就好像失落的靈魂從那棟沈寂的屋子裡飄了出來，與我們並肩行走一樣。

當然，我們仍然是愉快的。當我們到達奈維爾巷口時，伯林漢小姐停了下來，與我握手之後，說道：「再見了，非常感謝你的幫助。能不能將手提袋還給我？」

「當然，不過我要先把筆記本拿出來。」

「為什麼？」她非常好奇。

「難道不用我將這些速寫內容用正常文字抄一次嗎？」

我的話音剛落，她便一臉驚訝地大叫道（她甚至忘記放開我的手）：「天啊！我的反應太遲鈍了。但是，這是不可能的，拜克里醫生！做完這些，至少要花上好幾個鐘頭！」

「怎麼會不可能？一定要這麼做，否則這些筆記就毫無用處了。如此，你還要拿回你的手提袋嗎？」

「不，真的不用了。我實在是受寵若驚，不過你還是放棄這個想法吧！」

「那麼，我們的合作關係就這麼中止了嗎？」我大聲問道，並且緊緊地握住了她的手。她這才發現我們的手相互握著，於是急忙抽了回去。「我可不想就這麼放棄整整一個下午的工作！」我解釋道，「明天見吧，我會儘量早去博物館的。借書證就放在你那裡吧，另外，不要忘了答應我的，給宋戴克博士的遺囑副本！」

「不會忘的，只要我的父親答應，今天晚上我就給你送去。」說著，她接過了借書證，再次跟我道謝之後，轉身走進了巷子。

肢解狂魔

我興高采烈地投入到了工作中，結果，真像伯林漢小姐所說的那樣——很費時間。兩個半小時的速寫——大概每分鐘一百字，的確需要很長的時間將它轉換成正常的文字。我只能立刻開始工作，否則明天是無法準時交出筆記的。

想到這裡，我絲毫不敢耽擱，剛剛踏進診所不到五分鐘，我已經坐在書桌跟前，將那些潦草的簡寫字改寫成工整、可以辨識的正體字了。

假如不是因為有愛，這種事情實在談不上有趣。當我再次記錄那些字句的時候，伯林漢小姐溫柔的聲音也再度傳入我的耳中，頓時讓這件苦差事變得有趣起來。而我，彷彿對生命有了新的認識，我跨進了一個嶄新的世界——一個有著伯林漢小姐的世界；而那些不時打斷我思緒的病患，雖然讓我得到了暫時的休息，但是我一點也不感謝他們。

一個晚上過去了，奈維爾巷始終沒有傳來任何消息。我開始擔心起來，難道伯林漢先生始終無法打消他的疑慮嗎？實際上，我並不是特別關心遺囑副本，我只是比較在意伯林漢小姐今晚是否能來。哪怕她只能與我相處片刻，我也會非常滿足。

7點30分左右，「砰」的一聲診所大門被打開了，我滿懷期待的心立刻打蔫了——進來的是奧蔓小姐，只見她手裡拿著藍色的大信封，滿臉嚴肅地將信遞給我。

「這是伯林漢小姐讓我轉交給你的，信封裡還張有紙條。」

「我可以看看嗎，奧蔓小姐？」不是她本人送來，我多少有些失望。

「簡直就是個愚蠢的男人！」她大聲叫了起來，「我帶它來就是要給你的。」

對啊，看來我真的有些糊塗了。於是，感謝她之後，我便拿出裡面的紙條看了起來。內容只有簡單的一句話，同意我將遺囑副本拿給宋戴克博士。當我若有所思地抬起頭時，發現奧蔓小姐正不以為然地盯著我看。

「看來你得到了某人的歡心了。」她譏諷地說道。

「我一向都很招人喜歡，天生的！」

「才怪！」她不屑地哼了一聲。

「難道你覺得我人緣不好嗎？」我笑著問道。

「油嘴滑舌！」奧蔓小姐瞥了我一眼，然後看了看桌上的筆記說，「你在忙這些？看來你真的變了不少。」

「是的，是一個令人愉快的改變。你一定讀過艾薩克博士所寫的那首『如果撒旦能夠……』的聖詩吧？」

「你所說的是『遊手好閒』那首嗎？」她回答，「看來我得奉勸你一句了，千萬不能遊手好閒太長時間。我非常懷疑那塊夾板的真正作用，你應該明白我的意思。」我還沒來得及跟她辯論，她已經趁著幾名病患進門的空隙離開了。

晚上8點30分左右，診所就要關門了；時間一到，阿多弗就會關上大門，今晚也不例外。他做完最後一項工作之後，將煤氣燈關小了一些，然後跟我打了一個招呼，便離開了。他的腳步聲越來越遠，接著傳來一陣關門聲，這表示他已經離開診所了。我站起來伸了個懶腰，桌子上躺著那個裝著遺囑副本的信封，我突然想到，應該盡早將這個交給宋戴克博士，並且只能由我親自送去。

我看了看那些筆記，接近兩個小時的抄寫，進度已經相當顯著了；只不過剩下的部分，還需要繼續拼命。我想了一會兒，決定睡覺之前再抄一會兒，剩下的明早再有兩個小時就能弄完。於是，我將攤開的筆記本原封不動地挪進了書桌抽屜，然後將其鎖上，這才拿起信封，動身趕往宋戴克那裡。

當舊財政部敲響9點的鐘聲時，我正拿著手杖輕輕敲著宋戴克辦公室那道厚重的橡木門，裡面一直沒有回應。這時，我突然想起快要到這裡時，看見窗口並沒有燈光；我想也許他在樓上的實驗室裡。就在這時，石階上傳來一陣熟悉的腳步聲。

「你好，拜克里！」宋戴克禮貌地招呼道，「等了很久嗎？彼得正在樓上研究他的新發明呢！以後如果你發現辦公室沒人，就去直接去試驗室吧！他幾乎每個晚上都在那裡。」

「並沒有等太久。」我說，「我正準備去打擾他呢，結果你就來了。」

「哈哈，就應該這麼做！」宋戴克一邊說著，一邊將煤氣燈開得更亮一些，「有新的進展嗎？我似乎看見有個藍色的信封正躍躍欲試呢！」

「是的，一點也沒錯。」

「是遺囑的副本？」

我點了點頭，接著說道：「我已經得到允許，將副本拿給你看了。」

「看我說得沒錯吧！」里維斯大聲叫道，「只要副本真的存在，他肯定能弄到手！」

「是的，我們承認你有這樣預知的能力，但是也不用自誇吧？」宋戴克望著我說，「你仔細看過了嗎，拜克里？」

「沒有，連信封都沒有打開呢！」

「你的意思是說，我們都是第一次看了？好的，讓我們來確認一下，它與你的描述是否一樣。」說完，他在煤氣燈周圍擺放了三張椅子。

里維斯看著他的舉動，笑著說：「看來宋戴克又找到好玩的東西了。對他而言，又有什麼能比內容複雜難解的遺囑更有趣呢？尤其是它還可能牽扯某種卑鄙的陰謀。」

「我不能確定這份遺囑是否表達得明確。」我將話題轉向正軌，「但是，也許它的問題就在於它的要求太過明確了。反正，我將它拿來了。」說著，我將信封遞給了宋戴克。

「我想這份副本應該沒有問題，」他抽出裡面的文件看了看，「是的，沒錯。這的確是葛德菲爾．伯林漢所持有的副本，不但與原件相同，而且還簽了名。里維斯，請你逐字逐句地將它念出來，我會大概地抄寫一些內容作為參考。咱們先輕鬆一下，抽會兒煙再看吧！」

他準備好記事本，我們點燃煙斗，坐下來之後，里維斯打開文件，清了清喉嚨，才開始念了起來：

奉天父之名，阿門。本文是由約翰．伯林漢先生於一八九二年9月21日，在密德塞克斯郡倫敦市倫斯拜瑞區聖喬治教堂教區立下的最終遺囑。

（1）住在密德塞克斯郡倫敦市林肯法學院新廣場184號的亞瑟．傑里柯律師，將得到我全部的印璽和聖甲蟲寶飾，以及編號爲A、B、D櫃中的收藏品，外加兩千英鎊財產，並免繳遺產稅。剩餘的古董收藏品全部捐贈給大英博物館。

另外，住在肯特郡艾爾森白楊大道的表弟喬治．赫伯特，將得到五千英鎊，並免繳遺產稅；我的弟弟葛德菲爾．伯林漢，將得到其他所有的地產、房產，以及私人物品，假如他在我之前死亡，以上所有財產將轉贈給他的女兒露絲．伯林漢。

（2）將我的遺體與我的祖先們一起葬在聖喬治大教堂教區墓園；假如不能如此，就將我的遺體葬於聖安德魯大教堂、聖喬治大教堂、布倫斯拜瑞區聖喬治教堂，或者聖吉爾斯教堂所屬區內；或者上述教區任何一個教堂、禮拜堂的墓園，以及任何一個允許埋葬死者遺體的合法場所。但是，如果以上條款均不能達成，則——

（3）將上述地產、房產改贈給我的表弟喬治．赫伯特所有；另外，在此之前，本人所立的全部遺囑將自動失效。在此，我指定亞瑟・傑里柯成爲這份遺囑的執行者；主要受益人和剩餘遺產受益人爲共同執行者。假如所述第二個條款得以實施，那麼葛德菲爾・伯林漢爲遺囑的共同執行者；假如第二個條款無法實施，那麼喬治・赫伯特爲共同執行者。

約翰・伯林漢

最後，此文件由立遺囑者約翰・伯林漢簽署；並由我，以及在場數人共同作證、簽署。

菲德列克・威爾頓，執事，倫敦北區梅弗路16號

詹姆斯・巴柏，執事，倫敦西南區新月廣場魏伯瑞街32號

里維斯放下了手裡的文件，說：「就是這些了。」同時，宋戴克也將記事本最後一頁撕了下來，里維斯接著說，「我見過很多愚蠢的遺囑，但是沒有哪個比這個更荒謬了！我實在不明白，這份遺囑將怎麼執行。共同執行者在兩個遺囑中二選一，這是多麼不切實際的做法，就像無解的數學難題。」

「我倒覺得這並不難辦到。」宋戴克若有所思地說。

「我覺得很難，幾乎沒有辦法做到！」里維斯反駁道，「假如在某個地方找到屍體，那麼就由A擔任執行者；如果沒有找到，就由B來擔任執行者。可是，目前為止並沒有人知道屍體的下落，也沒有什麼能證明屍體在某個特定的地點，而屍體是不會自己出現的。」

「里維斯，你將問題想得太複雜了。」宋戴克說，「是的，屍體也許就在某個角落，假

如不是在那兩個教區之內，就是在那以外的地方。假如屍體被棄置於那兩個教區之內，那麼，只要調查一下失蹤者生前最後一次活動，以及那天之後的所有喪葬證明；或者查詢兩個教區的墓園登記，立刻就清楚了。假如在這兩個教區內，都找不到任何有關的土葬記錄，那麼這件事情可以由法院採證，判定這兩個地方沒有舉行過相關的土葬儀式。所以，屍體肯定是被棄置在了其他地方。因此，喬治・赫伯特就成了遺囑的共同執行者，以及剩餘遺產的受益人。」

「你朋友這下可鬱悶了，拜克里。」里維斯說，「有一點可以確定，屍體並沒有被埋在這兩個教區之內的墓園裡。」

「是的，」我沮喪地說道，「這是毋庸置疑的。但是，哪個笨蛋會拿自己的臭皮囊大做文章呢？人都已經死了，葬在哪裡又有什麼不同呢？」

「現在的年輕人真是太沒有禮貌了！」宋戴克看著我們笑著說，「你說這話可有些不公平了，拜克里。專業訓練讓我們變成了唯物主義者，因此也讓我們對於那些懷有單純信仰和情感的人少了些理解和同情。有一位受人尊敬的牧師來我們解剖室參觀，他曾跟我說，天天面對這些支離破碎的肢體，他很難想像學生們還會對永生或者復活有著深刻的認識。他這個人，有著相當厲害的心理分析能力。事實上，在這個世界上，除了解剖室以外，沒有哪個地方會比這更加死寂；而靜靜地面對人體被解剖的過程——就像分解老時鐘或者廢舊的引擎一樣——並不會讓人聯想到如永生、復活這樣的教義。」

「是的，一點都沒錯。可是堅持必須將自己埋葬於某個特定地點的荒謬心理，與宗教信仰根本毫無關聯，這只不過是一種可笑的情感罷了。」

「嗯，我也贊同這是一種情感，」宋戴克說，「但是我並不覺得它可笑。這種情感不但流傳久遠而且分布也很廣泛，我們必須以敬重的心態去對待它，並將它視為人類天性的一部分。約翰·伯林漢肯定這麼想過，古埃及人一生的願望就是追求長生不老，他們絞盡腦汁為了達成這一目的而努力。想一想大金字塔或是阿孟霍特普四世金字塔，那裡面的迷宮暗道，以及隱藏的墓穴密室；雅各布死後為了與父親葬在一起，不遠萬里回到迦南地；還有莎士比亞，為了能夠在墓中獲得安寧，向後人立下神聖誓約。拜克里，這絕對不是可笑的情感。當然，我跟你一樣，並不在乎自己這身臭皮囊會被怎麼處置，但是，我能夠理解有些人為什麼如此執著，如此看重它。」

「可是，」我說，「就算他渴望死後能夠埋葬在一個特定的墓地，那麼，也應該以合理的方式去達成吧！」

「這個我當然贊同！」宋戴克回答，「這份遺囑的確很荒唐，它不僅帶來了很多難題，而且在立遺囑的人失蹤之後，它也變得離奇的重要。」

「為什麼這麼說，這是什麼意思？」里維斯驚訝地問道。

「現在我們來仔細研究研究這份遺囑吧！」宋戴克說，「我首先要提醒你們的是，立遺囑的人有一個資歷很深的律師可以咨詢。」

「可是傑里柯先生根本不贊同遺囑的內容，而且他也強烈地建議過約翰．伯林漢草擬一份更合理的遺囑。」我反對道。

「但是我們仍然要注意這一點。」宋戴克的態度很堅決，「對於這份遺囑的條款，最引人注目的地方應該是這其中極大的不公平性。葛德菲爾．伯林漢的繼承權，因遺囑人遺體的處置變化而受到影響。可是，這種事情又不是葛德菲爾能夠控制的，遺囑人也有可能死於船難、火災或者意外爆炸，或者死在另外一個國家，並埋葬在某個不知名的墓園中。這種可能實在太多了，更別提要找到屍體了。

「而且，就算找到了屍體，也會存在另外一個難題。遺囑上提到的那幾個教區的墓園，很早以前就已經關閉了。除非可以得到特別的許可，否則根本不可能重新開啟使用。而且當局也絕對不會核發這種許可。假如是火葬，問題也許可以簡單一些，但是沒有人可以肯定這一點；更何況，葛德菲爾．伯林漢也不能決定這一點。所以，不管怎樣只要有一個條件不符要求，他都不會擁有繼承權。」

「這太不公平了，真是可惡到了極點！」我氣憤地大聲叫道。

「的確是這樣。」宋戴克點點頭，「但是，你們看看第二條和第三條，也許會發現它並不是完全荒謬的。要注意，立遺囑人特意強調要將自己的遺體葬在某個地點，而且他還明確表示了想讓他的弟弟繼承他的遺產。就第一個條款而言，他做了某些安排並達成了自己的願望；再仔細看看第二、第三個條款，就會發現，他的種種安排反而讓他的願望難以實現。他希望將遺體埋葬在特定的地點，並且將這一責任交付給葛德菲爾，但是他並沒有將執行這些條款的權力給予葛德菲爾，而是設置了阻礙他去完成這些任務的條款。除非葛德菲爾能夠成為遺囑執行者，否則他沒有任何權力去實行那些條款；而只有那些條款得以執行，否則他將永遠無法成為執行者。」

「太欺負人了！」里維斯也憤怒了。

「是的，不過這個狀況還不是最糟糕的。」宋戴克繼續發表言論，「假如約翰．伯林漢真的死了，那麼他的屍體將成為問題的核心。就目前的狀況而言，屍體應該還在他死亡的地點。但是，除非他正好死在遺囑上指定的教區範圍內（不過這個可能性很低），否則屍體就在這些地區以外。這樣一來，就目前的狀況而言，第二個條款還沒有達成；而喬治．赫伯特自然而然也就成為了遺囑的共同執行者。

「那麼，喬治．赫伯特會不會執行第二個條款呢？這當然不會。因為遺囑裡面並沒有指定他必須這麼做，而需要完成這項任務的是葛德菲爾．伯林漢。從另一方面來看，如果他執行了第二個條款，結果又會怎樣呢？他不僅會失去遺囑執行者的權力，而且還會損失約七萬鎊的遺產。我可以肯定，他絕對不會做這種事情。所以，這樣看來，除非約翰．伯林漢正好死在他所指定的教區範圍內，或者死後他的屍體被立刻送進這些教區墓園，否則他的願望是不會實現的——他的遺體肯定沒有如他所願被埋在指定的地點，而他的弟弟也將會一無所獲。」

「天啊！約翰・伯林漢肯定不想見到事情發展成這樣。」我很遺憾地說。

「是的，」宋戴克也很贊同我的觀點，「對於這一點遺囑上的條款可以充分證明。你們看，只要第二個條款得以實現，喬治・赫伯特將得到五千英鎊；但是遺囑上卻沒有注明，萬一條款無法實現，依然為他的弟弟預留遺產。很顯然，他從未想過這一可能性。在他看來，第二個條款一定能夠實現；對他而言，那些補充條件只不過是形式罷了！」

「但是，」里維斯反駁道，「當律師的傑里柯應當看出其中的荒謬之處，並提醒他的客戶才對啊！」

「是的。」宋戴克接著說道，「這一點的確令人費解。我們都知道，當時他堅決反對立下這份遺囑，只不過約翰・伯林漢非常固執。這是可以理解的，人也許會固執到用荒謬的方式來處理自己的遺產；但是，假如已經被告知這樣做會違背自己的意願，卻依然堅持採用這種形式，那麼我覺得這其中必有蹊蹺。」

「假如傑里柯與這其中的利益息息相關，」里維斯說，「那麼我們有理由懷疑他在撒謊。只不過，第二個條款對他沒有絲毫影響。」

「的確是這樣，」宋戴克說，「喬治・赫伯特於此倒有利害關係。但是我們並沒有證據證明他也參加了遺囑撰寫，想必他並不清楚遺囑的內容。」

「目前的問題是，」我接著說道，「接下來到底會有什麼事情發生，伯林漢一家又該怎麼辦？」

「我猜，」宋戴克想了一下回答道，「赫伯特會首先採取行動。他是利益關係人，他可能會向法院申請死亡認定，好執行遺囑上的條款。」

「可是法院會怎麼判決呢？」

「這個問題很難回答！誰也不敢肯定法院會怎樣判決。」宋戴克苦笑著說，「但是我敢肯定，法院是不會輕易做出死亡認定的。那會是一個相當複雜繁瑣的過程；另外，法院會以立遺囑人仍然活著為前提去審查證據。就目前對於這起案件已知的事實而言，約翰．伯林漢很有可能已經死了。假如遺囑內容簡單一些，所有利益人集體申請死亡認定，那麼法院就會做出核定。但是，就葛德菲爾而言，反對申請死亡認定對他是有益處的；除非他有證據證明第二個條款的內容已經得到實行——當然這一點他根本做不到；或者他有辦法證明約翰．伯林漢仍然活著。因為他是主要受益人之一，所以法院仍然會尊重他的反對意見。」

「是這樣嗎？」我焦急地問道，「難怪赫伯特會提出那麼不同尋常的建議！我真是太糊塗了，有件事情還沒有告訴你們呢！他曾經私下想要與葛德菲爾．伯林漢達成協議。」

「真的嗎？」宋戴克有些驚訝，「是什麼協議？」

「是這樣的，為了實施遺囑條款，他建議葛德菲爾支持他與傑里柯向法院提出死亡認定。只要取得成功，赫伯特每年會支付給他四百鎊的津貼，直到他去世，並且這一協議將不受任何突發狀況的干擾。」

「這樣做的用意是什麼？」

「我想，赫伯特是擔心萬一哪天找到了屍體，第二個條款得以實施，他就需要歸還所有的財產。可是如果這一協議達成的話，他只要繼續支付給葛德菲爾每年四百鎊的津貼就可以了。」

「天啊！」宋戴克驚呼道，「這個提議真是奇怪到了極點！」

「嗯，真的很可疑。」里維斯贊同道，「但是，法院應該不會贊成這種協議吧？」

「是的，法律不會贊成任何遺囑以外的內容。」宋戴克說，「雖然這項提議幾乎沒有什麼問題，除了『不受任何突發狀況的干擾』。假如遺囑內容荒誕無稽，受益人為了避免執行遺囑時無聊的訴訟，彼此可以訂立私人協議，這是合情合理的。比如，在屍體找到之前赫伯特提議，由他每年支付給葛德菲爾四百鎊津貼；但是屍體一旦找到，那麼就由葛德菲爾付給他相同的津貼。如果是這樣平等的協議，兩人的機會均等，也就沒有任何可以挑剔的了。但是偏偏加上一句『不受任何突發狀況的干擾』，這就完全變成另外一回事了。當然，這也許只是單純的貪念，不過其中的微妙之處還是很值得深思的。」

「對極了！」里維斯說道，「我猜想，他已經預料到總有一天會找到屍體。當然，這只是我的猜測罷了。也有可能他想利用對方貧困的處境，來確保自己可以永遠持有遺產。但是，他這樣做是不是太心狠了點？」

「我想，葛德菲爾並沒有答應他的提議吧？」宋戴克問。

「是的，他堅決地拒絕了。另外，這兩位先生就失蹤事件，還進行了一番赤裸裸的、毫不留情的爭辯。」

「真是太遺憾了！」宋戴克說，「假如真的上了法庭，肯定會出現更多的不愉快，也許還會鬧到報紙上。假如受益人之間彼此猜忌，那麼事情就更難以收拾了。」

「唉！這還算不上什麼，」里維斯說，「如果他們指控對方蓄意謀殺，那才是真正的不妙呢！那樣的話，他們只能在刑事法庭上見面了。」

「必須想辦法阻止他們製造無謂的醜聞，」宋戴克說，「看來案情曝光是不可避免的了，但是還是需要做好準備。拜克里，現在回到你的問題上，接下來事情將會如何發展。我想，很快赫伯特就會有所行動。你來說說看，傑里柯會跟他聯合起來嗎？」

「不會的，我想他不會！除非葛德菲爾同意，否則他不會採取任何行動。在不久前他這麼說過，態度也算中立。」

「不錯，」宋戴克說，「但是不排除上了法庭之後，他會有另外一番說辭。從你所說的種種情形來看，律師傑里柯希望執行遺囑，好了結這件事情。這很自然，尤其是他可以通過這份遺囑，獲得大量收藏品以及兩千鎊的遺產。看得出來，即使他在表面上保持中立，但是上了法庭，他很可能做出有利於赫伯特的證詞，而不是葛德菲爾。所以，葛德菲爾不但需要尋求專業意見，而且出庭的時候，更需要一個稱職的法律代理人。」

「可是他沒有錢聘請律師。」我說道，「他窮得就像教堂裡落魄的老鼠，而且自尊心又很強，他拒絕接受免費的法律幫助。」

「哦……」宋戴克沈默了一會兒說，「這真是奇怪。但是不管怎樣，我們一定要堅持到底，絕對不能讓這起案件不戰而敗，並且還是因為缺乏技術性的協助而失敗。更何況，這是一件非常罕見、有趣的案子，我不想看到它無疾而終。葛德菲爾實在不該拒絕他人善意、非正式的建議。就像老布洛德經常說的：『人人都需要法庭之友。』再說了，任何人也不能阻止我們做一些粗淺的調查。」

「那是什麼樣的調查？」

「我們目前所要做的就是，確定第二個條款並沒有被實施。也就是說，約翰．伯林漢的屍體並沒有被葬在他所指定的教區內。雖然他被葬在那裡的可能性很小，但是我們依然不能掉以輕心。其次，我們必須確定他是否真的死了，而且無法尋獲屍體。也許他還活著，假如真的是這樣，我們一定要全力以赴找到他的下落。我和里維斯可以私下調查，也不用通知伯林漢先生；而且我還可以讓我那博學的弟弟，幫忙調查倫敦地區所有墓園的登記資料，包括火葬的記錄；同時我還有一些其他的事情需要處理。」

「你真的覺得約翰．伯林漢還活著嗎？」我強調道。

「當然可能，至少他的屍體還沒有被找到。雖然我也知道這種可能性很小，但是必須經過調查去證實。」

「可是我們一點頭緒也沒有。」我有些沮喪，「從哪裡著手呢？」

「從大英博物館開始調查吧！也許那裡的人可以提供一些有關他的線索。據我所知，最近他們正在埃及太陽城進行一項非常重要的研究工作。而且，博物館埃及部主任現在已經在那裡了，替代他位置的是諾巴瑞博士，恰好他是約翰・伯林漢的老朋友。我去問問他，也許伯林漢一直待在國外，或許去了太陽城。另外，他可能還會告訴我，伯林漢在失蹤以前為什麼突然去了一趟巴黎，也許那是至關重要的線索。對了，拜克里，你有一個艱巨的任務，盡力說服你的朋友讓我們參與這起案件。你就直接告訴他，我這麼做純粹是因為個人愛好。」

「我們難道不需要一個訴狀律師來協助嗎？」我問道。

「名義上的確需要，但這只不過是一種形式罷了。我們親自來完成所有的工作。對了，你怎麼想到問這個了？」

「我在想訴狀律師的酬勞是多少，實際上，我存了一點錢……」

「親愛的朋友，你就留著自己用吧！我想，等你自己開診所的時候會需要的。我可以找個朋友，請他擔任名義上的律師，馬奇蒙一定樂意幫忙。對吧，里維斯？」

「嗯，沒錯！」里維斯說，「老布洛德里也可以，就用『法庭之友』的名義。」

「兩位對我朋友這起案子的熱情實在讓我感動。」我看著他們說道，「但願他們能夠放下自尊，不要太固執。越是貧窮的紳士越是這樣。」

「我看還是這樣吧，」里維斯大叫起來，「在你那兒準備一些佳餚，然後邀請伯林漢一家吃晚餐。當然，我們也去。我跟你一起遊說老先生，伯林漢小姐就由宋戴克來解決。你也知道，很少有人能拒絕我們這種厚臉皮的單身漢。」

「我的這位小助手，經常勸說我不要當老光棍。」宋戴克繼續說道，「不過，他這次的建議倒是很不錯。我們雖然不收取酬勞，但是也不能強迫他們接受我們的幫助。讓我們祈禱能夠在餐桌上圓滿解決這件事情。」

「嗯，我也贊同這個主意。」我說，「只是未來幾天我會有些繁忙；有一份差事，必須佔用我全部的休息時間。說到這兒，我想起來我該告辭了。」我猛然想到，自己完全沈迷於宋戴克對案件的分析，竟然忘記了還有那麼重要的事情等待我去完成呢！

我的兩位朋友滿臉疑惑地望著我，我覺得我有必要將這件差事，以及楔形文字泥板的事情解釋給他們聽；於是我帶著幾分羞澀，不安地望著里維斯說完了我的心事。本以為他會齜牙咧嘴地笑話我一頓；可是相反的，他竟一直靜靜地聽我說著，直到我說完，他才語氣溫和地喊了一聲我念書時的昵稱，說道：「波利，我必須說，你真是一個好人，並且一直都是。真心地希望，你那些住在奈維爾巷的朋友，能夠心懷感激。」

「是啊，他們非常感激呢！」我望著他說道，「回到正題上來，我們可以把時間挪在一週之後的今天嗎？」

「行，沒問題。」宋戴克看了里維斯一眼說道。

「我也沒有意見，」里維斯說，「只要伯林漢一家可以接受，這事就這麼定了。如果不行，就麻煩你另約時間吧！」

「好的，這件事情就交給我來辦。」說完，我站起身來將煙斗熄滅，「明天我就向他們發出邀請。我得走了，還有一大堆筆記等著我去整理呢！」

回家的路上，我滿心歡喜地幻想著在自己家中（實際上是在巴納家）款待朋友的情景；當然了，前提是他們願意離開那座隱祕的老屋。其實很早以前我就這麼想過，但是只要一想到巴納家那位古怪的管家，這個念頭就會立即打消。因為嘉瑪太太可不是位一般的主婦，每次她都喜歡大張旗鼓地準備，但是端出的成品卻總是極其寒酸。可是這次我可不能任憑她折騰了，如果伯林漢父女願意接受我的邀請，我打算就直接從外面叫菜。

一路上，我美滋滋地想著那頓晚餐，當我回過神時，我已經站在書桌前，面對著那些描述北敘利亞戰事的筆記本了。

詭異的詛咒

也許是因為這件差事，激發了我潛藏已久的爆發力，也或許是伯林漢小姐過高地估計了工作量。總之，第四天下午，我們的工作就已經接近尾聲了。我不禁在心裡祈求，能留下一些工作，好讓我有機會與她再次到博物館去。

雖然這次合作的時間很短，但是我與伯林漢小姐的關係卻有了突破性的進展。因為這樣輕鬆、愉悅的工作關係很少見，尤其是在男女之間，像這般坦率、真誠的，就更不多見了。

每一天，等待我的是一大堆已經標好重點的參考書，以及一疊四開的藍皮筆記本；每一天，我們都在同一張書桌前工作，然後交換彼此的書籍，接著一起去牛奶鋪享受下午茶。之後，我們沿著皇后廣場的方向往家走去，一路上我們聊工作，聊阿孟霍特普四世主政時的埃及，以及埃及人仍在用泥版作為書寫工具……

那真是一段非常愉快的時光。可是當我們最後一次交換書籍的時候，我忍不住嘆息，一切馬上就要結束了。我們的合作接近了尾聲，作為這位可愛病患的醫生，我的職責也馬上要結束了——她的手已經康復了，夾板也被拿了下來……總之，她不會再需要我的幫助了。

「現在我們做什麼呢？」走進中央大廳的時候，我問她，「現在喝茶是不是有點早了？不然我們去展覽場看看吧？」

「嗯，這個主意不錯！」她愉悅地回應我，「那裡有些展品跟我們看過的書有關，第三展覽室有一尊阿肯那頓❶浮雕，我們可以去看看。」

我立刻響應她的建議，在她的帶領下，從羅馬展覽場開始，一路上看見了很多外貌與現代人相似的羅馬帝王塑像。

「說真的，」走到一尊標著圖拉真❷，而實際上分明是菲爾梅❸的半身塑像前，她停了下來，「我真不知應該怎麼感謝你，或者報答你。」

「並不需要這些。」我回答，「和你一起工作我感到非常愉快，那已經是最大的回報了；不過……」我繼續說道，「你要真想報答我，其實也很簡單。」

「我應該怎麼做呢？」

「認識一下我的朋友宋戴克。我曾經跟你說過，他是一個非常熱心的人。目前，他很關心你伯父失蹤的案子。就我對他的了解，如果這個案子進入訴訟階段，他會很高興為你們提供私人幫助的。」

---

❶ 阿肯那頓（A），古埃及第十八王朝第十位法老，約公元前一三七九—前一三六二年在位，即阿孟霍特普四世。

❷ 圖拉真（T），古羅馬帝國皇帝，五賢帝中的第二位。

❸ 菲爾梅（PM），十九世紀英國漫畫家。

「那麼我要做些什麼呢？」

「我只希望當他有機會給予你父親某些建議或幫助的時候，你能儘量說服你的父親接受。不管怎樣，不要表示反對。」

伯林漢小姐看著我，想了好一會兒，說：「我明白了，我能報答你的，就是通過你的朋友得到更多的恩惠。」

「不是這樣，」我辯解道，「不要誤解我的意思。對於宋戴克博士而言，這並不是施捨恩惠，而是滿足他的專業癖好。」

她疑惑地笑了笑。

「你不相信嗎？我給你講個例子吧！」我急切地說道，「例如，一個外科醫生竟然在寒冬的夜晚趕到醫院進行緊急手術，並且沒有任何報酬，你覺得這是為什麼，只是利他主義在作祟嗎？」

「是的，難道不是嗎？」

「當然不是！他之所以這麼做，那是因為這是他的工作、他的天職，他有責任對抗疾病，救死扶傷。」

「可是，我並不覺得這其中有什麼差別。」她有些茫然地說道，「為了愛，而不是為了報酬工作？不管這些了，如果有機會見面，我會按照你的意思去做；但是，我不會將這視為是對你的報答。」

「我不在意這些，只要你答應我這樣做就行了。」說完，我們沈默了好一段時間。

「真奇怪，」她突然開口說道，「我們每次的話題最後總會回到我伯父身上。這倒提醒了我，他之前捐贈給博物館的那些寶物和阿肯那頓浮雕放在同一個展覽室裡，你現在想去看看嗎？」

「嗯，很想。」

「好的，那我們去看看那些展品吧！」她突然停頓了一會兒，接著臉頰上泛出一些紅暈，有些羞澀地說道，「然後我還想讓你認識一位我非常知心的朋友。當然……如果你願意的話。」

她最後補充的那句話，讓我的心情一下跌到了低谷。我在心裡咒罵著她的這位朋友──如果是位男性的話。但表面上我仍然客氣地表示，很樂意見識一下這位贏得她的友誼的人。不過，她隨後一陣莫名的嬌笑，聲音美得猶如鴿子咕咕的鳴叫，頓時讓我窘迫起來。

我邁著大步走在她的身邊，雖表面很平靜，但是內心正在焦慮地揣測著即將面對的場面。他也許是博物館裡一位深藏不露的大人物，讓人厭惡的第三者，破壞我與伯林漢小姐之間完美的親密感；他也許是位帥氣的青年男子，讓我心中的幻想瞬間破滅。她羞澀的笑容、緋紅的臉頰對我而言，就是一種不祥的預兆，這讓我一路上不停地揣測，其中也帶有一絲沮喪。直到走到展覽室寬敞的入口時，我才憂心忡忡地瞥了她一眼，而她只是對著我神祕地笑笑。這時，她停在一個展櫃跟前，清了清嗓子，然後看著我鄭重其事地──

「這就是我要介紹給你的朋友，」她說，「讓我來介紹一下，雅特米多魯斯❶出土於費尤姆省……不要笑！」她哀求著說道，「我是非常認真的。你應該聽說過吧！有些虔誠的天主教徒會全心全意地信仰年代久遠的聖徒。例如我，我對雅特米多魯斯就懷著這樣的感情。你肯定想像不到，在我孤獨、寂寞，沒有朋友傾訴的時候，是他安慰了一個寂寞女子的心靈。他的臉上時刻充滿了溫柔、睿智的神情，就單憑這一點，我相信你也會喜歡他的。我希望你能分享我們祕密的友誼。我是不是有些傻，或者有些感情用事？」

聽她說完這些，我著實鬆了口氣。我的感情溫度計，原本已經跌到最低點，但是現在正在逐漸的上升，而且幾乎達到了頂點。那是多麼可喜，而且讓人心疼的心意啊！她竟然希望我能分享她這份神祕的友誼。而她總是在孤單的時候，來到這裡與這位古希臘人沈默地對話，這又是多麼奇妙的行為啊！這與她神祕的氣質恰好吻合。我被她深深地打動了，此時我正沈醉在剛剛萌生的親密感裡。

「怎麼？你覺得我很可笑嗎？」也許是因為我半天沒有反應，她略顯失望地看著我。

「不，不是這樣。」我急切地解釋道，「我想讓你感受到我的同情與欣賞，可是又害怕表現得過分誇張，讓你有被冒犯的感覺，所以我有些不知所措。」

「哦！不要理會這些，只要你能理解我就好！我知道，你一定會明白的。」說完，她又是微微一笑，這讓我立刻心花怒放。

❶ 雅特米多魯斯（A），公元二世紀希臘解夢家。

我們靜靜地站在那裡，觀賞著眼前這具木乃伊——我們的朋友雅特米多魯斯。看起來，這不像是普通的木乃伊。從形式上而言是屬於埃及的，但是感覺上卻又有著十足的希臘風味。放置木乃伊的盒子上，裝飾著顏色鮮明的線條，這不僅蘊涵著埃及風味，而且又如此的纖細優雅。相比之下，四周的木乃伊就顯得過於粗俗和野蠻了。不過，最引人注目的莫過於那幅取代了原本放置面具的畫像。這幅畫，的確讓我大開眼界。主要是因為，它並不是一幅油畫，而是一幅蛋彩畫❶。

不管從哪個角度觀察，它都與現代畫非常相似，幾乎沒有一絲陳舊或者古朽的味道。奔放的畫法，以及恰到好處的光彩，看起來就好像昨天剛剛完成似的。真的，絲毫沒有誇張，假如用普通的金框將它裱起來，放在現代畫之中，絕對不會有人懷疑。

伯林漢小姐發現我一臉的仰慕，頓時讚許地看著我，微笑著說：「這是一幅漂亮的畫像，對嗎？」她像是在自言自語，「他的臉很迷人。親切、溫暖，又帶有一點憂鬱，總之充滿了魅力。當我第一次看見他的時候，我就愛上他了！你看，希臘風味很濃厚，對嗎？」

「嗯，一點也沒錯，雖然四周都是埃及的神祇和象徵符號。」

「也許正因為這些神祇和符號，」她說，「我們才更深刻地體會到希臘人溫和、謙遜的中庸態度，他們喜歡並且願意去欣賞所有的異國文化。棺木旁邊站著的是犬頭神、諸神之後和死亡之神，底下是王權守護神和智慧之神。可是，我們並不能因為這些，就判定雅特米多

---

❶蛋彩畫，一種古老的繪畫技法，用蛋清或蛋黃調和顏料進行繪畫，多畫在敷有石膏表面的畫板上。

魯斯崇拜這些神祇。這些神之所以出現在這裡，是因為他們成為了美麗的裝飾品，並且也都是非常重要的人物。對這位古人真摯的感情，恰好就體現在這裡。」

她指了指木乃伊胸飾下方的那塊兒橫匾。

「是的，」我鄭重其事地回應她，「非常高尚，非常有人情味。」

「非常的誠懇，」她補充道，「那的確很動人，『別了，雅特米多魯斯！』淋漓盡致地表現了人類訣別之時的哀痛情感。比起那些浮誇、矯情的哀悼文字，或者現代人絲毫沒有誠意的『並未失去，只是先走一步』的墓誌銘，真是顯得高雅多了！他永遠地離開了自己的族人，他們再也無法見到他，再也無法聽見他的聲音了，他們知道這就是訣別。簡單幾個字，卻蘊藏了深厚的愛與悲傷！」

我們半天沒有說一句話，似乎被這久遠的動人哀愁淹沒了一樣。我安靜地站在心愛的女孩身邊，心裡非常滿足，還帶著一些冥想的喜悅。正當我專心地思索著這百年來不死的人類情感時，她突然轉身看著我，一臉的率真模樣，說：「你是一位非常難得的朋友，你的同情心是與生俱來的，甚至還蘊涵著女性豐富的想像力。」

我想在這種情況下，大多數男人都會繼續誇獎自己的好脾氣，可是我還是忍著沒有說出口。這時，表揚自己似乎沒有太多的好處。能夠贏得她的讚賞，我已經很開心了。當她終於離開展櫃，走進旁邊的展覽室時，站在她身邊的我，已經搖身變成一個得意的年輕男子了。

「這是阿肯那頓，但是博物館翻譯象形文字的時候，卻將它譯成了庫恩那頓。」她指著那塊兒寫有「繪著阿孟霍特普四世肖像的石板碎片」的彩色浮雕碎石說道。

我順著她的手望了過去，這位偉大的國王有著陰柔的、女性化的容顏：頭骨奇大無比，鼻梁尖峭。他的身後伸出無數太陽神愛撫似的光芒觸手。

「我們不要在這裡停留太久，否則就沒有時間欣賞伯父的捐贈品了。因為今天展覽館只開放到下午4點。」說著，她向另一個房間走去，最後停在了一個裝有一隻木乃伊，以及大量展品的大型落地展櫃前，黑底白字的牌子上寫著簡單的說明：

第二十二王朝賽貝霍特普木乃伊和陪葬物。其中包括四個禮葬甕，裡面所保存的是內臟器官；還有陪葬人俑、墓穴用品，以及死者的私人物品，如他用過的椅子、頭枕、調墨板。陪葬物品上面刻著的是他與當時的國王奧索肯一世的名字。

約翰·伯林漢先生捐贈

「他們將所有的捐贈品放都在一個櫃子裡，這樣一來人們可以清楚地看見當時上流社會棺墓的樣子。」伯林漢小姐解釋道，「你看，這個人的陪葬品很奢華：日常用品、家具、還有生前寫字用的調墨板，以及服侍他的僕人。」

「哪裡有僕人？」我好奇地問道。

「就是那些小人俑啊！」她回答道，「他們就是死者的僕人，這是讓他在冥府裡使用的。這個想法很詭異吧？可是我倒覺得合情合理，因為在他們看來，人死後會得到永生。」

「嗯，我贊同。」我點點頭，「這是一種表現宗教信仰的做法。不過，從埃及將這些東西運回倫敦，應該很費事吧？」

「是這樣，但是相當值得！因為這是一批非常精美的收藏品，而且很有意義，工藝也非常精緻。你看，那些人俑，還有禮葬甕上的頭像雕塑是多麼細緻、入神。當然了，木乃伊本身就很俊美，雖然他的背部被那層瀝青弄得有些不好看，但是這位賽貝霍特普生前肯定是個美男子。」

「臉上的面具只是畫像嗎？」

「嗯。但事實上，那幾乎就是他原本的面貌。這具木乃伊被保存在木乃伊盒子裡，就是那種類似人體模型的盒子。木乃伊盒子是由多層亞麻布或者紙草❶用膠水黏合而成的。木乃伊就由這層外殼密密地包裹著，然後形成一個模子，這樣一來，人體和四肢的形狀就得以保存了。等到黏劑乾了之後，盒子就會覆蓋一層灰泥，臉的輪廓也就更加明顯了，接著就可以在上面刻上銘文或者彩繪了。屍體被密封在木乃伊盒子裡的時候，就好比果仁包裹在殼裡一樣。那些年代久遠的木乃伊，是用布包裹著裝在木棺裡面的。」

❶紙草，一種生活在沼澤中的植物，曾經廣泛分布在尼羅河的兩岸，但現在已經瀕臨滅絕。紙草可做繩、筐、鞋等，甚至還可以製造小船。古代埃及曾經盛產紙草。

這時，我們的耳邊傳來一陣客氣但又堅定的聲音——關閉展覽室的時間到了；而恰巧此時我們也有一種去牛奶鋪喝茶的慾望，於是我們 邊繼續討論古墓，一邊在警衛的驅趕下，從容地走過長廊，來到入口。

相對前幾天而言，今天我們離開博物館的時間有些早，更何況今天可能是我們最後一次獨處（就目前的狀況而言），所以我們在牛奶鋪坐了很久，以至於引起了老闆娘的不滿。回家的路上，我們特意挑選了幾條小路，當我們到達林肯法學院廣場的時候已經6點了。途中我們穿過了羅素廣場、紅獅廣場，又拐到了紅獅街、貝德福街、騎士路、漢德巷，以及葛瑞特步道。

最後我們被路道旁報攤上火紅海報的標題吸引了，「再現謀殺案，發現男子殘骸。」

伯林漢小姐看著海報哆嗦了一下。

「很可怕，對嗎？」她問我，「你看過這則新聞了嗎？」

「沒有，我已經好幾天沒看報紙了。」我回答道。

「嗯，那些討厭的筆記一直在打擾你。其實我們家很少看報紙，反正不會經常買，但是奧蔓小姐偶爾會將幾天以前的報紙拿給我們看。有時感覺她是個變態狂，非常喜歡恐怖的東西，而且越恐怖她越是喜歡。」

「那麼，報紙上講什麼了，他們找到了什麼？」我很好奇。

「某個可憐人的遺骸啊！據說被謀殺之後，切成了小塊。實在太可怕了！只是看報紙我就已經發抖了。因為我總是會想起不幸的約翰伯父，我的父親也很難過。」

「是悉德卡鎮，那則在水芥菜田裡發現屍骨的新聞嗎？」

「是的，但是他們又發現了新的骨頭。警方很積極，他們徹底搜查了那個地方，找到了屍體的其他部分。屍骨散佈得非常廣，悉德卡鎮、李鎮、聖瑪莉克萊鎮。昨天的報紙上說，又發現了一隻手臂，就在我們老家附近，那個叫『杜鵑坑』的池塘區裡其中的一個池子。」

「在艾瑟克斯郡？」我驚叫道。

「對啊！就在埃平森林，在伍德弗附近。實在太恐怖了！也許我們住在那裡的時候，屍骨就已經存在了。我想，可能正因如此，我的父親才會那麼激動。他看這份報紙的時候，難過得將報紙扔出了窗外。可憐的奧蔓小姐只好衝到巷子裡再去撿回來。」

「也許他認為那或許就是你伯父的遺骸。」

「我覺得應該是這樣。不過，他什麼也沒說；我也沒有暗示他什麼。我們始終抱著約翰伯父還活著的希望。」

「你真的認為他還活著？」

「不，我覺得他死了。我想父親的看法跟我一樣，只是他不願意承認。」

「你還記得被找到的殘骸，都是什麼部位的嗎？」

「這個我不知道，我只知道在杜鵑坑發現了一條手臂，在聖瑪莉克萊的池塘裡撈出一條大腿。假如你很感興趣，可以問一下奧蔓小姐，她會把全部內容告訴你的。」伯林漢小姐微笑著補充道，「能夠認識你這個知己，她一定非常開心。」

「我什麼時候成為變態狂的知己了？」我假裝生氣地問道，「並且是一個脾氣極壞的變態狂。」

「不許你這樣說她，拜克里醫生！」伯林漢小姐大聲說道，「她的個性其實並不壞，只是脾氣有些衝。你不應該說她是變態狂。如果你能認識她，就會發現她很溫柔、很善良，而且還很慷慨，就像個天使般的小刺蝟。你知道嗎？這幾天她一直忙於修改我的舊衣服，因為她想讓我打扮得體點去參加你的晚餐邀約。」

「你一定會很出色的！」我鼓勵她，「我要收回剛剛對她的評價。我也是說著玩的，其實我也一直很喜歡這位女士。」

「我很高興你能這樣想。要進來跟我的父親聊聊天嗎？雖然我們走了很多路，但是時間還早。」

我欣然地接受了她的邀請。原本我是打算向奧蔓小姐討教外辦伙食的事情，但是不想讓伯林漢父女聽見，於是只好與伯林漢先生聊一會兒我們工作的情況，然後便告辭了。下樓梯的時候，我故意放慢了腳步，並且將靴子踢得直響。不出我的所料，當我走到奧蔓小姐房門口時，她突然探出頭來。

「假如我是你，我肯定會換一個鞋匠。」她說。

我突然想起伯林漢小姐形容她是「天使般的小刺蝟」，害得我差一點笑出聲來。

「我相信要是你，你會立刻換掉的，奧蔓小姐。但是，我要提醒你，可憐的鞋匠並不是故意長得那麼醜陋的。」

「你啊，真是個輕佻的年輕人！」她嚴肅地說道。

聽完她對我的評價，我不禁咧嘴大笑起來，而她則斜眼瞪著我。這時，我猛地想起我來這裡的目的，於是立刻恢復了認真的態度。

「奧蔓小姐，」我說，「我有一件很重要的事情需要你的幫助（也許這麼說她就會上鉤）。」這招果然很靈，她立刻急切地問道：「什麼事？不要站在這裡了，進屋裡說吧！」

我並不想在這裡談這件事，更何況時間不多了，於是我故作神祕地說道：「不行，奧蔓小姐。現在我必須趕回診所。如果你碰巧經過，並且有空閒的時間，歡迎你來診所坐坐。

唉，我真不知應該怎麼辦才好！」

「是的，我想也是，大多數男人都是這樣。相比之下，你比他們好多了。至少你清楚自己需要幫助，並且懂得向女人求助。你現在告訴我，我可以先幫你想想辦法。」

「是件小事，可是我不知道——天啊！」我瞥了一眼手錶，急切地說道，「我必須走了，不能讓病患等太久。」說完，我便衝了出去，身後留下了滿腦子疑惑的奧蔓小姐。

遠古的召喚

在某些人看來，二十六歲或許不能代表經驗老到。但是，其中累積的人生體悟足以讓我擁有充分的自信。我有預感，今晚奧蔓小姐一定會來造訪。事實證明，我的預感的確很靈。晚上6點50分，診所響起一陣急促的敲門聲。是的，她來了。

「我碰巧路過，就順便進來看看，聽你跟我說說到底是什麼事。」她解釋道，我忍著笑意，心裡想不會這麼巧吧？

她在病患椅子上坐了下來，將一疊報紙放在桌上，然後期待地望著我。

「非常感謝，奧蔓小姐。」我真摯地說道，「你實在太好了，願意來看望我。我很愧疚，竟然要拿這種事情來打攪你。」

她著急地、不停地用手指關節敲著桌面。

「別說這些客套話了！」她扯開嗓子說道，「你到底想問我什麼呀？」

於是，我就將安排晚餐的事告訴了她。她聽著聽著，臉上逐漸浮現出厭惡、失望的表情。「真是不明白你，這種事情有什麼神祕的地方！」她陰沈著臉說道。

「我並不是故意弄得這麼神祕，我只是不想將事情鬧大。是的，我也可將餐桌上的百般嘲諷當成樂趣，但是，那畢竟不是我們應有的待客之道。特別是我們通常將生活清貧、精神富裕奉為圭臬。」

「這種解釋太牽強了，但還算中肯。」奧蔓小姐說。

「非常感謝你。說實在的，假如我將這件事情托付給嘉瑪太太，她極有可能會端出愛爾蘭燉湯，上面浮著一層脂肪，裡面應該還有一些硬邦邦的類似牛油布丁的東西，而且她會將這件事情弄得天翻地覆。所以，我決定另請高明，但是希望也不要太過鋪張。」

「放心吧，他們還是見過世面的！」奧蔓小姐說。

「是的，我也這麼認為。但是，你應該明白我的意思。你認為，應該去哪裡買晚餐所需要的材料呢？」

奧蔓小姐想了一會兒，說道：「我看你還是將採購的事情，以及其他雜務都交給我吧！」最後，她做出了這樣的決定。

我欣然地接受了她的提議，因為這正是我想要的結果。這會兒，我無暇理會嘉瑪太太的感受。然後，在一陣謙讓之後，她勉強地將我給她的兩英鎊裝進了皮包。這一動作費了她很多力氣——那個皮包除了裝著一堆又髒又皺的鈔票以外，還擠著一團布料樣本、線頭、鈕釦、鈎眼，以及一小塊兒蜂蠟和一小段像是被老鼠咬過的鉛筆，此外，還有很多不知名的雜物。好不容易，她才將快要擠爆的皮包合上。然後，認真地看著我，將嘴一撇。

「年輕人，你真的很厲害！」她說。

「為什麼這麼說？」我問道。

「藉著工作的名義，在博物館跟漂亮的女孩調情。」她接著說，「工作？才怪呢！是的，我的確聽到她向她的父親說起你們工作的情景。在她看來，你已經被那些木乃伊、動物標本和石頭之類的垃圾給吸引了。哼，她不懂男人，男人是最虛偽、最會偽裝的！」

「奧蔓小姐……」我剛準備開口，她就打斷了我。

「別說了，我可是看得很清楚，不要妄想在我面前裝傻！我能夠想像得到，你看著那些玻璃展櫃，拼命地慫恿她說話，而你一邊聽著，一邊流著口水，眼珠幾乎都要掉出來了，甚至想要將她撲倒在地，對嗎？」

「撲倒在地？這也太誇張了吧！」我很佩服她的想像力，「那裡的地板的確很滑，也許真的能夠做到。是的，我的確非常開心，如果有機會我依然會想要和她一起工作。至少到目前為止，我從未見過像伯林漢小姐這樣聰明、又有學問的女性。」

我知道，她對伯林漢小姐的忠誠和仰慕之情絕不低於我。所以，即便當時她很想反駁我，可是她又做不到。為了掩飾自己的挫敗，她順手抓起桌上的那疊報紙，將它攤開來。

「hibernation是什麼？」她突然問道。

「hibernation？」我大聲重複了一遍。

「是啊，他們在聖瑪莉克萊鎮那個池塘裡找到的骨頭上長了這種東西，而在艾瑟克斯發現的那一塊兒骨頭上也有這種東西——一樣的東西。『hibernation』到底是什麼？我真想知道。」

「也許是eburnation（骨質象牙化症）吧？」

「但是報上寫的是『hibernation』，他們不會弄錯啊！假如你不知道這是什麼，也沒什麼不好意思承認的。」

「好的，我不知道。」

「那麼你就看看報紙吧，把它弄懂！」她沒頭沒腦地說道，接著她突然問我，「你喜歡謀殺案嗎？我喜歡得要命！」

「你真是個變態狂！」我說。

她瞪了我一眼，抬了抬下巴，說道：「請你說話客氣點。我這種年紀，已經夠資格當你的母親了！」

「怎麼可能！」我嚷道。

「是真的！」奧蔓小姐肯定地說道。

「嗯，」我停了一會兒說，「其實年齡並不重要。何況現在所有的空位都已經滿了，你根本來不及申請老人病房。」

奧蔓小姐將報紙丟在了桌上，猛地站起身來，說：「我想你最好將這報紙認真讀一遍，讓你的大腦清醒些！」之後立即轉過身去，就在她準備離開的時候，好像突然想起了什麼，又說了一句，「哦，別忘了看手指頭那段！」似乎是在熱心地作補充，「相當恐怖！」

「手指頭？」我有些好奇。

「嗯，他們找到了一隻缺了根指頭的手。警方認為這個是非常重要的線索。我也不明白他們是什麼意思，不過你可以先看報紙，然後再告訴我這到底是怎麼一回事。」

說完，她才匆匆走出診所。我一直將她送到門口台階上，禮貌地跟她道別。我看著她踏著輕快的碎步，慢慢進入菲特巷，嬌小的身影也漸漸消失了。待我正要轉身回診所的時候，卻猛地瞥見一個中年男子的身影，就在對面的街上，長相有些奇特，高高瘦瘦的，歪著腦袋，看樣子好像還戴著深度近視眼鏡。他遠遠看見我，就立刻穿過馬路向這邊走來，下巴向上仰著，一雙碧藍的眼睛透過鏡片熱切地注視著我。

「能請你幫個忙嗎？」他禮貌地向我行了個禮，說道，「我忘記了一位朋友的住址，可否請你幫我找找，他姓伯林漢，好像住在附近某條巷子裡，不過那巷子的名字我突然想不起來了。你是不是剛好聽說過這個人？醫生的交際面總是很廣的。」

「你說的那個人是葛德菲爾．伯林漢先生嗎？」

「對啊，這麼說來你認識他？太好了，總算找對人了。他是你的病人嗎？」

「嗯，是的，同時也是我的朋友。他家就住在奈維爾巷49號。」

「真是太感謝了。哦，對了，我想你或許對他們的作息時間很了解吧，你們是朋友嘛！

我感覺自己是個不速之客，希望不會打擾到他們。伯林漢先生一般幾點吃晚餐，不知道在這個時候去拜訪他，會不會不方便？」

「我通常在8點左右去做晚間問診，我想那個時候他們肯定吃過晚餐了。」

「啊，要等到8點呀？那我還是先到附近逛逛，一會兒再去，我可不想打擾到他們。」

「你進來坐坐抽支煙吧！或者如果你願意，我可以陪你去。」

「哦，你可真是個好人，」我的新朋友用探詢似的眼光看著我，「好吧，我就進去坐一會兒。我想到街上閒逛也沒什麼意思，更何況現在這個時候回到我在林肯法學院的辦公室也不合適。」

「我在想，」我領著他進來，就在奧蔓小姐剛剛離開的房間，「難道你是傑里柯先生？」

他沒有立即回答，扶著眼鏡，用充滿懷疑的敏銳目光不斷地打量著我，緩緩說道，「為什麼你會認為我是傑里柯？」

「哦，因為你剛才說你住在林肯法學院。」我很快答道。

「哈哈，原來是這樣啊！傑里柯先生住在林肯法學院，我也住在林肯法學院，那麼我就是傑里柯先生。哦，上帝，多麼奇特的思維邏輯！不過，你的結論是正確的。我就是傑里柯。那麼，你對我的了解又有多少呢？」

「這個嘛，不多。事實上，我只知道你和已逝的約翰·伯林漢先生是工作夥伴。」

「等等，你剛剛說『已逝』？哈哈，你憑什麼認為他已經過世了？」

「哦，關於這一點嘛，我並不是很清楚。不過據我了解，你似乎是這麼想的。」

「據你了解？你是從哪兒了解到的？是葛德菲爾．伯林漢嗎？哼，他怎麼會知道我的想法？我從沒告訴過他。先生，隨意揣測別人的想法是非常危險的！」

「這麼說來，你認為約翰．伯林漢先生現在還活著？」

「嗯？這又是誰說的？我可沒有說過。」

「可是，如果他沒死，那麼就是還活著。」

「當然了，關於這一點我完全同意，」傑里柯先生從容地說，「這是無可爭辯的。」

「可是，這似乎沒什麼啟發性。」我大笑道。

「是啊，通常來說，無可辯駁的事實皆是如此，」他說，「一般說來都是極為平常的。我想說的是，對於一項已知的陳述來說，它的正確性總是與其普遍性成正比的。」

「或許是這樣吧！」我說。

「確實是這樣的。以你的職業舉例，你可以十分肯定，在一百萬個二十歲以下的人當中，大部分都會在達到某個年齡之前，因為發生意外或者疾病而死亡。然而，如果從一百萬個人裡頭挑一個個例，你能預知他會如何嗎？這是沒辦法估計的，也許他明天突然就死了，也許他會活到一百歲，他也許會死於傷風或者手指割傷，或者是從聖保羅教堂的十字尖塔跌下摔死。對於特定例子，你無法作出任何預測。」

「是的，你說得很對。」我坦言道，之後我覺得我們的談話似乎離約翰．伯林漢的案件越來越遠了，於是我嘗試著繞回到主題上來。

「這件事真是有些蹊蹺啊！哦，我說的是關於約翰・伯林漢失蹤的事。」

「有什麼奇怪的？」傑里柯說，「人失蹤的事情時有發生，而當他們再度出現的時候，總能給出合理的解釋。」

「但是事發當時的情況還是很可疑的。」

「哦？怎麼可疑？」傑里柯接著問道。

「我說的是他從赫伯特先生屋中失蹤的方式很可疑。」

「怎樣的方式？」

「這個嘛，我就不知道了。」

「就是啊，我們又怎麼能夠確定那算不算得上可疑呢？」

「我們甚至不能確定他是否離開了。」我不假思索地加了一句。

「是啊，」傑里柯繼續道，「如果他沒有離開，那麼他就一定還在那兒。而如果他還在那兒，那麼又何來失蹤呢——根據常理推斷應該是這樣的。既然他根本就沒有失蹤，也就不足為奇了，沒什麼可疑的了。」

我大笑起來，可傑里柯卻還是一臉肅靜，依舊透過他的眼鏡將我上下打量著。作為律師，他的好辯與謹慎達到了近乎可笑的程度，而他特有的幽默氣質以及那帶著誇耀意味的拘謹態度，更激起了我要拿各種古怪的問題來刁難他的興趣，而且越冒失，就越是過癮。

「我想，」我說，「就目前這種情況來看，對於赫伯特先生提出的用來換取申請死亡認定的建議，你恐怕很難接受吧？」

「目前的情況是怎樣的？」他問。

「正如你剛才所說，約翰‧伯林漢先生是否死亡，你也無法確定。」

「哦，先生，」他說，「我不懂你的意思。要是這個人的確還活著，那麼我們肯定無法申請死亡認定。然而就算他真的已經死了，我們還是無法申請死亡認定。因為對於一個確鑿的事實來說，是不需要申請任何認定的。律師職業之本便是尋找不確定性的因素。」

「但是，」我追問道，「要是你真覺得他或許還活著，那麼我很難相信你會貿然去對他申請死亡認定，並且分配他的遺產。」

「我當然不會，」傑里柯先生說，「我不想承擔任何責任。我會完全遵照法院的判決來辦，沒有任何選擇的餘地。」

「但是法院很可能會作出他已經死亡的認定，而實際上他還活著。」

「不，倘若法院裁定了他的死亡，那麼他一定是已經死了。當然，也有可能事實上他還活著。但是從法律程序上和執行遺囑的角度來看，他就是已經死了。這兩者的差別，你壓根就沒看出來吧？」

「嗯，是的，我沒看出來。」我回答道。

「唉，這是你們職業的通病，因此幾乎所有的醫生在法庭上都很難扮演稱職的證人角色。從科學觀點和法律的觀點看問題是不一樣的。科學家總是會憑藉自身的知識來進行觀察和判斷，而往往忽視證據的重要性。如果現在有一個人告訴你說他一隻眼睛瞎了，你會相信嗎？當然不會。你一定會用儀器來檢查他的視力，當發現他的兩眼視力都非常正常的時候，你就會認定他的一隻眼睛並沒有瞎掉。也就是說，你是通過自己的求證，將他的證言給予否決掉了。」

「這不正是獲得結論的合理方法嗎？」

「從科學的角度來看確實如此，然而法律則不然。在法庭上，法官必須根據證據來作出裁決，而那些所謂的證據，往往也就是經過宣誓的證詞。假使一個證人將黑說成白，又沒有反對的證詞被提出來，那麼這僅有的證據就是黑即白，法庭也必將由此作出裁決。雖然法官和陪審團也可以有其他想法，甚至，他們每個人或許都有能力提出反證，可是他們還是必須得根據這個證據來進行判決。」

「你的意思是，法官即使作出了和事實相反的裁決，也是情理之中的？他可以將一個在他看來明明是無辜的人，判定是有罪的？」

「這種事情是時常會發生的。曾經有一個法官，他將一個人判為死刑，而且立即簽發了執行令，可是這位法官事實上知道兇手是另有其人。不過，如果提出修正意見，又會非常耗時耗力。」

「真的很遺憾。」我點頭道，「但是我們回到約翰・伯林漢的案子中來，如果在法官判定他已經死亡之後，某一天他又突然出現了，這又該如何處理呢？」

「如果真是這樣，他可以提出申訴，而法庭也會根據新的證據作出他還活著的認定。」

「不過他的財產要怎麼辦呢？似乎已經被分配出去了。」

「是啊，這很有可能。不過死亡認定也是根據他本人所呈現出的種種跡象作出的。倘若一個人的所作所為，讓別人誤以為他已經死了，那麼由此而造成的後果，必須是由他自己來承擔的。」

「這樣聽起來倒是有些道理。」我聽了一下，問道，「那麼現在有什麼解決辦法嗎？」

「哦，還沒有。我也是剛才聽你說了才知道，赫伯特先生此時正考慮著要提出某項建議。難道你有非常可靠的消息來源？」傑里柯一直定定地望著我，說這話時連眉頭都不皺一下，彷彿是一尊雕像。

我苦笑了一下，覺得在傑里柯先生這裡打探消息，就好像是跟一隻豪豬打拳擊，對方的表現總是顯得很消極，讓人喪氣。不過我決定繼續試探，只當是逗逗他，根本不奢望能問出什麼東西來。想到這裡，我終於說到了關於「遺骸」的話題。

「最近報紙上刊登了有關人骨的新聞，你看了嗎？很恐怖的。」我問。

他沒有立即回答，只是木然地望著我，過了一會兒，才緩緩說道：「似乎那些骨頭主要是散佈在你們這區，我們那邊並不多。不過聽你這麼一說，我倒是想起來了，我確實看到過這則報導，上面說發現了很多骨頭的碎片。」

「是的，那些骨頭是被肢解了的人骨！」

「上帝啊，真是難以置信！我之前根本沒有仔細看過那則報導，每個人的興趣點不同，我比較喜歡財產讓渡的案子，至於那些驚人的命案，相信刑事律師會更感興趣。」

「我原以為你可能會將這則新聞，同你客戶的失蹤聯繫在一起。」

「哦？它們之間會有什麼關聯呢？」

「這個嘛，」我說道，「據調查，那些人骨屬於同一個男子……」

「的確，我的客戶中也包括長有骨頭的男子。這或許也是種關聯吧，儘管這顯得有些牽強，但或許你可能會有更具說服力的觀點？」

「是的，我的確有，」我答道，「因為有一些骨頭是在你客戶的土地上被發現的，依我看，單憑這點就應當引起重視了。」

「真是這樣嗎？」他沈思了一會兒，抬起頭來，仔細打量著我說，「我不明白你的意思，好像是說因為那些人骨是在某一塊土地上被發現的，那麼住在那裡的人或者是那塊土地的所有者就有嫌疑，就可能被認定成棄置屍骨的兇手。再說了，我認為你所說的情況完全沒有可能發生，因為任何一個人都不可能將自己的遺骸丟棄掉。」

「這當然是不可能的！實際上我的意思並不是說他將自己的骸骨丟棄掉，只是想要指出在他的土地上發現了人骨的事實，這表明那些人骨可能與他有著某種關聯。」

「不，我還是不明白，」傑里柯說，「除非你是在暗示說這個兇手將肢解後的屍體殘骸棄置在受害人自己的土地上。我對你的這種觀點不敢苟同，我還從未聽說過哪個殺人犯有這樣的習慣。再說了，在伯林漢先生的土地上只是發現了一小部分的殘骸而已，別的屍骨都散落在各地，這難道和你所說的不矛盾嗎？」

「嗯，我承認是有些矛盾之處。」我誠懇地回答，「不過這兒還有另外一個事實，可能你會覺得重要得多。殘骸最先是在悉德卡被發現的，而悉德卡就在艾爾森，也就是伯林漢先生最後一次現身的地方附近。」

「哦？這有什麼重要的？發現殘骸的地方那麼多，為什麼你偏偏只對這一個感興趣？」

「這個嘛，」我被他這一針見血的問題，惹得惱火了起來，「從各種情況來看，這個棄置殘骸的兇手可能是從艾爾森附近的某個地方開始行動的，也就是伯林漢先生最後現身的地方。」

傑里柯搖頭道：「你好像是將發現殘骸與棄置殘骸的先後順序弄混了。有證據表明在悉德卡發現的那些殘骸，就是兇手最早棄置的一批嗎？」

「這個就不清楚了，我現在還不知道是否有證據。」我坦白地回答。

「既然如此，」他說，「我就不明白了，你為什麼會一再說兇手是從艾爾森一帶開始棄置殘骸的呢？」

「說實話，我確實缺乏可以支持我想法的證據。好吧，我想在這場實力相差懸殊的辯論結束之前，我們應該換個話題了。」

「這幾天我到過博物館，」我繼續說，「我看伯林漢先生捐贈的那批寶物被放在了展覽室中央最顯眼的位置上。」

「嗯，他們給了這麼好的展覽位置，這讓我覺得很高興，我想我可憐的老朋友一定也會感到欣慰的。當我在展覽櫃旁欣賞那些寶物的時候，真希望他也能夠看見——畢竟他或許依然活著。」

「我堅信他一定還活著！」我這麼說著，心裡也是這麼想的，不過可能這位律師並沒有察覺到這是我的真心話。因為如果約翰．伯林漢還活著，那麼對於我的朋友葛德菲爾現在所處的困境，會起到很大的緩解作用。

「你對埃及學很感興趣吧？」我問道。

「是啊，興趣非常濃厚，」傑里柯的回答中多了幾分生動，僵硬的表情也頓時緩和了不少，「埃及文化博大精深，研究埃及學也非常有趣，可以回到人類的幼童期，你會驚訝地發現，它就像琥珀裡的蒼蠅一樣依然原封不動地保存在那兒，供我們研究。埃及的一切都是那麼莊嚴而神聖，彷彿有一種穿越了時空的恆久、穩定的感覺，使得它的土地、人民與遺跡都感染了這種永恆神祕的氣息。」

真沒想到這位嚴肅苛刻的律師能夠說出這樣感性的話，不過我喜歡這樣充滿熱情的他，讓人覺得比較有人情味。

「可是，」我說，「那裡的人民在經歷了好幾個世紀之後，一定也發生了諸多改變。」

「嗯，沒錯，是這樣的。就連同波斯國王甘比希斯對抗的人民也已經不是五千年前遷移到埃及的人了——已經不是我們在早期的遺跡中看見過的那個王朝的人了。古埃及人在這五千年的時間裡，陸續同希克索人、敘利亞人、伊索比亞人、西台人和其他許多種族的人民融合為一體，但是在這個過程中，它的文化根基始終沒有發生改變，綿延至今——新移民不斷地被古老文化所薰陶，逐漸變成了埃及人。這可真是奇妙啊！我們站在現在這個時代回首古埃及文化，感覺它就像是地質學的一環，而不僅僅是一個國家的歷史。對於這些，你會感興趣嗎？」

「當然，雖然我純粹是個門外漢，但是對於埃及文化的興趣，可以說在不久前被培養起來了，最近我越來越覺得埃及的事物真是美妙至極啊！」

「這或許是在你認識伯林漢小姐之後的事吧？」傑里柯氣定神閒地問我。

我的臉一定已經變紅了，說實話這種話實在讓人有些難為情。可是他竟然還若無其事地繼續說著：「我知道她對這方面很有興趣，並且也很有研究，所以才這麼說的。」

「你說得沒錯，她確實懂得很多古埃及文化，事實上我就是在她的帶領下去參觀她伯父的捐贈品的。」

「哦，原來是這樣。」傑里柯說，「那批收藏品確實很有教育意義，非常適合在公共博物館展出，雖然在行家看來似乎沒什麼特別之處。但是其中的陪葬家具非常精緻，木乃伊盒子也相當漂亮，上面的裝飾非常華美。」

「嗯，我也這麼覺得。可是你能解釋一下他們為什麼在裝飾上下了那麼大的工夫，卻又將它用瀝青塗黑嗎？」

「呵呵，這個問題非常有趣。」傑里柯說，「木乃伊盒子塗上瀝青是很平常的，就像隔壁展覽室的一具女祭司木乃伊，她除了臉部鍍金以外，身體其他部位全都被瀝青塗滿了，事實上這層瀝青是用來掩蓋木乃伊身上的銘刻，使得盜墓者很難辨別死者的身分。不過說到這具賽貝霍特普木乃伊，倒是有一個獨特之處，只有它的背部和雙腳被塗了一層厚厚的瀝青，也許是當時的工匠臨時改變了主意，將銘刻和裝飾的部分保留了下來。他們原本想要加以掩飾的，最終卻只塗了部分的瀝青，這是為什麼呢？恐怕這永遠都是個謎。還有一點，這具木乃伊似乎不曾被盜墓者搬動過，因為是在它原來的墳墓中被發現的，這讓我可憐的老友伯林漢感到非常地不解。」

「提到瀝青，」我接著說，「我立刻想起了之前的一個疑問。你知道，現代畫家對於瀝青這種物質的使用也是非常普遍的，它有一個非常奇怪的特性，在它乾燥很長一段時間之後有時會突然軟化，弄不清楚是什麼原因。」

「哦，這個我知道。不是有一則關於雷諾蒂❶用瀝青作的一幅畫的報導嗎？我記得那是一幅仕女畫，後來因為瀝青軟化了，其中一位仕女的眼睛滴垂到了臉頰上面，為此，他們不得不將那幅畫倒掛起來，想要使她的眼睛滑回到原來的位置上。那麼，你想說的是……」

---

❶雷諾蒂（Reynlds），英國十八世紀偉大的學院派肖像畫家。

「我在想那些埃及畫匠所使用的瀝青經過這麼長時間，是否也出現過軟化的現象。」

「有過，我曾聽說有些瀝青塗層因為軟化而變得黏糊糊的……哦，不好！光顧著跟你在這兒瞎扯了，現在都快9點了！」

傑里柯先生說著便迅速地站了起來，我則跟在他後面準備陪他到伯林漢家去。我們匆匆地趕路，將埃及的神祕光華漸漸地拋在了腦後。到了伯林漢家大門外，傑里柯一改剛才的活絡與熱情，神態生硬地同我握了握手，再度變成了那個不苟言笑、難以接近，甚至有些多疑的律師。

第五根手指

大辭典編纂者似乎是在一個老饕的引誘下對「吃」這個詞作出了定義——「吃，即用嘴吞咽食物」。這個我們每日裡都必須做的動作竟他被定義得如此不雅，更讓人生氣的是，這種說法非常到位，你不得不服。的確，如果要解釋得直接點，吃不就是像他所說的那樣嗎？但是像「攝取營養的過程」這一生物學上的定義，聽起來就較為現代，也是唯物的，甚至可以說是某種肉慾的暗示。你無法否認，這種說法它除了側重心理層面，同時也有著令人非常愉悅的、意想不到的效果。

在位於菲特巷的一棟公寓的二樓小餐室裡亮起了燈光和燭火。餐桌上進行著宛如以刀叉為配樂的友善而爽朗的談話，同時夾雜著酒杯鏗鏘的碰撞聲以及汩汩的斟酒聲。對於葛德菲爾·伯林漢先生來說，這是一場難得的盛宴，從他面對一桌簡單菜餚所表現出的孩子般的興奮可以想見，在過去的歲月中，他經歷過多少艱難困苦而又刻骨銘心的往事。

圍繞著一些風雅趣事，我們談了很久，不過自始至終都沒有人提及約翰·伯林漢所立下的遺囑的問題。我們從薩卡拉金字塔❶釉燒磚瓦的巧奪天工，談到中世紀教堂地板的古樸厚拙，又從伊麗莎白女王時期木器的古色古香，談到邁錫尼陶器的美輪美奐，最後又從石器時代工藝製品的稚拙粗糙，談到了阿茲台克文化的神祕恢弘。我甚至開始懷疑自己的兩位律師朋友是不是已經聊得忘乎所以，完全忘記了此次會面的真正目的。因為直到甜點擺上桌子，他們對那個「案子」都絕口不提。不過，宋戴克看起來好像是在尋找機會，想要等到氣氛足夠熱絡的時候再提起這個「案子」的事情。等到嘉瑪太太端著托盤和酒杯從餐室消失的時候，宋戴克覺得機會來了。

「醫生，原來昨天晚上你有客人啊？」伯林漢先生說道，「我說的是我的朋友傑里柯。我已經從他那裡得知了你們見面的事情，他似乎對你非常好奇，因為我還從見過他如此窮追不捨地打聽過誰。那麼你感覺他這個人怎麼樣呢？」

「他啊，感覺是一個有意思的怪老頭。昨天我們圍繞著一些稀奇古怪的問題互相逗弄了好一陣子，我故意不斷地追問，而他則一味避重就輕地回答。啊！這真是一次十分有趣的會面呢！」

「他根本沒有必要跟我們太親近，」伯林漢小姐說，「現在全世界都在等著看我們家的笑話呢！」

---

❶ 薩卡拉金字塔，位於開羅南郊30公里，爲古埃及第三王朝國王左塞爾的陵墓，約建於公元前二七〇〇年。該金字塔是埃及現有金字塔中最早的，也是世界上最早用石塊修建的陵墓。

「也就是說他們決定向法庭上訴了？」宋戴克問道。

「嗯，是的，」伯林漢先生平靜地回答，「昨天傑里柯告訴我，我的表弟赫伯特已經向他的律師明確表示，要向法院提出申請，同時邀請我加入。昨晚他實際上相當於是替赫伯特下戰書來的！唉，千萬別讓這些惱人的事情，破壞了我們現在愉快的心情。」

「哦？您有什麼難言之隱嗎？」宋戴克問道，「幹嗎要刻意避開這個大家都感興趣的話題，你應該不會介意談這件事情吧？」

「嗯，當然了。可是我實在不好意思強迫醫生來聽我嘮叨自己這一長串的病痛啊！」

「這就要看那都是些什麼病痛了！」宋戴克答道，「如果是一個脾氣不好的病人強求醫生給他開些莫名其妙的藥，這就很惹人厭煩了。不過假如他正被某種罕見的病痛——例如錐體蟲病或者肢端肥大症所折磨，那麼醫生一定非常樂於傾聽，並且儘量給他提供幫助。」

「那麼從法律上來說，」伯林漢小姐問道，「我們的案子算得上是罕見的案例嗎？」

「當然，」宋戴克斬釘截鐵地回答道，「不管從哪個角度來看，約翰·伯林漢的案子無疑是極其獨特的典型案例，任何法律界的人士都會對其給予極大的關注，尤其是法醫。」

「哦，醫生，這可真是個好消息啊！」伯林漢小姐說，「說不定我們的案子還能在教科書或者論文中留下記錄呢！不過，還是不要太過張揚的好。」

「是的，」她的父親接著說道，「我們並不是想要出名，相信赫伯特也是這麼想的。拜克里跟你說過赫伯特的提議嗎？」

「嗯，他已經告訴我了，」宋戴克回答道，「看來他一定又向你提起了，是吧？」

「是啊，他派傑里柯來告訴我，說再給我一次機會。我本來打算接受的，不過卻遭到我女兒的強烈反對，她不同意妥協，我想也許她是對的。對於這件事，她比我還要關心呢！」

「那傑里柯怎麼看？」宋戴克問道。

「他顯得比較中立，然而還是能夠看出，他覺得與等待一筆遙遙無期的遺產相比，接受這個條件顯然要明智多了。他當然希望我這樣做了，事情越早了結，他就能越早卸下身上的擔子了。」

「最終你還是拒絕了？」

「嗯，我非常堅決地拒絕了。接下來赫伯特將會申請死亡認定，同時對遺囑進行查驗，而傑里柯表示會支持他——他說自己別無選擇。」

「那你打算怎麼做呢？」

「我想我會提起反對訴訟，雖然我不清楚自己要以什麼立場來做這件事。」

「我覺得你最好先將整件事情想清楚，然後再採取具體行動。」宋戴克建議道，「對於你哥哥的死亡，你好像非常肯定。倘若他真的死了，所有你在遺囑規定下獲得的利益，都會受限於死亡認定的條件。哦，或許你已經跟律師談過這個了？」

「不，沒有。可能你已經聽我們的醫生朋友說過了，我現在的經濟狀況不允許我請律師，也正因如此，我才在要不要與你討論案情上，猶豫不決呢！」

「那你的意思是，你準備親自出庭？」

「嗯，我是這麼打算的。倘若提出反訴訟的話，那麼我必須得親自出馬。」

在片刻的沈思之後，宋戴克抬起頭來，正色道：「伯林漢先生，我建議你不要親自處理這件案子，我有我的理由。有一點可以確定，赫伯特先生那裡會有一名精明能幹的代理律師。如果真到了法庭之上，很可能你無法招架得住對方的猛攻，而只得屈居下風。同時，你還需要考慮到法官的因素。」

「但是，面對一個請不起律師和法律顧問的人，法官應該是公正的，不是嗎？」

「那是自然，法官一般會儘量給一個沒有代理律師的當事人提供協助和忠告。雖然有很多英國法官都是非常有榮譽感和責任心的人，不過你未必擔得起這個風險，因此你必須要將特殊狀況考慮進去。因為許多法官都做過法律顧問，所以在很大程度上會將職業偏見帶到法庭之上。想想看，雖然某些法律顧問在對待人證的方式上非常荒謬，可他們依然能夠拿到執照，而一些法官則對出庭作證的法醫和其他專家採取敵對的態度，所以我說，並不是所有的法官都正義凜然，先不說他們所享有的特權與豁免權。總而言之，如果這件案子由你親自出庭，那麼必將帶來諸多麻煩。因為對於法律程序和細節你並不熟悉，這就很有可能會造成一些拖延。如果法官性情暴躁，那麼他可能會不耐煩。當然我並不是說這一定會對他的判決產生影響，而且我也相信情況不至於如此，只不過我還是覺得最好儘量避免觸怒法官。更為關鍵的是，專業人士能夠快速在法庭上掌握住對方律師的辯護策略，並及時採取有效的應對方案，而你一定沒有辦法做到這一點。」

「宋戴克博士，非常感謝你的建議，」伯林漢帶著一絲苦笑說，「不過我恐怕不得不冒這個風險了！」

「哦？這倒不一定。」宋戴克說，「我有個提議，如果你能夠敞開心懷，仔細考慮的話，我想這應當算是一個互惠互利的協議了。正如伯林漢小姐所說，你的案子存在特殊性，它或許真的會被當成範例列入教科書中。此外，鑒於我在法律方面的興趣，我將一直會追蹤這個案件的發展。如果能進入案件的內部進行調查而不只是旁觀，那就太好了。更別說如果我能將這件案子處理得妥當的話，將會給我帶來多大的成就感啊！因此，在這裡我想請求你將這個案件交由我來處理，看能不能想出什麼辦法。」

伯林漢聽了陷入沈思之中，片刻之後，他瞥了自己女兒一眼，帶著一絲遲疑，說道：「宋戴克博士，你真是太慷慨了……」

「哦，抱歉！」宋戴克很快打斷了他，「我並不是那麼慷慨，我已經解釋過了，我原本的動機完全是出於對自己的考慮。」

聽了這話，伯林漢還是顯得有些不安，他人笑起來，又一次瞥了他女兒一眼，只見她頭也不抬的只顧削手裡的梨子。見她沒有理會自己，伯林漢便開口問道：「你覺得我們成功的機會大嗎？」

「哦，我想依目前的情況看來是非常渺茫，不過倘若我覺得這件案子一點兒勝算都沒有，就會直接建議你任其發展了。」

「如果這件案子能夠有不錯的結果，那麼你願意接受我按照一般的標準來補償你嗎？」伯林漢問道。

「假使我有選擇的權利，」宋戴克說，「那麼我一定會說『非常樂意』。然而事實並非如此，這個行業對於所謂的『投機』行為向來是極為不齒的。還記得著名的道森佛格公司吧？他們雖然有極其可觀的收入，但是風評卻非常差。哦，好了，不說這些假設性的問題了。說真的，如果我能辦成你的案子，對我來說就是非常大的成就了，並且我們彼此都能夠從中獲得利益。」宋戴克將臉轉向伯林漢小姐，繼續說，「我真誠地懇求你，伯林漢小姐。現在我們已經共進了晚餐，並且還吃了鴿子派和蛋糕，難道你還不願意支持我，同時也對拜克里醫生表達一點善意嗎？」

「可是我們要怎樣決定跟拜克里醫生，有什麼關係嗎？」伯林漢小姐不解地問。

「當然有了，你要知道，他曾經想要拿自己的錢出來聘請我呢！」

「有這種事情？」她說著轉向我這邊，用令人心驚的眼神詢問著我。

「嗯，有，不過也不算是，」我開始覺得惶惑不安，心底暗自希望有一天宋戴克的祕密也被泄漏才好。「我只不過跟他提過……提過律師的……費用之類的事。不過伯林漢小姐，請你千萬別生我的氣，其實宋戴克博士已經非常明智地婉拒了我。」

聽著我結結巴巴地做著解釋，伯林漢小姐若有所思地凝視著我，說：「不，我怎麼會生氣呢？其實我只是在想，貧困原來自有它的報償。二位對我們父女實在是太好了！我非常感謝宋戴克博士的慷慨建議，並且也非常樂意接受。真的很感謝你們給予我們的幫助。」

「親愛的，」伯林漢先生接著說道，「咱們就來盡情享用貧困帶來的回報吧！說起來以前我們也嘗過了很多苦頭，現在就讓我們安心地接受他的慈悲與善意吧！」

「真是太好了，」宋戴克說，「伯林漢小姐，你果真沒有令我失望，也非常感謝拜克里醫生的成全。那麼，你們已經想好了要由我來處理這件案了了？」

「是的，拜託你了，宋戴克博士，」伯林漢先生說，「我們會無條件支持你的，你想怎麼做都行。」

「太好了，」我說，「讓我們一起舉杯，預祝這次的案件能夠順利解決吧！伯林漢小姐，也請拿起波特酒來，這酒雖然不是很出名，不過對身體還是極有益的，並且還是我們友誼的催化劑。」我為她斟滿酒，當大家的酒杯都被斟滿的時候，我們起身莊重地舉杯敬酒，為這新的盟友關係慶祝。

「哦，對了，我想補充一件事情，」宋戴克說，「能夠擁有自己的律師是件好事。等到訴訟正式開始，也就是你收到赫伯特律師的通知時，可以找葛雷法學院的馬奇蒙先生，將文件都交給他。當然，他只是在名義上代理你的案子，事實上他不會有任何行動，不過我覺得形式上必須有個律師來作指導。此外，還有一點非常關鍵，那就是在受審之前，絕對不能讓傑里柯或者任何人知道我和這件案子有所關聯，我們要盡可能保持低調。」

「嗯，我們一定會嚴守祕密的，」伯林漢先生說，「說實話，這非常容易，因為巧得很，我和馬奇蒙本來就認識，他曾經當過史迪芬．布萊克莫的律師，還記得當時你們打贏了一場非常漂亮的官司，而我與布萊克莫家的人素有來往。」

「哦，是嗎？」宋戴克說，「這世界還真是小。當時那個案子的確是錯綜複雜，辯論也很激烈，真的是很有意思。那次也是我和里維斯的初次合作，對我來說，也是彌足珍貴的一個回憶。」

「是啊，我當時還算是幫了大忙呢，」里維斯說，「雖然僅是無意中發現了一兩個關鍵點。哦，想起來了，你的這個案子跟布萊克莫的倒有幾分雷同呢！也是有人失蹤，都有荒謬的遺囑，同時失蹤的那個人也是立遺囑人和一位古董收藏者。」

「呵呵，我們經手的案子總會或多或少有些相似之處。」宋戴克說著向我使了個眼色，我一下子就了解到了他的用意，因為他立刻就轉移了話題。

「對於你哥哥的失蹤事件，伯林漢先生，報紙上的報導可真是面面俱到啊，甚至連府上和赫伯特家房子的平面圖，都刊登在了報紙上。那麼，提供給報社這些東西的人，你知道是誰嗎？」

「這個我不知道，」伯林漢先生答道，「不過有幾個記者曾經向我打探過消息，最後都被我趕走了。據我所知，赫伯特也是。而傑里柯，他的口風向來都很緊。」

「總而言之，」宋戴克說，「那些記者總是能夠通過一些渠道弄到『題材』，但是一定是有人將你哥哥的容貌特徵以及那些房子的圖紙給了他們，如果能夠知道這個人是誰就好了。現在先將這問題暫且擱置一下，我們必須要討論幾個法律相關的問題。哦，非常抱歉，這是非常必要的步驟。」

「還有，」我補充道，「請各位先到客廳那邊——實際上是巴納的狗窩——將接下來清理的工作交給管家處理吧！」

很快，我們便來到那間簡樸而溫馨的小房間。隨後，嘉瑪太太沈著臉，將咖啡送了上來，不過她的表情似乎在告訴我們，你們要喝這玩意兒請便，但出了事可別怪我！伯林漢被我安置在了一張兩側鬆垂的安樂椅上，這是巴納的最愛，它上面扁塌的坐墊簡直像是長期被隻大象盤坐著壓扁的。之後，我又將鋼琴蓋掀開，做了個邀請的手勢。

「不知可否請伯林漢小姐為我們彈奏一曲？」

「她會彈琴？」

「呵呵，不過我已經將近兩年沒有碰過鋼琴了！那一定很有趣，可是如果失敗了，你們的耳朵可就要受罪了。你們自己選吧！」她笑著答道。

「我的選擇是以實驗為準，」伯林漢先生說，「當然，我的意思並不是要讓實驗浪費在一些沒用的地方，免得糟蹋了巴納醫生的鋼琴。不過，露絲，在你彈琴之前，我要說件事，醜話說在前頭，免得等會兒掃了大家的興。」他猛地停了下來，在場的人都用期待的眼神注視著他，「宋戴克博士，我想你大概也看報紙吧？」他問。

「不，我從不看報，」宋戴克答道，「可是有時為了工作上的需要，我會對某些報導進行針對性的查證。」

「哦，也就是說，」伯林漢說，「你可能看過那則關於發現殘骸的新聞報導吧，報上稱那是被害人的部分殘肢。」

「嗯，這些報導我讀過，並且還建立了檔案，以供日後參考。」

「那正好，那麼我對於那些無疑是某個可憐人遭到謀殺肢解的遺骸，有某種沈痛和似曾相識的感覺，現在就不必跟你說明瞭。我想你一定能夠明白我的意思，我想要問你的是，你對這些是不是也有同感呢？」

宋戴克眼睛低垂，若有所思地凝視著地板，許久都沒有作聲，我們都焦急地等他回答。

「我想你一定會將你哥哥的神祕失蹤，同那些殘骸聯想在一起，」他終於開口道，「當然，這也是很自然的。其實我真的想說你錯了，不過這麼說似乎很難讓人信服。從某個角度來看，的確是非常相似，並且直到現在依然沒有明顯的證據，來證實那些殘骸不是屬於令兄的。」

伯林漢先生開始在椅子裡不安地扭動起來，嘆了一口氣，粗著嗓子說：「這太可怕了！宋戴克博士！你可否現在就告訴我們，依你看，哪些事項是相符或不相符的呢？」

宋戴克又一次陷入了沈思，看起來好像並不十分願意談論這個話題。不過問題既然已被提了出來，他也只有勉為其難地回答了，「其實現在還不是談論正反可能性的時候，現階段案情還不明朗，我們在許多方面的看法都僅僅是臆測而已。截止到目前所找到的骸骨都是些不能用作身分辨識依據的部分。僅憑這一點就非常令人驚訝。從那些骸骨的特徵來看，只能從大體上說，死者是一名身高與令兄相仿的中年男子，並且棄屍的時間也同他失蹤的時間大體上一致。」

「你的意思是棄屍的時間，基本上已經能夠確定了？」伯林漢說。

「從悉德卡鎮發現的骸骨來看，基本上能夠推算出大概的日期。那兒有一片水芥菜田，大概在兩年前清理過一次，據此可以斷定，那些人骨被棄置在那兒的時間絕對不會超過兩年；不過從骨頭的狀況分析，棄置的時間又絕不會少於兩年，這是因為在那些骨頭上面沒有發現一絲殘存的肌肉組織。不過這些都是報上刊登的信息，我們並沒有任何直接證據。」

「屍體的重要部位被發現了嗎？我一直沒看報紙，奧蔓小姐時常帶很多報紙給我看，不過我無法忍受，便將整疊的報紙扔到了窗外。」

此時我好像看到宋戴克眼裡閃過一絲笑意，然而他還是嚴肅地回答：「我能夠根據我記得的逐條給你講述，然而我不能夠保證日期完全準確。最早發現骸骨是在7月15日，在悉德卡鎮，顯然，這是一次意外的發現。其中包括一隻完整的左手臂，不過缺了無名指，並且與肩膀相連，也就是連著肩胛骨和鎖骨。這次的發現，使得當地的居民，特別是年輕人都集體出動，對那一帶所有的池塘、溪流展開了大規模的搜索行動……」

「唉，多麼殘酷啊！」伯林漢忽然插嘴說。

「結果，在肯特郡聖瑪莉克萊附近的池塘裡，他們又撈到了一塊右側的大腿骨。並且，這段骨頭有一個微小特徵，可以用來辨識受害人的身分：在它的關節部位，有一小片骨頭發生了『骨質象牙化』現象，如果關節軟骨的天然表層發生了病變，那麼將會出現這種非常光滑的組織，這是由於骨頭的受損表層相互摩擦而造成的。」

「單憑這一點怎樣做身分辨識？」伯林漢先生問道。

「哦，從這一點可以看出死者生前似乎患有類風濕性關節炎，」宋戴克說，「這種病被稱為風濕性痛風。此外，說不定他的腿還微微有些瘸，會常常抱怨右臀部疼痛。」

「恐怕這並沒有什麼幫助，」伯林漢先生說，「事實上約翰的腿的確瘸得很厲害，但是那是由於他左腳踝的舊傷所引起的。不過說到抱怨疼痛，因為他的性格很倔強，所以很少會聽到他的抱怨。啊，對了，還是別叫我打斷你的話！」

「接著是在李鎮附近被警方發現的骸骨。」宋戴克繼續道，「他們好像迅速展開了一次更大規模的搜索行動，在西肯特郡李鎮附近的池塘發現了一些右腳骨。假如發現的是左腳骨，那麼或許我們就有線索了，剛才聽你說，你哥哥的左腳踝上有舊傷，那麼你是否知道他的腳上有沒有遺留傷痕？」

「我想應該有，」伯林漢回答，「聽說那種病叫波特氏骨折。」

「是的。確實，好像也是同屬於一具屍體的。」

「沒錯，」伯林漢說，「我也聽說了這事。我們的老房子離那裡很近。哦，這太可怕了！我每每想起來都會不住地打哆嗦，想著可憐的約翰可能是在探望我的途中，被人攔截下來並殺害的。或許他是從後門進來的，假若那裡沒上鎖的話。他一路被人跟蹤到那裡，然後又被殘忍地殺害了……還記嗎？警方曾經在我們家後院發現了一個聖甲蟲寶飾。不過我還是想確認一下，這隻手臂同悉德卡發現的那隻確實是屬於同一個人嗎？」

「從各種特徵和尺寸來看，好像是的。」宋戴克回答，「此外，自那兩天之後又有了一個新發現，這個發現更加能夠證實這點。」

「哦？能說說是什麼發現嗎？」伯林漢先生急切地問。

「在勞夫頓森林邊的一座很深的叫作史戴波茲的池塘中，警方撈出了一具半身屍體，這具屍體有骨盆，即兩片臀骨和六片脊骨，也就是脊椎關節。警方立即將溪流堵住並抽乾了池水，希望能有更多發現，結果卻沒發現其他骸骨。這非常令人驚奇，因為缺少了第十二節胸背脊椎骨，這就涉及了肢解時的諸多技術問題。可是現在我不想談論這些令人不愉快的細節。最為關鍵的是，在被發現的骸骨中，右臀骨關節腔的骨質也發生了象牙化症現象，並且同之前在聖瑪莉克萊發現的那根右大腿骨的病變情況相符。由此我們幾乎可以肯定，這些骨頭都是屬同一個人的。」

「哦，原來是這樣，」伯林漢咕噥著，在沈思了一會兒之後，接著說，「那麼那些骨頭到底是不是我哥哥的遺骸呢？宋戴克博士，你怎麼看？」

「從現在掌握的事實情況來看，我不能作出回答。我只能說這種可能性是有的，很多跡象也表明確實就是他！不過我們現在不能妄下結論，只得等待警方的進一步發現。警方隨時都可能找到重要部位的骸骨，到那時，所有的問題都會水落石出。」

「嗯，也許，」伯林漢說，「對了，關於身分辨識的問題，我能幫上什麼忙嗎？」

「當然，」宋戴克說，「到時候我會請你來幫忙的。那麼請你按我說的做：將有關你哥哥的一些特徵列一份清單，包括他身上的所有毛病和傷口，還有疾病名稱，儘量把你知道的一切都列上去；假如你能夠找出曾經給他看過病的所有醫生的信息——包括外科醫生和牙醫，那麼最好也列上去，這是求之不得的，特別是牙醫！如果有一天找到了頭骨，那麼牙醫將能夠給我們提供無可限量的幫助。」

伯林漢聽完不由地哆嗦起來。

「這個想法多麼可怕！」他說，「但是，你說得對，必須要有真憑實據才能形成信念。我會儘量將你想知道的一切都寫下來送去給你。好了，我們暫時撇開這個夢魘，不去想它了吧！對了露絲，巴納醫生的樂譜裡面有你會彈的曲子嗎？」

雖然巴納醫生所蒐集的大部分曲子都是較為嚴肅的古典音樂，但是我們還是從中找到了幾首輕快一點的傳統曲子，像門德爾松的《無言歌》。於是伯林漢小姐開始演奏了起來，她的琴技相當純熟，並且極具韻味。起碼在她父親的眼中是這樣的。至於我嘛，似乎覺得光是坐在那兒欣賞她，就已經是一種莫大的享受了，這種靜謐的感覺，就算是美妙的《銀波》或者《少女的祈禱》都難以替代。

在這美妙溫馨的樂曲聲以及輕鬆、機智的談話聲中，我度過了一生當中最難忘的一個夜晚，感覺時光飛逝，一下子就溜走了。當我和我的訪客逐一道別的時候，聖丹坦大鐘也恰好敲響了十一下。看著伯林漢父女離去的背影，我的心中有著無限的失落，宋戴克和里維斯本來也想告辭的，不過他們似乎是察覺到了我沒落的心情，於是出於同情和理解，他們決定再抽會兒煙斗，留下來和我做個伴，以表示對我的慰藉。

制勝王牌

「嗯，真正的好戲，馬上就要上場了！」宋戴克劃了一根火柴，說道，「對方非常謹慎地開始了——非常謹慎，看起來不是很有把握。」

「你所謂的『不是很有把握』是什麼意思？」我問道。

「很明顯，就目前的情況來看，赫伯特非常急切想要瓦解伯林漢的反對力量，甚至不惜付出任何代價！我估計傑里柯也是一樣的。雖然對於他哥哥的死亡認定伯林漢沒有太多的反對的餘地，可是好像赫伯特手裡也沒有太多籌碼。」

「是這樣的，」里維斯說，「如果他手裡有王牌，那麼就不會心甘情願地將每年四百鎊的津貼白白送給對方；這也許是好事，畢竟我們手上現在也沒有什麼好牌。」

「是啊，我們還是先仔細看看我們自己手裡究竟有什麼吧！」宋戴克說，「現在，我們唯一的王牌，或許可以說只是一張小牌——立遺囑人好像已經認定了他的大部分遺產會歸他的弟弟所有。」

「那麼你已經對此展開調查了嗎？」我問。

「嗯，是的，調查已經有一段時間了。從你將那份遺囑副本交給我們的第二天，調查就已經開始了。里維斯將所有墓地登記名冊看了一遍，已經證實在失蹤事件發生後，並沒有叫約翰·伯林漢的死者入葬。事實上我們早就預料到了這點。另外，他發現還有別人也在進行這項調查，當然，這也在我們的預料之中。」

「那麼你的調查結果呢？」

「大部分沒什麼用。我發現那位大英博物館的諾巴瑞博士，對我的態度極其友善，並且他還非常熱心。也許是因為太友善了，我覺得很難請他來協助我完成一些私人的研究，主要是一項觀察，關於某些物質經過一段時間的演化而產生的物理變化。」

「這件事情你都還沒跟我說過呢！」里維斯插嘴說。

「沒錯，因為我的實驗還沒有真正開始，或許不會有任何結果！在我看來，像木頭、骨頭、瓷器以及灰泥等常見物質，在若干年之後或許會產生某種分子變化，而這些變化又有可能對它的分子傳導或者分子震動能量產生影響。如果真是這樣，那麼這將會為法醫鑒定和其他方面的論證提供極有參考價值的理論依據。這樣一來，我們就可以通過觀察某種已知成分的物質在電、熱和光的作用下所出現的變化和震動，來對它的年代作出判斷。我本來想要請他幫忙，他能夠為我們提供實驗所需的物質，並且都是些年代非常久遠的物質，這樣的物質一定更容易測出反應來。現在再談談我們的案子。我從諾巴瑞博士那裡得知，約翰·伯林漢在巴黎有很多朋友，都是些收藏家和博物館的工作人員，他將常去拜訪他們，同他們一起研究或者交換古物樣本。之前我已經將這些人都調查了一遍，他們都說在他到訪巴黎的期間沒有見過他。並且到目前為止，我還沒發現誰在他那次巴黎的旅行期間同他有過會面。所以，可以說他的這次旅行對我們來說依然是個謎。」

「我不認為那有什麼重要的，因為畢竟他還是回來了。」我說。

「誰都無法預測未知事物的重要性！」宋戴克駁斥道。

「憑我們現有的證據，」里維斯問，「究竟該如何看待這個案子？我們只知道約翰．伯林漢在某天失蹤了，可是有什麼依據可以判定他到底是如何失蹤的？」

「我們現在掌握的證據大都是來自報紙上的報導，」宋戴克說，「而從這些證據中，我們可以推斷出幾種可能。我們有必要對這些證據先加以檢視，因為在即將到來的審問中，這些證據無疑將要受到法庭的檢驗。對於這件案子，我們現在設定有五種可能。」宋戴克停頓了一下，邊掰弄著手指說，「一、他可能還活著；二、他可能已經死了，而且還被祕密埋在了一個不知名的地方；三、他可能被人謀殺了；四、他可能是被赫伯特謀害的，然後赫伯特將他的屍體藏了起來；五、他可能被自己的弟弟謀害了。好了，現在我們對這些可能性來逐一進行分析。第一種情況，如果他還活著。假如是這樣的，他如果不是自願失蹤，那麼有可能是在忽然之間失去了記憶以致不能確認身分，或者就是被關進了監牢之類的地方。而自願失蹤的可能性是很小的。」

「但傑里柯可不會這麼想，」我補充道，「他覺得約翰．伯林漢或許還活著，而且在他看來，人失蹤一段時間是常有的事情。」

「可是如果他是這麼想的，又為何要申請死亡認定呢？」

「這個我問過他。不過他說這是他應該做的，一切責任都應該由法院來擔負。」

「簡直是胡說！」宋戴克有些憤怒，「作為失蹤者的委託人，他既然認定自己的客戶還活著，那麼就有義務來保護客戶財產的完整——這點他應該是非常清楚的！所以我想，傑里柯一定和我的想法是一樣的，那就是認為約翰·伯林漢已經死了。」

「可是，失蹤幾年又突然出現的事情，似乎也是時有發生的啊！」

「說得沒錯。可是如果這個人不是一個不負責任的浪子，那麼做出這種推卸責任的事情，他就一定會陷入難堪的處境之中。比如說一個律師、公務員或者是生意人發現自己被困在一個地方，並且還受困於單調乏味的工作。他可能有一個脾氣暴躁，卻偽裝成溫柔甜美女性的妻子，這個妻子將自己的丈夫視為無法逃脫的籠中鳥，便更加顯露本性。而這人在忍受多年之後，終於到了忍無可忍的地步，於是他在忽然之間失蹤了。當然，他的這種做法是令人同情。可是伯林漢的情形卻不是這樣的。他是一個快樂的單身漢，對生活充滿了熱情，並且他來去自由，可以為所欲為。那麼他為什麼會失蹤呢？這似乎一點兒都不合情理。

「而說到因為失去記憶導致不能辨識身分的這種情況，對於一個口袋裡裝著名片和地址，並且內衣上還繡著名字、警方正在四處尋找的人來說，這就更是不可能的了。至於入獄，我想這個更加可以排除了，就算他真的成了犯人，那麼還是能夠在被判刑之前或者之後找到機會跟自己的親友聯絡的。

「二、他可能已經死了，而且還被祕密埋在了一個不知名的地方。我想這種可能性也非常低。可是，他也可能是在死後遭到了搶劫，從而遺失了能夠用來辨識身分的證件。所以說，雖然這種可能性很低，不過還是存在的。

「三、他可能被某個人謀殺了。就目前的情況來看，這種可能性還是有的。然而現在警方正在全力偵查這件案子，並且還將失蹤者的外貌特徵登在了報上，這樣一來，除非屍體已經被非常小心地藏了起來，否則……如果真是這樣，就又可以排除一個最常見的犯罪形式，那就是暴力劫財謀殺的可能。這樣看來，雖然這個假設有它的可能性，但機率仍然很小。

「四、他可能是被赫伯特謀害的，然後赫伯特將他的屍體藏了起來。但是根據我們的了解，赫伯特並沒有謀殺他的動機。傑里柯曾說過並一再強調，他是唯一一個知道遺囑內容的外人。當然，關於這點目前還沒有證據可以證明。如果真的是這樣，赫伯特就不可能知道他表兄的死將會為他帶來許多財富。如果拋開這一點，這個假設的可能性還是非常大的。因為有人看見失蹤者最後一次出現是在赫伯特的房子裡，但是只看見他走進那屋子，卻不見他離開，當然，這只是報上的報導。不過如今他為了繼承遺產，好像開始變得非常積極了。」

「不過，」我反駁道，「赫伯特和僕人在伯林漢失蹤之後，就馬上對房子進行了徹底地搜查了啊！」

「是的，這個我記得，那麼他們想要搜到什麼呢？」

「很顯然是伯林漢。」

「是啊，他們想要搜索的是伯林漢——一個活人。我們通常會怎樣在房子裡尋找一個活人？當然是檢查所有房間，打開房門，看看他有沒有在裡面。假若沒有看到他，那麼就認定他不在那裡。可是卻不會對沙發底下或者鋼琴後面進行檢查，更不會將抽屜或者衣櫥打開，或許只是將頭探進房間看一下。好像這些人就是這麼做的，然後他們在檢查之後聲稱並沒有在屋子裡發現伯林漢先生。但是有可能伯林漢的屍體，就藏在他們已經搜索過的某個房間的隱蔽角落。」

「哦，這個想法真是嚇人！」里維斯說，「可是非常真切。現在並沒有證據表明他們搜索過的屋子裡沒有藏著屍體。」

「好吧，就算是這樣，」我說，「那麼處理屍體的問題呢？他總不可能將屍體丟了卻沒有被任何人發現吧？」

「嗯，」宋戴克解釋道，「說到問題的關鍵了。倘若有誰想寫一篇有關謀殺藝術的技術手冊，他完全可以將所有的枝節問題省略，只要將幾種可行的處理屍體的方式闡述清楚就夠了。因為對謀殺來說，如何處理屍體是最大的難題。」他凝望著煙斗，繼續說著，「人類的屍體是不可小視的。它本身具有的諸多特質，使得它很難真正的從這個世界上消失。它擁有龐大的體積，形狀也是不規則的，並且非常沈重，又不易燃燒，化學狀態非常不穩定，在腐爛的時候會發出大量的惡臭氣體。同時它還包含了很多能夠用來辨識身分的不會腐朽的成分。你很難令屍體永遠保持原樣，而將它徹底地摧毀就更難了。有關人體的不朽特質，有一個令人驚奇的例子：埃及第十七王朝末期的國王塞凱南拉三世，他的屍骸在沈寂了四千年之後，科學家們不僅能夠推斷出他的死因和死亡方式，甚至能夠推測出他跌倒的方式和造成致命傷口的兇器的種類，甚至連兇手的行凶姿勢都能夠推斷出來。此外，一八四九年美國波士頓的帕克曼醫生被哈佛醫學院化學教授謀殺，這位教授還將他的屍體肢解後藏於自己的實驗室中。而警方最終是通過對火爐裡蒐集的殘留的骨灰進行化驗分析之後，才成功地辨識了死者的身分，破獲了這起謀殺案。」

「這樣的話，我們是不是仍然有可能會看見約翰·伯林漢？」里維斯說。

「當然，這是毫無疑問的，」宋戴克斬釘截鐵地回答，「現在唯一的問題是，他到底會在何時再度出現？可能是明天，也可能是在幾個世紀以後——當人們將這起案件已徹底遺忘的時候。」

「如果，真的是赫伯特謀殺了伯林漢，」我說，「在他們搜索屋子的時候，伯林漢的屍體就藏在書房裡，他要怎樣將屍體處理掉呢？倘若你是赫伯特，你會從何處著手？」

面對我這個愚蠢的問題，宋戴克笑了笑說：「呵呵，你似乎是在套我的認罪供詞嘛，並且還是在有證人的情況下。不過說實話，我們在這裡猜測未知的事情是毫無用處的，所有的推論都要以事實為基礎，虛構出各種條件來，到頭來也是白白浪費工夫——我想我只能說，無論多麼不道德，不會有哪個正常人會處於你所假設的那種境地。謀殺常常是一種衝動的行為，而兇手通常是一些缺乏自制能力的人。對於這樣的人來說，他們不太可能會對受害者屍體的處理方式進行精心地設計。就算是最冷血、最工於心計的兇手，也有可能會臨場畏怯的。兇手通常是在真正面對屍體的時候，才會突然覺醒，發現棄屍工作原來是這麼棘手。棄屍工作的方式在你所說的這種情況下，如果不是埋於一地，就是先肢解，然後再分散棄置於各地；不過這兩種方式被發現的可能性都非常大。」

「散佈的地點正如你剛才跟伯林漢先生所敘述的那樣。」里維斯補充道。

「是的，」宋戴克說，「雖然我們很難想像有哪個頭腦清楚的兇手，會想到將屍體藏在水芥菜田裡。」

「是啊，藏屍的地點確實非常奇怪。哦，對了，剛才在你和伯林漢先生談話的時候，有件事我一直忍著沒說，那就是我發現，你在分析所有那些骸骨是屬於他哥哥的可能性的時候，都沒有提到左手上那個缺失了的無名指。當然，應該不會是你在看報時漏讀了吧？這難道不是一個關鍵點嗎？」

「你是說對於身分辨識的重要性？我看這沒什麼重要的，起碼就目前的情況來看是這樣的。如果現在發現有個缺了無名指的人失蹤了，相信會為我們提供很重要的線索。不過我還沒聽說有這麼一個發現。或者，如果有證據表明無名指是死者生前被截下的，那麼這也是很值得重視的發現。如今，這類證據同樣相當缺乏。也可能是死者在死後才被截下來的，這就得深究其原因了。」

「你的意思是什麼？我不太明白。」里維斯一臉茫然地說。

「哦，我是說倘若警方檔案中沒有任何一個失蹤者是缺了無名指的，那麼就可以推測死者可能是在死後才被截下了無名指。如果真是這樣，有關動機的問題就會浮現出來了。兇手為什麼要將死者的無名指截斷呢？這就不大可能是意外了，你覺得呢？」

「說不定那個手指本身是有問題的，比方說指關節畸形之類的，那樣辨認起來就很容易了。」里維斯說。

「是的。但是與剛才所說的情形相同，如今並沒有發現手指畸形或者有類似特徵的失蹤者。」里維斯望著我，眉毛向上挑了挑。

「那麼我想不出別的理由了，」他說，「拜克里，你怎麼看？」

我無奈地搖了搖頭。

「我要提醒你們，缺的是那根手指，是左手的無名指，這一點可不容忽視的啊！」宋戴克說。

「啊，我明白了！」里維斯興奮地說，「那是戴結婚戒指的手指！你的意思是，或許兇手因為無法取下戒指，所以乾脆強行將手指截斷了。」

「對，你說的沒錯。事實上這並不是沒有先例。有的受害者在死後被截斷了手指，而有的甚至在生前就被切下了手指，僅僅是由於戒指太緊了沒有辦法取下來。特別是人們總是習慣於將比較緊的戒指戴在左手上，因為通常左手會比右的手指細一些……拜克里，你怎麼了？」顯然，宋戴克看出了我神態的變化。

我忽然大叫了一聲：「我真太糊塗了！」

「快說，是怎麼回事？」里維斯急切地問。

「唉，我應該早點想到的！約翰．伯林漢手上確實戴了戒指，並且非常緊，一戴上去就再也無法拿下來了！」

「你記得他戴在哪隻手上嗎？」宋戴克問道。

「記得，他戴在左手上。這件事是伯林漢小姐告訴我的，如果不是他的左手指比右手指略微細了一點，恐怕他永遠也不能將這枚戒指戴上。」

「啊，這就對了，」宋戴克說，「這項新依據可以給我們提供很多線索，我們能夠從這個缺了的手指出發，得出更多、更有趣的推測。」

「比方說？」里維斯問。

「就目前的情況來看，我不方便作過多的推測，因為現在我已是伯林漢先生的法律代理人了。」里維斯咧開嘴笑了一陣，一邊補充煙草，一邊思索著什麼，然後他將煙斗點著，繼續說了下去，「現在我們回來討論失蹤的問題吧！難道你真的不認為伯林漢有可能是被赫伯特謀殺的嗎？」

「我並非有意要指控任何一個人，我只是憑空作出各種假設而已。對伯林漢一家也是這樣。他們之中有誰犯下謀殺的罪行，這完全取決於個人的性格。我在同伯林漢父女見面之後，很難懷疑是他們，而我對赫伯特幾乎一無所知，換句話說，我根本不知道有什麼對他不利的證據。」

「你到底知道多少？」里維斯問。

宋戴克沒有立即回答，似乎在猶豫什麼，不過在一陣沈思之後，他還是繼續道：「這樣對一個人的過去刨根問柢，似乎是很不厚道，但除此之外，我們別無選擇。當然，這個案子的幾個當事人，我都已經作了例行調查，這就是我目前所做的。

「你也是知道的，赫伯特是一位股票經紀人，是很有聲望和地位的。然而大約在十年前，他的一個失誤幾乎使他陷入絕境。他好像是做了數量驚人的投機買賣，之後在一次突發的市場崩盤中，擅自挪用了客戶的資金和股票。當時狀況好像非常嚴重，不過令人驚訝的是，他竟通過提高持股量，從而渡過了難關。但是他的錢到底從何而來，這一直都是個謎，並且很值得懷疑，因為當時的差額高達五千鎊以上。不過最關鍵的是他確實獲得了這筆錢，並以此補足了所有的虧損，所以他並沒有真正犯下侵吞罪。雖然這件事情對他的名譽有所損害，但是卻沒有任何跡象表明它與現在這個案子有什麼牽連。」

「是的，」里維斯表示了贊同，「然而這或多或少會影響人們對他的看法。」

「這當然，」宋戴克說，「一個膽大包天的賭徒是最不能信任的，因為，他隨時有可能會在財務緊迫的狀況下犯下新的罪行。許多侵佔財產的行為都是在財務突然吃緊的情況下發生的。」

「假設這起離奇失蹤案該由赫伯特和伯林漢父女共同承擔責任，」當提及我朋友的名字時，我感到有些不安，「那麼你認為哪方應該負上要責任？」

「當然是赫伯特了，」宋戴克堅定地回答，「根據目前已揭露的事實，雖然赫伯特表面看起來好像沒有殺害死者的動機，然而確實有人看見死者生前進入了赫伯特的房子，並且再也沒有離開過，之後就音訊全無，失去了蹤影。此外，伯林漢也是有動機的，因為他早就清楚自己是那份遺囑的最重要的受益人。然而死者並沒有出現在他家裡，也沒有證據表明死者當時到過他家或者在其附近出現過，僅僅是在他家後院發現了一個聖甲蟲寶飾，而這並不能說明什麼問題。況且發現這枚寶飾時，赫伯特恰好也在場，而它出現的地點又是赫伯特幾分鐘之前才經過的，那麼這樣看來，除非赫伯特已經擺脫了嫌疑，否則這項證物並不具備很高的價值，對於伯林漢父女也不會構成什麼威脅。」

「是不是可以說，你對這件案子的一切推測，都是基於已經公開的事實？」我問。

「是的，差不多是這樣的。我並不完全相信報上所刊登的所有證據，因為我對這個案子還有保留自己的看法，不過我現在還不想談論。現在我們只是憑藉相關當事人所提供的意見和事實對案子來進行分析。」

「宋戴克博士總喜歡吊人胃口，」里維斯起身磕了磕煙斗，接著說，「他會使你覺得自己已經充分掌握了內情，不過到頭來你才發現，自己只不過是個局外人，對內情幾乎一無所知，只能驚訝地張著嘴，不知說什麼好——對手也是一樣。行啦，我們該走了，可敬的前輩，我說的是吧？」

「嗯，我想是的。」宋戴克邊說邊戴上了手套，轉頭問我，「你最近有沒有巴納醫生的消息？」

「有，」我答道，「我曾經寫信到土麥那❶，告訴他診所裡的各項業務都進行得非常順利，我也很開心，並告訴他隨便他在國外玩多長時間都可以。他在回信中說，如果有機會他一定會延長假期，等到確定回來的時候再通知我。」

「上帝！」里維斯感慨地說，「還好伯林漢有個漂亮可愛的女兒，巴納的運氣真不錯，是吧？我就是隨便說說，老兄，你的努力是很值得的，是這樣吧，宋戴克？」

「伯林漢小姐真的很迷人，是位很有魅力的女士，」宋戴克說，「我對他們父女倆都很有好感，並且真心實意地希望可以給他們提供幫助。」

宋戴克說完這番客套話，就和我握手道別。我站在門口目送著兩位友人離去，直到他們的身影變得模糊，漸漸被菲特巷的陰暗所吞噬。

❶ 土麥那，土耳其西部港市，瀕臨愛琴海伊茲密爾灣。

屍破天驚

在這次小聚過後的一天清晨，我正在問診室刷我的帽子，準備開始一天的工作。這時，阿多弗來到房門口，告訴我有兩位先生正在診所裡等著要見我。我叫他帶他們進來，很快，就看見宋戴克和里維斯走了進來。我發覺在這個小房間裡，他們的身軀顯得尤為龐大，特別是宋戴克，不過我還沒來及欣賞這難得的奇景，他就說明了來意。

「拜克里，我們有事想請你幫忙，是關於你的朋友伯林漢父女的事。」

「哦，什麼事？你知道的，我非常樂意幫忙。」我的語氣中充滿了感激。

「嗯，那就好。是這樣的，不知道你是否知道，警方已經把那些找到的人骨都蒐集了起來，暫時存放在了伍德弗的停屍房，等待著死因調查庭的審判。因此，現在是獲得比新聞報導更準確、更可靠的消息的最佳時機。我本來應該到現場去查驗那些人骨，然而就目前的情況來看，我必須避免將自己與這個案子有關的消息泄漏出去，所以我無法親自到現場。同樣的，我也不能讓里維斯去。此外，從報導上看，警方目前已經確信那些骨頭是屬於約翰·伯林漢的了，而你以葛德菲爾·伯林漢醫生的身分，代表他前去查看他哥哥的骸骨，也是很自然的事。」

「好的，我非常樂意。」我毫不猶豫地說，「無論如何我都要去。不過相信這一去得花上至少一整天的時間，那麼診所怎麼辦？」

「這不是什麼問題，我們會幫你解決的。」宋戴克說，「況且這件事對我們來說太重要了！其一、死因調查庭明天就要開庭了，必須有人代表葛德菲爾去旁聽才行；其二、赫伯特的律師已經正式通知我們的客戶，說過幾天他們就要對遺囑向法院提出申請，對遺囑進行認證了。」

「是嗎，怎麼這麼快？」我問。

「毫無疑問，這表明他們的行動非常積極，比我們想的要快得多。總而言之，這件事情的重要性你也清楚。對於這件案子來說，死因調查庭相當於是遺囑認證法庭的一次預演，我們一定不可以錯失這次機會。」

「我了解。不過如果遇到出診怎麼辦？」

「放心吧，這個我們自會辦妥的。」

「是通過醫師經紀人嗎？」

「對，」里維斯答道，「波西瓦將會給我們找到人手，實際上他已經找到了。我早上遇到他時，他手上正好有個合適的人選，為了賺點外快，正等著當代理醫生的機會呢！而且這個人也是相當可靠的。只要你同意，我立刻到亞當街把他叫過來。」

「那也好，那麼你就去找這位醫師的代理人吧！等他來了，我立刻準備出發。」

「哦，真是太棒了！」宋戴克高興地說，「這下就好了。不過如果今晚有空，最好能來陪我們抽抽煙，順便談談我們接下來的戰略，還有明天的注意事項。」

我說好了將於晚上8點30分之後去一趟聖殿法學院，等我兩位朋友離開了之後，我就懷著飽滿的情緒，去處理了今天不多的出診業務。

任何事都有它的兩面性，從不同角度去觀察，就會得到令人意想不到的結果。然而我們在對待各種生活方式和境遇的評價上常常是非常主觀的。對那些在城市裡日復一日窩在同一棟大樓裡埋頭苦幹的人，比如技工、麵包師、裁縫師來說，能夠在假日到漢普斯泰德西斯公園散步閒逛，便算得上是一趟美好的旅行了，可是對水手來說，即使是紛繁不斷的異國風景，也僅僅只是每天的工作場所。

第二天，我從利物浦街上了火車，一到座位上就開始胡思亂想起來。以往坐火車到埃平森林的旅程，不管怎樣都不能稱得上是非常刺激的經歷，可是這次似乎是因為在菲特巷的狹小世界裡待得太久了，連這趟旅程也開始變得不一般了。

我想我必須思考的事情很多。我的生活在過去幾週裡發生了重大變化，不但發現了新的興趣、結識了新的朋友，更讓我感到意外的是，一股強大的力量正悄然闖入我的生活，不知是好是壞，全要看我的運氣了，不過這勢必會影響並佔據我整個生命，直到走到它的盡頭。因為那幾日在圖書室裡的親密接觸，喝下午茶時所感受到的溫馨的家庭氣氛，以及牽手走在倫敦街道上的閒適與愜意，凡此種種，讓我的生活有了新的追求，而露絲．伯林漢的優雅更讓我覺得她就是我生命的主宰。我在車廂角落的位子上找了一個舒適的姿勢靠著椅背坐好，手上的煙斗並沒點燃，我滿腦子都在想過去這幾天的許多事情和那不可預知的未來，幾乎忘了自己眼前的任務，直到火車開到臨近伍德弗的時候，我才被從肥皂和骨粉肥料工廠傳來的氣味拉回到了現實。

而說到此次旅行的真正目的，事實上我並不十分清楚，我只知道，我是宋戴克的代理人。想到這裡，我禁不住有些得意，不過此次行動到底能不能給充滿懸念的伯林漢的案子帶來幫助，我真的不清楚。為了能夠理清頭緒，我將宋戴克寫給我的備忘錄從口袋裡掏了出來，仔細閱讀了一番。裡面的內容很詳盡，就算是對我這個沒有多少法醫事務經驗的人來說，也還是相當受用的。

備忘錄的內容如下：

（1）儘量不要讓人覺察到正在調查案子，千萬不能被人注意到。

（2）一定要確認從各地搜尋而來的人骨，已經全部陳列了出來，如果沒有，要注意觀察到底缺了哪些。

（3）對主要骨頭進行測量，弄清其最大長度，對身體左右兩側的骨頭長度進行對比。

（4）通過對骨頭進行檢查分析來判斷死者年齡、性別與肌肉的發展情況。

（5）注意檢查骨頭及其周圍組織有沒有先天性和局部的疾病，或者是有新、舊傷痕以及其他異常現象。

（6）察看有沒有屍蠟，並且記住它的位置。

（7）留心是否有殘留的肌腱及韌帶等軟組織。

（8）注意觀察在悉德卡鎮發現的手掌骨，判斷無名指是在生前還是在死後被切掉的。

（9）判斷骨頭浸泡在水中的時間長短，並注意屍骨由於水量、水質或者泥土，而產生的各種不同變化。

（10）弄清骨頭被發現的過程，記住相關人員的名字。

（11）盡快將所有的發現都記錄下來，如果可能的話，多用圖表來呈現。

（12）一定要時刻保持被動的態度，儘量少問多聽，切不可急躁，要努力對疑點不厭其煩地多做詢問。

以上便是宋戴克給我的指導守則了。想來僅僅是檢查幾根骨頭，好像有點小題大做了。不過，等我讀了一遍又一遍之後，漸漸開始擔心自己是否能勝任這項工作。

等我漸漸接近停屍房的時候，才發現，原來宋戴克的某些告誡並不是毫無意義的。一位警佐負責掌管這裡，當我走近的時候，他用狐疑的眼神打量著我；另外五、六名男子顯然是報社的記者，如豺狼般守在門口。我將馬奇蒙先生替我領取的驗屍官命令書交給了那個警佐，他好像是為了避免被身後的記者偷瞄到，特意背對著牆壁開始讀了起來。

很快，我的文件便通過了審查，他將門打開，放我進去。身後有三名記者本來也想跟著我進去，不過警佐馬上把他們趕了出去，並且迅速把門鎖上。他回過頭來，催促我到停屍房去，之後，就站在一旁，好奇地打量著我，用略帶質疑的眼神看著我開始工作。

我想他可能因為我木然的態度而感到些許失望，因為在我看來，那些人骨僅僅是一堆非常普通的學生作業。他好心地告訴我說，這些東西是他照解剖學的位置擺放的。我仔細檢查了一番，確定並沒有缺什麼，之後就按宋戴克給我備忘錄上的提醒開始工作了。

「你們也找到左邊的大腿骨了，是吧？」我問，因為清單裡並沒有提到。

「是的，先生。」警佐回答道，「昨晚我們在小僧侶森林附近的池塘裡發現了它。」

「那裡離這兒遠嗎？」我問。

「就在前往勞夫頓途中的森林裡面。」他答道。

我立刻將這個記錄了下來，警佐看見了，表情有些怪異，似乎很後悔告訴我。之後我對這些骨頭進行了整體觀察。倘若是經過整理的，那麼它們的表面應該會乾淨一些，而且也更容易觀察，不過眼前的這些骨頭看起來像是剛從棄置地點搬來的一樣，上面的褐黃色物質到底是污斑還是沈澱物都很難斷定。因為全部骨頭表面都有這種斑點，我覺得非常有趣，於是將這點也記錄了下來。這些骨頭上面或多或少都帶有一些它們在各個水塘中滯留時所留下來的痕跡，不過這對於推測浸泡時間似乎沒有多少幫助。此外，所有的骨頭上都沾了泥巴，還有少量水草，然而這還是無助於判斷準確的時間。

不過有些痕跡還是比較有用的。比如有幾根骨頭上黏著已經乾了的水蝸牛的卵串，這種水蝸牛在池塘中是很常見的。我還在右肩胛骨的某個凹洞裡，發現了藏於其中的隧道形的蟲窩，那是紅色河蟲用泥巴建造的。這些殘留物可以充分證明骨頭已經在水裡浸泡了相當長的時間。因為這些東西只可能在肌肉組織完全消失之後才會生成，並且至少需要一到兩個月的時間，才可能長到現在這個程度。另外，從它們的分布狀況也可以判斷骨頭在水中的方位。儘管目前還看不出這些發現有什麼重要意義，不過我還是小心翼翼地將我所發現的黏著物都記錄了下來，還畫了草圖以說明它們的位置。

警佐一直面帶微笑地看著我工作。

「先生，感覺你好像在做產品目錄啊！」他說，「就像是要舉行拍賣活動一樣。我感覺那些蝸牛卵對於身分辨識似乎並沒有太大的幫助。況且死者的身分已經得到了證實。」當我拿出測量卷尺的時候，他又補充了一句。

「嗯，這個我知道，」我說，「可是我的工作就是要進行客觀的調查和分析，不僅僅是針對這個案子的。」一說著，我開始對所有大骨頭進行測量，而且還將左右兩側骨頭的長度對比了一番。從它們的比例和特徵來看，的確可以證明這些左右成對的骨頭屬於同一個人，這是毋庸置疑的。同時存在於左大腿骨關節頭和右髂骨關節腔的象牙化症的痕跡，則更是證明了這一點。待我測量完畢，就按照宋戴克之前的指示，小心地觀察這些骨頭的細節處，不過並沒有發現存在不尋常的病變。看著這些正常的骨頭，我覺得有些失望。

「怎麼樣，先生，有什麼新發現嗎？」看我合上了筆記本，直起身來，警佐滿臉關切地問，「你對這些骨頭是怎麼看的？是伯林漢先生的嗎？」

「我可能難以判斷這是誰的骨頭，」我說道，「因為骨頭都是非常相似的。」

「我也是這麼認為的，」他附和道，「我只是覺得，你在做那麼多的測量和筆記，很可能你已經有了答案。」很明顯，他對我相當失望。當我對照了一下我所做的調查筆記和宋戴克的精密指示時，不禁也對自己感到失望。我的觀察有何意義呢？我在筆記本裡的胡亂塗抹對案情的進展又會有什麼幫助呢？很明顯，這些骨頭是屬於一個肌肉健全但並算不上發達的男子，年齡在三十歲以上，但準確年齡我無法推斷出。按照我的推測，他的身高應該約為五尺八寸，不過宋戴克根據我的測量數據，應該能夠推算出更加精確的數字來。除了這些，那些骨頭並沒有什麼特別之處，完全沒有局部或整體的病變，也沒有任何新舊傷口或者異常病變出現。兇手在對骨頭進行肢解的時候一定非常小心，因為一條劃痕也沒有出現在骨頭的橫截面上。屍體上也完全沒有保護屍體的屍蠟的影子，唯一的一個軟組織痕跡是在右手肘骨頂端的一小片肌腱，但看起來就如同是一小滴已經乾掉的膠水。

警佐剛要將蓋屍布蓋在屍體上——就像雜技藝人結束一場表演時謝幕那樣，門口突然傳來了一陣急促的敲門聲。警佐精準地將蓋布鋪平，然後帶我走出了大廳，拉開門，讓那三個人進來，並扶著門讓我出去。但是，我看著那三個人，遲遲不想離開。其中有一個人很明顯是負責這起案子的轄區警官；另一個是位工人，他全身濕透並且沾滿了泥巴，手裡拿著一個小紙袋；而第三個人，我的直覺告訴我，我們是同行。

警佐依舊扶著門板站著，他親切地問道：「還有什麼事嗎，先生？」

「那位是不是分局法醫？」我問他。

「是的，我是分局法醫。有什麼需要我幫忙的嗎？」新來的那個人回答道。

「這位先生是醫生。」警佐解釋道，「他得到驗屍官的准許，來這裡檢查那些骸骨。他是代表死者家屬來的——我的意思是——伯林漢先生的家屬。」看著法醫質疑的眼神，他立刻補充道。

「原來是這樣。」法醫若有所思地說道，「據我所知，軀幹的其他部位都已經找到了，裡面包括原先缺失的那些肋骨吧，戴維斯？」

「是的，醫生。」警官回答，「柏傑督察說過，肋骨全部在這裡了，以及所有頸骨。」

「這位督察很了解解剖學吧？」我說。

警佐笑著說道：「柏傑督察是一個非常博學的人，一大早他就來了，一直在那裡觀察那堆骨頭，還做了很多筆記。我猜，他應該發現了什麼，可是他口風很緊。」

警佐突然不說話了，也許是意識到自己不應該說這些。

「我們一起將這些新骨頭放在桌子上吧！」法醫說道，「把布掀開，不要像倒煤炭一樣將它倒出來。大家小心點！」

工人小心翼翼地，將那些潮濕的、沾滿了泥巴的骨頭一塊一塊從袋子裡拿出來，輕輕地放在桌上。法醫將它們逐一地排列開來。

「看來這人手法很巧，」他說，「不像你們揮斧頭、拿鋸子一樣笨拙。這些骨頭被分割得既乾淨又利落。這傢伙一定很了解解剖學，不然他就是個屠夫，否則不可能做成這樣。他的刀法非常熟練，你們看，兩條手臂的肩胛骨都連著呢！這與屠夫分解羊肩肉的手法一模一樣。紙袋裡還有骨頭嗎？」

「沒有了，醫生。」工人一邊回答、一邊將手放在長褲屁股後擦了擦，然後鬆了一口氣，補充道，「就這些了。」

法醫專注地看著那堆骨頭，然後說道：「督察說得一點兒也沒錯，所有的頸骨都在這裡了。可是還是感覺有些奇怪，你覺得呢？」

「你的意思是……」

「我是想說，這個兇手費了這麼多力氣，究竟是做給誰看的呢？你看這些頸骨，很明顯他是非常小心地從第一個頸椎位置將其與頭骨分離，並不是直接將頸子切斷；另外，他分解軀幹的手法也很古怪，第十二對肋骨與這堆骨頭是剛剛一起被送進來的，但是與之相連的第十二對胸背脊椎骨竟然還連在下半身的軀幹骨上。這麼做很費事，並且完全沒有將骨頭砍碎，太神奇了！簡直嘆為觀止。你看這個，也很有意思，小心拿著。」

他小心地將沾滿泥漿的胸骨拿起來，並遞過來給我，然後說道：「這是目前為止最確鑿的證物。」

「你是指這組胸骨證明了這的確是一具中年男子的骸骨？」我問道。

「嗯，可以這麼說。這些肋骨軟骨內的骨質沈澱量，也能夠確認這一點。戴維斯，你去告訴督察，我已經檢查過這批新骨頭了，沒有缺失。」

「你能將它記錄下來嗎？」警官說，「因為柏傑督察讓我交給他文字報告。」

法醫掏出一個小巧的筆記本，一邊找著空白頁，一邊問我：「你覺得死者的身高大約是多少？」

「據我推測，大約在五尺八寸。」說這話的時候，我瞥了一眼警佐，他正以一副不以為然的神情看著我。

「我的推測是五尺八寸半。」法醫說，「但是，還需要看了小腿骨之後再確定。戴維斯，這批骨頭是在哪裡被發現的？」

「沿著這條路走，不遠處有一個池塘，在羅茲灌木區，就是在那裡發現的。醫生，督察已經過去了……」

「他去哪兒並不重要。」法醫打斷他，「回答我的問題就行，不要多說什麼。」

法醫譴責的態度應該是想掩蓋什麼，因此我立刻採取了行動。這些警方人員雖然擺出一副友善的態度，但是他們並沒有真正地把我當作一夥人，反而有意將我排除在外。我隨即向他們致謝，並約定在死因調查庭上再見，然後便匆匆離開了。我找了個角落遠遠觀望著停屍間的入口，沒多久，戴維斯警官出來了，接著便沿著來路返回了。

我一直等到他的背影變成一個模糊的小黑影，這才動身尾隨著他。離開小鎮大約半里路左右，他便往森林外圍地帶走去。這時，他突然轉入一條林蔭小路，不見了蹤影，我立刻加快腳步，不一會兒，就看見了他的身影。他走進了一條四周都是高大灌木的細窄小徑。我繼續跟蹤著他，並且逐漸縮短了與他之間的距離。就在這時，一陣節奏分明，大概是水泵抽動的聲音傳來。沒多久又傳來了一陣男性的交談聲，那名警官離開小徑後便往樹林裡走去了。

我繼續前進，並且再次提高警覺。我想借助水泵的聲音，去尋找警方的位置。直到我繞了一小段路，好不容易才從另外一頭接近了他們。

在水泵聲的引導下，我走到了一片不大的林間空地，然後停下腳步環顧四周。空地中央有一片十幾碼寬的小池塘，池塘旁邊停著一輛施工用的手推車。很顯然，這輛雙輪推車是用來運送地面上那些工具的，其中包括一個裝滿水的大桶，還有鐵鏟、耙子、過濾器，以及連著一條水管的小型水泵。警官身邊站著三個人，其中一個正在操作水泵，還有一個正在閱讀警官剛剛帶來的文件。當我走近他的時候，他抬起頭來，很不客氣地打量著我。

「喂，你不能來這裡！」他說。

也許他發現這樣說不太妥當，因此立刻改口說道：「這裡不准許你來。我們是屬於私人作業。」

「我很清楚你們在幹什麼，柏傑督察。」

「是嗎？」他露出狡猾的微笑，「我想，我也猜出你在做什麼！請原諒，我無法允許你們這些記者來窺視我們的工作，請你走吧！」

我打算立刻跟他解釋我的身分，於是拿出驗屍官許可證。他看著我的證件，滿臉憤怒。

「好極了，先生。」說完之後，便將許可證還給了我，「但是，這上面並沒有授權你可以窺探警方作業啊！所有骸骨都將會陳列在停屍間，到時候，你去那裡看個夠就是了。這裡不允許你停留！」

起初我並不覺得有必要在這裡觀看他們的工作情況，但是警佐無意的暗示讓我頓時感到好奇；另外，柏傑督察堅持要將我趕走的行為，讓我更加疑惑。還有，我們在交談的時候，水泵已經停止運轉，池塘泥濘的部分已經露出一大半；這時，督察的助手正手拿鐵鏟，不耐煩地等著。

「督察先生，這樣說吧！」我語氣篤定，「難道你想遭到批評嗎？將一個當局已經授權的死者家屬代表拒之千里？」

「你這是什麼意思？」他說。

「我想說的是，假如你新發現的骨頭，能夠證明是伯林漢先生的遺骸，那麼這件事情對於他的家屬而言是多麼重大！想必你也知道，這件事情涉及一大筆遺產，還有一份相當棘手的遺囑。」

「我不明白你的意思，也不知道這之間有什麼聯繫。」他看著我說，「不過，你要用這個理由堅持留在這裡，我也無能為力。但是請你不要妨礙我們工作！」

說完這些，那個助手立刻舉起鏟子，向池塘底部的泥漿裡走去，然後在那堆露出水面的東西裡不停地搜尋。督察在一邊焦慮地看著，並不停地提醒他「當心腳下」。操作水泵的那個工人，此時站在泥漿邊緣，伸著脖子往裡看。而我則跟督察站在最有利的位置看著。但是，遲遲也沒有結果。期間，助手曾蹲下撿起了什麼東西，結果卻很失望——那是一段腐爛的木頭；隨後，又發現了一隻腐爛很久的松鴉的屍體。突然，他在一處小水窪旁彎下腰，凝視著泥漿，然後直起身子，大聲叫道：「這個東西看起來像是骨頭，長官！」

「暫時先不要挖它，」督察說，「輕輕地用鐵鍬將那團泥巴鏟起來，放在篩子裡。」

助手按照他的要求做了，用鐵鍬鏟著一大團泥巴走向池塘，其他人也紛紛往放置篩網的地方跑去。督察將篩子放在木桶裡，指揮著警官和工人圍過來，意思是讓他們將木桶四周圍住，儘量不要讓我參與進來。這次的行動倒是步調一致，當他們將泥巴放進篩網裡的時候，四個人一齊彎下腰來，幾乎是完全將我的視線遮擋住了。我只好伸長了脖子，拼了命地向裡面看，才很吃力地看到一點。他們將篩子泡在水裡，不停地晃來晃去，慢慢地，泥巴被洗刷乾淨了。

督察慢慢地將篩子從木桶中拿出來，彎下腰仔細地檢查起來。很明顯，他並沒有發現什麼，因為他一直愁眉不展。

警官站起身來，轉過頭來對我詭異地笑了笑，把篩子舉到我的面前。

「你想看看是什麼嗎，醫生？」他說。

我說了聲謝謝，然後湊到跟前仔細地看了起來。裡面盡是一些小樹枝、枯葉、水草、水蝸牛、死甲殼類蟲子的屍體以及池塘底層泥漿中常見的清水貽貝；除此之外，另有三塊小骨頭，剛剛看時感覺有些困惑，慢慢地，我看出那是什麼了。

督察看著我說：「沒錯吧？」

「是的，」我說，「很有意思！」

「我想應該是人的骨頭，是吧？」

「我想是這樣的，沒錯。」我說道。

「那麼，」督察說，「你說說看，這些是哪根手指的骨頭呢？」

我忍住笑說道：「警官，哪根手指骨也不是，這是左腳的大拇指。」

「見鬼！」督察喃喃地說，「怪不得看起來粗壯了點。」

「要依我看，」我說道，「如果你繼續在這附近挖的話，有可能會發現整個腳骨的。」

那位便衣警員馬上照著我說的幹了起來，並且把篩子帶著到池塘裡去篩。果然，在撈了兩大筐爛泥之後，終於出現了完整的腳骨。

「這下你可得意了。」在對所有骨頭都檢查了一遍，並確定是完整的之後，督察說道。

「如果能知道你們究竟是在這裡撈什麼，我會更得意的。」我說，「腳骨並不是你們的目標，對吧？」

「我們並沒有特定來找尋什麼，」他回答道，「我們會繼續尋找，直至整具骸骨全部出現。這附近所有的池塘和溪流我都會搜索遍的，當然康諾池塘暫先不考慮，得最後再作打算，它可和這種小池塘不一樣，到時候必須是乘船去打撈。說不定頭骨就扔在那裡，它比別的水池深多了。」

這時我突然想起，我要調查的內容大致是有了答案，雖說收獲沒有多大，但我還是離開的好，讓督察繼續他祕密的打撈工作。於是我向他道謝了之後，就循著來時的路回去了。

但是當我順著來時的小路走出樹林的時候，我思考著剛才在現場的情況。我在仔細檢查了那隻被截掉手指的掌骨之後，得出的結論是，那根手指應當是死後或者是死前不久被截下的，但是比較可能的是死後。很明顯，也有另外的人和我得出了相同的結論，並且將這個結論告訴了柏傑督察，要不然這個人不會如此著急地來尋找手指骨的。我有點不明白的是，他們怎麼會知道來這邊搜索，手掌骨可是在悉德卡鎮被發現的呀！還有，即便他能夠找到，又能夠證明什麼呢？手指頭並沒有什麼特別之處，至少手指骨是這樣的，況且目前的工作重心應該是對遺骸身分進行確認。這事的確很蹊蹺，似乎是柏傑督察掌握了某種還未公開的信息。可是，到底是什麼信息呢？他又是在哪裡得到的呢？這些問題我完全搞不明白，直到我回到舉行死因調查庭的小酒館時，腦中仍然是一片空白。我強打起精神，午飯胡亂地吃了一點東西，就準備走過去。

顱骨之謎

為了對在訴訟期間可能會發生的不公正的待遇有所補償，死因調查庭這個古老制度的法定程序被保留了下來。調查庭將在酒館旁的一個長方形房間舉行，往日這房間是村民在舉行較為重要的聚會時使用的。

我慢慢吞吞地吃完午餐，懶散地抽了根煙之後，來到了法庭，我竟然是第一個到達的，陪審團已經宣完誓了，也去了停屍間看遺骸等證物。於是，為了打發時間，我開始打量起這間屋子裡的擺設來，設想一下通常到這裡來的都是什麼樣的人。我的正前方牆上掛著一隻木頭鏢靶，上面插著兩支飛鏢，可能村裡的羅賓漢曾常常來這裡玩兩把；橡木桌上磕痕累累，看來村民們對擲銅板賭博的遊戲非常熱愛；還有那個大箱子，裡面裝了假髮、顏色艷麗而俗氣的袍子和木頭長矛、刀劍，以及金紙做的假權杖等非常幼稚的道具，似乎是舉行某些神祕禮拜活動時用的。

正當我對這些擺設已經感到無趣，並逐漸將視線轉移到牆上成排的照片上時，其他旁聽者和證人都陸陸續續地進來了。我找了一張舒適的椅子坐下，舒適程度只比為驗屍官準備的主席椅要略差一點。剛一坐穩，驗屍官和陪審團便一道走了進來。他們後面跟著柏傑督察、一位警佐和兩位便衣警察，最後是分局法醫。

驗屍官在主席位坐了下來，打開了卷宗。陪審員也都陸續在會議桌一側的幾張長凳子上坐了下來。

我好奇地看著那十二名「公正人士」，他們都是英國生意人的典型代表，安靜、神情專注而莊重。不過一個矮個男人吸引了我的注意力：他有著一顆碩大的腦袋和一頭豎起的亂髮，瞄了一眼他那油亮的長褲的膝部之後，我判斷他應當是村裡的鞋匠。肩膀寬闊的陪審團主席坐在他旁邊，我猜他是名鐵匠。另一邊是個相貌粗豪的紅臉男子，健碩的體型讓人想到他或許是個屠夫。

「各位，」驗屍官宣布，「本調查庭將要討論兩個問題。第一、是身分問題：屍體你們已經看過了，他究竟是誰？第二、他是什麼時候、怎麼死的以及死亡的原因。首先，有關身分問題，讓我們從屍體被發現時的有關情況開始討論。」

這時那位鞋匠站起身來，高舉著他那雙髒兮兮的手。

「我有個問題，主席。」他說。

其他陪審員都用異樣的眼神望著他，有的甚至撇開嘴笑了起來。

「你剛才說，」鞋匠繼續說，「屍體我們已經看過了。我想說的是，我們看到的並非是屍體，不過是一堆骨頭而已。」

「哦，這樣啊，那我們就叫它遺骸吧，你覺得怎樣？」驗屍官說道。

「我覺得這樣沒問題了。」那位鞋匠坐了下來。

「好。」驗屍官接著主持會議。

他開始傳喚證人，第一位證人是在水芥菜田發現這些骨頭的工人。

「那片水芥菜田上一次被清理是在什麼時候，你知道嗎？」聽證人敘述完事發過程之後，驗屍官問他。

「那還是塔普先生賣掉這塊地之前，已經過去兩年了。五月份那次也是請我清理的。我清理得很仔細，那時候並沒有發現骨頭。」

「各位有什麼問題嗎？」驗屍官看著陪審團問道。

鞋匠滿面怒容地對著證人問：「你發現那些骸骨的時候，是不是正在尋找人骨？」

「我？」證人大叫，「我尋找人骨做什麼？」

「別遮掩了，」鞋匠嚴肅地說，「回答我的問題：是或不是。」

「不是，當然不是。」

陪審員搖了搖那碩大而顯得很滑稽的腦袋，似乎是在說，先不追究了，下次絕不輕饒你。詢問仍在進行著，不過這之後再沒出現什麼出人意料的事情或意外插曲。接下來警佐開始敘說在杜鵑坑發現右手臂的過程。

「這次發現完全是巧合嗎？」驗屍官問。

「不是。我們早就接到蘇格蘭場的指示，要我們將所有池塘進行搜尋。」

驗屍官不想再對這個問題深究了，但是我們的鞋匠先生顯然正說得起勁呢！我預料，等對柏傑督察問訊時，恐怕要進行很激烈的辯論了。督察好像和我的看法是一樣的，因為我發現他狠狠地瞪了鞋匠一眼。然後輪到他出場了，只見鞋匠已經興奮得在位置上坐不住了。

在勞夫頓鎮史戴波茲池塘發現的一半屍骸都是督察親自努力的成果。然而他卻完全沒有將功勞往身上攬，只說，這次發現是在杜鵑坑之後水到渠成的結果。

「是不是有什麼人對你說了要在這個特定的地點進行搜索？」驗屍官問道。

「不，沒有什麼人對我說過這些。」柏傑回答。

「那我請問你，」鞋匠指著督察說，「這些骸骨在悉德卡發現了一部分，在聖瑪莉克萊也發現了一些，然後在李鎮也發現了一些。這些地方全都在肯特郡境內。奇怪的是，你竟然會跑到艾瑟克斯郡的埃平森林去搜尋，而且還被你找到了！」

「我們是在對所有類似的池塘進行全面性的搜索。」柏傑回答。

「沒錯，」鞋匠露出獰笑，「是這樣的，在肯特郡你們找到了那麼多骸骨，那裡離這裡少說也有二十多里吧，中間還隔著泰晤士河，可你卻直接跑到這裡來了，並且就像事先得到了通知一樣，直接到史戴波茲池塘打撈，更巧的是，你們真的找到了，這難道不奇怪嗎？」

「要是我們直接跑到那個地方，卻什麼也沒打撈到，那才真的奇怪！」

陪審團席發出一陣哄笑，鞋匠也咧開大嘴笑了起來；他還沒來得及繼續追問，驗屍官就介入說：「這個問題很模糊，」他說，「請不要和警方無理取鬧。」

「我認為，」鞋匠說，「他肯定是早就知道骸骨在那裡。」

「證人已經說了，他並沒有什麼特殊門路。」驗屍官說著，示意問話繼續進行。

所有骸骨的發現過程逐一敘述完畢之後，警方的法醫上了證人席，並且進行了宣誓；陪審員們挺直腰桿，好像萬分期待。我也將筆記本翻過了一頁。

「目前在停屍間的所有骸骨你都檢查完了嗎？可以在本庭報告了嗎？」驗屍官問道。

「是的。」

「你能告訴我們到底發現了什麼嗎？」

「我發現那些骨頭都是人骨，並且都是一個人的。這些骨頭幾乎已是一具完整的骸骨，只是少了頭骨、左手無名指、膝蓋骨和腿骨。」

「你知道手指骨為什麼會缺失嗎？」

「不清楚。似乎不是畸形或者手術造成的，我感覺這應該是死後被切除的。」

「你能就這些向我們大致描述一下死者的生前狀況嗎？」

「他應當是個老年男子，年紀大概六十多歲，身高五尺八寸半，體格很壯碩，肌肉結實，保養得非常好。沒有什麼疾病，除了右臀關節有風濕性痛風的老毛病。」

「什麼死因你能推測出來嗎？」

「推測不了，沒有任何重創或外力。不過，頭骨還沒找到，死因沒法推測。」

「你還有別的發現嗎？」

「有。肢解屍體的人似乎掌握了非常豐富的解剖學知識，這點讓我感到非常驚訝。因為這具屍體的肢解方法是非常專業的。比如說，頸部的骨頭很完整，脊椎最頂端的環椎骨非常完整，不懂解剖學的人很可能將其弄斷。還有，肩胛骨和鎖骨還都連在兩隻手臂骨上，和解剖人體標本是完全相同。兇手的手法很熟練。從這些解剖的痕跡來看，幾乎所有的分割都是在關節處，而且手法非常細膩，所有的骨頭上都沒有被刀子刮碰的痕跡。」

「你覺得什麼人能夠有這樣的本事？」

「只可能是外科醫生或醫學院的學生了，還有屠夫。」

「你認為這個肢解屍體的人，是外科醫生或者是醫學院學生？」

「是的，還有可能是屠夫。總之，是對此非常擅長的人。」

「主席，我反對這種說法。」這時鞋匠又站了起來說道。

「什麼說法？」驗屍官問。

「這是對一項正當職業的污蔑！」鞋匠激動地說。

「我不明白。」驗屍官說。

「蘇瑪斯醫生是在暗示兇手是一名屠夫。我們在場的就有好幾位屠夫。」

「別扯上我！」屠夫叫了起來。

「我會替你辯護的，」鞋匠說道，「我希望——」

「哦，閉嘴，波普！」陪審團主席發話了，他一邊說著，一邊用毛茸茸的大手拉住鞋匠的後衣襟，「咚」地一聲，鞋匠被拉下了座位。

但是，儘管已經坐下，波普先生仍繼續說：「我希望調查庭能考慮一下我的抗議。」

「反對無效。」驗屍官說，「同時，我不准你繼續干擾證人。」

「我這麼做是為了我的朋友，還有從事正當行業的——」波普大聲說道。

可是這時屠夫轉過身來，用他那破銅鑼嗓子人喊道：「別貓哭耗子了，波普！」

「別吵了，各位！」驗屍官嚴肅地宣布，「不要再吵鬧了。這可是嚴肅的場合，各位的責任重大。請認清這一點。」

現場立刻靜了下來。過了好一會兒，才又響起屠夫沙啞的聲音：「真是貓哭耗子——假慈悲！」

驗屍官惡狠狠地瞪了他一眼，然後轉向證人，繼續問訊。「醫生，你能告訴我們死者的死亡時間大約是什麼時候？」

「據我觀察，至少有一年半的時間了，甚至更久。至於準確的時間，單單憑藉肉眼觀察，是很難判斷的。因為那些骨頭上什麼也沒有，我的意思是骨頭上一點肌肉或別的什麼都沒有了，這樣的話，就可以保持很多年不變。」

「發現骨頭的那位先生說，那些骨頭肯定不會超過兩年。你覺得呢？」

「是的，我完全同意這種說法。」

「還有，醫生，這很重要，僅觀察這些骸骨，你能辨別死者的身分嗎？」

「辨別不了，」蘇瑪斯醫生說到，「我沒有發現任何能提供死者身分的證據。」

「我們這裡有個失蹤人員的資料，」驗屍官說，「男性，五十九歲，高五尺八寸，健康狀況良好，體格非常健壯，左腳踝有一處波特氏骨折舊傷。你剛剛看過的骸骨，是否符合這些描述呢？」

「是的，初步看來是很符合的。幾乎是完全符合的。」

「這樣說來，這個骸骨有可能就是這位失蹤者的遺骸？」

「有這個可能，不過還是沒有十足的證據可以證明。除了這個骨折，很多老年人都符合那些描述。」

「這些骸骨中沒有那個骨折的部分？」

「還沒有。波特氏骨折舊傷是在腓骨部位。到現在為止還沒找到那段骨頭，所以就無法來證明了。死者的左腳非常正常，一般說來，沒有骨折的話，都是會很正常的。」

「你推算出死者的身高約是五尺八寸半。這是否和事實不相符？」

「不會的。我僅僅只是假設。因為死者的臂骨很完整，雖然腿骨還沒找到，但我是通過臂骨來推算的，雖然通過腿骨也能推算出。死者大腿骨的長度是一尺七又八分之五寸。」

「這樣說來，死者的身高很可能不止你推測的那麼高？」

「是這樣的，約是五尺八寸到五尺九寸之間。」

「非常感謝。我的問題問完了，醫生。陪審團還有其他問題嗎？」

波普怯怯地看著肅穆的陪審團席，又控制不住開始了提問：「嗯，我想說說手指，」這位鞋匠說，「你說是死者死後被割下的？」

「我是這麼認為的。」

「你能告訴我們兇手切下手指的原因嗎？」

「對不起，我無法得知。」

「蘇瑪斯醫生，我覺得你一定還知道一些什麼的。」

驗屍官再次說話了：「醫生只負責對自己的證據作出問答，任何個人的臆測和揣度都可以拒絕回答，請各位不要再提這些問題了。」

「但是，主席，」波普反駁說，「我們想知道的是，為什麼那隻手指會被砍掉，總不會沒有原因吧？我想問，主席，那位失蹤者的那根手指是什麼樣的呢？」

「這點報告中倒沒提到。」驗屍官說道。

「或許柏傑督察能對這個作出解釋。」波普說。

「照我說，」驗屍官說，「我們就不要問警方太多的問題了。他們若想讓我們知道的話，自然會告訴我們的。」

「哦，好的。」鞋匠說道，「你們想掩飾事實，我也沒辦法。我只是在納悶，如果我們不了解真相，我們如何能作出裁決呢？」

這時，所有的問訊都已經結束了，驗屍官開始總結了，他面朝著陪審團——

「各位陪審員，所有證人的證詞你們都已經聽完了，你們恐怕已經發現了，證人的證詞是無法對我們的兩個核心問題作出解答的。我們現在只知道的是，死者是個老者，年約六十歲，身高大約在五尺八寸到五尺九寸之間，死亡時間約為一年半到兩年前。我們只能知道這些。從屍體本身來看，我們僅能猜測出一些死者生前的情況，可是不能得出準確具體的結論。至於死者的身分、死因，我們統統不得而知。所以，我們得暫時休庭，在新的物證被發現之前是不會開庭的。開庭時，會再次通知各位的。」

這時，肅靜的法庭出現了一陣騷動，大家都在低聲私語。趁這個機會，我偷偷溜了出去。在門口我碰見蘇瑪斯醫生，他的馬車在一旁等著。

「你是要回城裡嗎？」他問。

「是的，」我回答，「如果能來得及趕上火車的話。」

「坐我的馬車吧！我送你坐下午5點的火車，步行的話是絕對沒法趕上的。」

我接受了他的好意，馬車向車站的方向飛馳而去。

「波普那傢伙，真麻煩！」蘇瑪斯醫生說，「怪人一個，社會主義分子，勞工黨，煽動分子，怎麼看都不順眼，唯恐天下不亂的傢伙。」

「沒錯，」我附和道，「他就是這種麻煩的人。陪審團有這麼個傢伙，驗屍官恐怕頭都大了。」

「這也不好說，」蘇瑪斯笑著說，「他還是緩和了下氣氛。而且，你要明白，這些人還是有用的，他提出的某些問題還是相當尖銳的。」

「柏傑督察似乎有些理屈詞窮了。」

「你說得很對，」蘇瑪斯笑道，「柏傑非常討厭他，我覺得督察在回答問題時的眼神顯得閃爍不定。」

「你覺得他真的會有什麼特殊渠道嗎？」

「這得看『特殊渠道』到底是什麼了，警方也不是完全相信理論的，如果不是已經掌握了十足的證據，他們是不會開展如此大規模的搜查的。伯林漢父女現在還好吧？他們住在這裡的時候，我曾見過他們。」

我正想著如何來回答這個問題時，我們已經到了火車站。火車也剛好駛進了站。我們匆匆道別，我說了聲謝謝，便跳下馬車進了站。

在回去的路上，我又重新去讀了我的筆記，想努力把這件事理出個頭緒來，但卻徒勞無功。接著我又猜測，不知道宋戴克對於我這次所找出的證據會有什麼看法，我蒐集的材料他會不會滿意。這樣一路想著，來到了聖殿法學院，我匆忙跑上樓，來到了我朋友的辦公室。

可是，我很失望，屋子裡空蕩蕩的，只有彼得一個人。他繫著白色圍裙站在實驗室門口，手拿著一把扁嘴鉗子。

「博士到布里斯托去了，有一件緊急案子需要他去處理，」他解釋說，「里維斯博士也一道去了，再過個一兩天應該就會回來了。這裡有一張博士留給你的便箋。」

他在書架下拿出了一張紙遞給我。是宋戴克留的便箋，他說突然離開，向我致以歉意，還說了讓我將筆記本交給彼得就行了。

「你或許會有興趣知道，」他在信中補充道，「後天遺囑認證法庭就要審理他們的申請案了。當然，那時我不會在那兒，里維斯也不在。所以我希望你能睜大眼睛來關注審判的過程，因為有些細節馬奇蒙的助理或許會遺漏而沒有記錄下來。我已經讓沛恩醫生隨時待命，代替你出診，讓你能沒後顧之憂來出席庭審。」

我簡直受寵若驚，非常感激宋戴克對我的信任，剛剛的失落感完全消失了。我將便箋裝進口袋，把筆記交給了彼得，和他道了晚安，便回到了菲特巷。

遺囑背後

當我和伯林漢小姐以及她父親來到遺囑認證法庭時，發現裡面異常安靜。很明顯，好奇的大眾對這場即將舉行的訴訟程序並不是很有興趣，或者對於它和轟動的「肢解案」之間有什麼關聯也並不明白，但是辯護律師和消息靈通的記者都已經齊集這裡了，他們嗡嗡地說話聲，好像教堂禮拜儀式中的管風琴奏出的樂曲般在大堂裡迴蕩著。

我們剛走進去，有個慈眉善目的中年紳士便立刻站起身來，走過來迎接我們，並和伯林漢先生熱情地握手，殷勤地招呼伯林漢小姐。

「這是馬奇蒙先生，醫生。」伯林漢為我介紹道。這位訴狀律師先是說了一番感謝我不辭勞苦地來參加調查庭之類的客套話，然後他就領著我們入座。長凳子的那頭坐著一個人，我認出那是赫伯特先生。

「哎呀，那個無賴也來了！」伯林漢先生扯著嗓門叫道，「還裝作沒看見我，因為他沒臉見我，可是——」

「噓！噓！我親愛的先生！」律師可嚇壞了，連忙大叫道，「我們要文明點，特別是在這樣的地方。求求你，我懇求你稍微收斂一下，千萬可別鬧出什麼亂子來。」他又補充道，「您最好什麼話也不要說。」似乎是在指出伯林漢先生所說的話，並不得體，而於事無補。

「非常抱歉，馬奇蒙先生，」伯林漢滿臉懊惱，「我會注意的，我肯定會非常小心的。我再也不看他了，我一看見他，就恨不得跑過去揪下他的鼻子！」

這恐怕正是馬奇蒙所擔心的，他堅持要求伯林漢小姐和我坐在長凳的另一頭，這樣就能將老先生和那個傢伙隔離開了。

「和傑里柯說話的那個大鼻子是什麼人？」伯林漢先生問。

「是羅藍勳爵，赫伯特先生的律師。坐在他身邊的那位開朗的紳士是我們的出庭律師奚斯先生，一位非常有才幹的人——」接著馬奇蒙小聲說，「他和宋戴克博士可是一對好搭檔，相當有默契的！」

話音剛落，法官已走進法庭並且就坐了。書記官領著陪審團成員一起宣誓，法庭的氣氛漸漸嚴肅了起來，一直到結束，都將持續這種肅穆的氣氛，只是間或能聽見旋轉門被忙亂的律師助理或記者碰得亂響。

法官是個相貌奇特的老紳士，短臉，闊嘴巴，加上圓突的大眼珠，很容易就讓人想起青蛙。他有個動作還真的和青蛙極為相似，眼皮懶懶垂下，就好似是吞下一隻大甲蟲那般：這就是我們所能觀察到的他僅有的表情。

陪審團一宣誓完畢，羅藍先生馬上就開始介紹這個案子；他的委託人則是靠在椅背上，緊閉雙眼，似乎是要接受可怕的手術一樣。

「本案源於住在布倫斯拜瑞區皇后廣場141號的約翰．伯林漢先生的無故失蹤，時間約為兩年前，更準確地說，是在一九〇二年11月23日。伯林漢先生自那天之後就一直杳無音訊。有一些證據，讓我們深信他已經死亡，因此，他遺囑的主要受益人——喬治．赫伯特，在此向法庭申請立遺囑人的死亡認定許可，以便來執行遺囑。由於立遺囑人在世的最後一次出現是在兩年前，本申請案是基於兩年前的失蹤事實，也就是說，種種跡象都表明當時的情況異常特殊，更讓人覺得奇怪的是，失蹤事件發生得十分突然。」

這時法官以細微，但卻沈穩的聲音說：「要是立遺囑人失蹤久了，又下落不明，或許會更加惹人注意吧？」

「是這樣的，庭長，」羅藍先生回答道，「但是重點是，立遺囑人一直以來都是生活有規律的一個人，但是卻在上述的日期突然失蹤，也沒有對自己的私人事務作任何交代，從此就杳無音訊了。」

說完，羅藍開始敘述約翰．伯林漢失蹤事件的背景。他所說的和我在報紙上讀到的別無二致。在向陪審團陳述了所有的事實之後，他繼續對此作著解釋——

「如果說一個頭腦清醒的人來客觀地分析這樁怪異、神祕的失蹤事件，」他說，「會有什麼樣的結論呢？這個人從他表弟或弟弟的房子出來之後，一轉眼就消失了，對此該作何解釋呢？他是否會悄悄溜走，毫無先兆地坐上火車來到了某個海港，然後去往了遙遠的國度，棄一切於不顧，也不讓他的朋友知道他究竟去了哪裡？再或許此刻他正躲在國外或者家裡，不在乎他可觀的財產被別人瓜分，以及親友們對他的擔心？抑或是死神突然就降臨到他身上，因為疾病、意外，甚至是因為被某個不知名的殺手謀殺？這些種種可能，讓我們來分析一下。」

「首先，他的失蹤是否會是他有意為之？為什麼不可能？——你可能會發問。畢竟，我們經常見到有人會突然失蹤，幾年之後被找到了，或者主動出現了，他會發現自己的名字早已被人們遺忘了，自己的家成了陌生人的家。沒錯，不過這種情況通常都是有原因的：有可能是因為對家庭紛爭感到厭煩，遇到了財務困境，或是生活無法繼續下去了，生性喜歡流浪等，因而選擇了離開人們的視線。

「本案和這些完全沒有相似點嗎？是的，一點都沒有。家庭失和——尤其是指足以使人長期焦慮的那種，這只可能是已婚人士的困擾。因為立遺囑人是單身，所以這個可以排除。財務緊迫，還是不成立，因為立遺囑人的財務狀況非常好，可以說十分寬裕。他的生活過得非常逍遙自在，興趣廣泛並且絕對充實自由。在他那兒，旅行已經是一種習慣，根本不要遮遮掩掩。他的生活很有規律，種種固定的習慣都是長久以來養成的，而非一時的衝動或慾望——我一會再對此作出解釋。他最後出現在公眾面前的那陣子，他正準備出國，並且也做好了回國之後要完成的工作計畫。可是他回國之後就消失了，剩下了很多未完成的工作。

「假如我們認為他是主動失蹤而且藏了起來，這個假設更是和事實完全相悖。另一方面，假如我們認為他是突然死亡——不管是遭到意外或者被謀殺，便和已知的事實幾乎完全符合。至於種種詳情，各位將在我所傳喚的各位證人的證詞裡得到答案。立遺囑人已經死亡的假設不但遠比他還活著的假設可信，甚至我認為這也是唯一合理的解釋。

「不僅如此，由立遺囑人突然且神祕的失蹤事件，讓我們作出了他已經死亡的假設，在最近更有了進一步的確認。去年7月15日，悉德卡鎮發現一條人類的左臂骨，左手無名指缺失。經鑑定證明，死者為男性。對那條手臂作檢驗的法醫將會告訴各位，那根手指是在死者死後或者生前不久被截下的。他所發現的證據還表明，那條手臂被丟棄的時間約為立遺囑人失蹤的那段期間。在這之後，警方又陸陸續續地在其他地方找到同一具屍體的其他部位的骨頭。更奇怪的是，這些骨頭被發現的地點均在艾爾森或伍德弗一帶。我對各位作個解釋，立遺囑人最後出現的地點正是在艾爾森或伍德弗。

「現在來看看這究竟有多少處巧合。等會兒一位在人骨檢查方面非常有經驗的法醫將會告訴各位，這具骸骨是屬於一個約六十歲，身高五尺八寸、體格健壯結實且健康情況良好的男子，更讓人驚訝的是，立遺囑人生前在左手無名指，也就是遺骸主人被截下的同一根手指上——戴了一枚非常罕見的戒指。那枚戒指非常緊，一戴上就再也拿不下來了，並且它的樣式也非常特殊，若是仍然留在屍體上，必定會讓人一眼就認出死者的身分。換句話說，這具遺骸的種種特徵和立遺囑人別無二致；而死者被肢解也表明了兇手有意掩蓋死者的某項特徵；況且骸骨被丟棄在各個地點的時間也和立遺囑人的失蹤時間大體上相符。因此，我在此懇求各位在對多位證人誠實公允的證詞作出判斷之後，能夠作出符合真相的裁決。」

羅藍先生說完便坐了下來，用手推了一下夾鼻眼鏡，然後迅速瞄了一眼他的辯護摘要。

這時書記官開始為第一名證人進行宣誓。

傑里柯先生走上了證人席，他木然注視著表情呆滯的法官。在照例作了陳述之後，羅藍先生開始質詢證人。

「據我所知，你的身分是立遺囑人的訴狀律師和關係密切的股票經紀人？」

「以前是，現在仍然是。」

「你認識立遺囑人有多長時間了？」

「二十七年。」

「就你對他的了解，你認為他這人會任性地突然失蹤，並和親友斷絕聯繫嗎？」

「我認為不可能。」

「能否說出你的理由？」

「照我看，這種行為完全不符合他的性格和習慣。他是個嚴於律己的人。每次出國他都會時刻向我報告行程，即便是他不方便和我聯繫的時候，也都會事先跟我說一聲。我的工作之一是到外交部去為他領取退休金。在失蹤之前，他從未忘記過將該準備的文件交給我。」

「據你所知，他會有什麼值得失蹤的理由嗎？」

「沒有。」

「你最後一次見到他是在什麼時候？」

「一九〇二年10月14日，晚上6點鐘，在布倫斯拜瑞區皇后廣場141號。」

「請你將當時的情形敘述一遍。」

「那天下午3點15分，立遺囑人來到了我的辦公室，讓我陪他一起去見諾巴瑞博士。於是我陪著他來到了皇后廣場141號的房子裡。不久諾巴瑞博士就來了，準備對立遺囑人捐贈給大英博物館的古董進行檢查。這批捐贈品包括一具木乃伊和四個禮葬甕等一些陪葬品。立遺囑人指定這些東西必須按照原來的擺設方式，在同一個展櫃裡展出。其中，木乃伊當天已經送達，其他的陪葬品當時還在國外，但是據說一週內就會運抵英國。諾巴瑞博士代表博物館前來對這批捐贈品進行驗收，但他表示必須先和館長聯繫日得到他的同意之後，才能正式接受。於是立遺囑人對我做了一些關於運送、捐贈這批古董的指示，因為當天晚上他就要出國去了。」

「這些指示和本庭今天的主旨有關係嗎？」

「應該有的。立遺囑人決定到巴黎去，接下來他可能會去維也納。他讓我在那批陪葬品運達的時候負責接收，並把東西打開，然後和木乃伊一起存放在某個房間，在那兒放置三週。如果在這期間，他回來了，他將親手將捐贈品交給博物館的負責人員；如果到時候他還沒回來，就直接通知館方來自行運走。從他的指示來看，我覺得立遺囑人對於他這趟出國旅行的長短，並不能確定。」

「他明確地說過要到哪裡去了嗎？」

「沒有，他只說有可能會再去一趟維也納。可是他卻沒有明確說接下來要去哪兒，我也沒有問。」

「你知道後來他又去哪裡了嗎？從布倫斯拜瑞區皇后廣場141號離開以後？」

「不知道！6點鐘他離開了房子，穿著一件長大衣，拎著一個手提箱和一把雨傘。我將他送到門口，看他向著南安普頓街的方向走去了。可他究竟去了哪裡，我真是一無所知。自那以後我就再也沒看見過他了。」

「他沒帶別的行李，除了那個手提箱？」

「我不知道，不過我看好像沒有。他習慣輕裝上陣去旅行，如果有什麼需要，他會在旅途中置辦。」

「他對僕人們提過什麼時候回國嗎？」

「他屋子裡除了一名看門人，沒有別的僕人。那房子其實不能算是他家。立遺囑人一向吃住都在俱樂部裡，雖說他的衣服是在那房子裡放著的。」

「他離開後，你一直都沒有他的消息？」

「沒有。自那以後，我再也沒聽到他的消息。依照他的指示，我等了三週，然後去通知了博物館的人，告訴他們說可以來搬走捐贈品了。五天之後，諾巴瑞博士就過來了，並正式簽定了協議，捐贈品就被運往博物館了。」

「那麼你再次聽到立遺囑人的消息是在什麼時候？」

「11月23日晚上7點15分，喬治・赫伯特先生來找我，他對我說立遺囑人之前到過他家，僕人將其帶到了書房。可是等赫伯特回家時，卻發現立遺囑人不在那兒了，他沒有告訴僕人他要離開，也沒有任何人看到他離開那座房子。赫伯特先生覺得事態非常嚴重，於是專門趕來通知了我。我很緊張，因為我也已經很久沒有聽到他的消息了。我們兩人決定盡快聯繫立遺囑人的弟弟葛德菲爾・伯林漢先生。

「赫伯特先生和我迅速前往利物浦街，並坐上了最快的一班去往伍德弗的火車。當時葛德菲爾就住在那兒。8點15分我們到了他家，僕人告訴我們他出去了，他女兒在書房裡——後院裡的另一間小屋。僕人點了油燈，領著我們到了書房。我們在那裡看見了葛德菲爾・伯林漢先生和他的女兒。葛德菲爾剛剛回家，他是從院子的後門進來的，後院門上的門鈴會在書房裡鳴響。赫伯特先生將詳情告訴了葛德菲爾之後，我們便離開了書房，往主屋走去。藉著葛德菲爾手裡油燈發出的光線，我發現離書房僅僅幾步遠的草地上有個發亮的小物體。於是我指給他看，他便撿了起來，那正是立遺囑人總是串在錶鏈上的一隻聖甲蟲寶飾。這東西連同一個金環被一條金線串起。金線和金環都還在，可是金環上卻有個缺口。我們回到主屋，問僕人那天都有些什麼人來過，沒有人看見過立遺囑人，所有僕人都說那天下午一直到晚上都沒有任何人來訪過。伯林漢父女也聲稱他們一直都沒有立遺囑人的消息，對於他回到英國的事情更是一無所知。由於情況讓人非常擔憂，次日早上我便報了警，請他們協助調查。經過一番搜尋，警方僅在查令十字車站的寄物櫃裡找到了一個無人認領、上面刻著『ＪＢ』字母的手提箱。那個手提箱正是立遺囑人離開皇后廣場時提著的那個，同時裡面裝著的物品也可以證實手提箱是伯林漢先生的。我曾詢問過寄物櫃的管理員，他說那個手提箱是在23日下午4點15分被存放在這的。那個人的長相他記不太清楚了。車站保管了那個箱子三個月，可是還是沒人認領，於是就交給了我。」

「可以通過一些標誌或記號看出它曾經到過哪些地方嗎？」

「只有一個『ＪＢ』的縮寫，標簽和記號都沒有。」

「立遺囑人的年齡是多大？」

「據我所知，到一九〇二年10月11日這天，他整整五十九歲。」

「可以把他的身高告訴我們嗎？」

「可以，他的身高是五尺八寸。」

「那麼，他的健康狀況怎麼樣？」

「我認為他的身體很健康，因為我從沒聽過他有什麼病痛。當然，我這麼說也只是從外表來判斷，他的身體看上去確實很健壯。」

「是不是可以說，他保養得很好？」

「以他這個年齡的人來說，可以這麼說。」

「他的體型是什麼樣的？」

「他的體格相當健碩，而且肌肉很結實，但不算發達。」

羅藍飛快地記錄著，又追問道：「傑里柯先生，你在之前說，你已經認識立遺囑人二十七年了。那你是否注意過他的手指上是否戴了戒指？」

「他在左手的無名指上戴了一枚仿製的古董戒指，上面有歐西里斯之眼的刻花。我印象中他只戴過這枚戒指。」

「他總是戴著這枚戒指嗎？」

「是的，因為那枚戒指太小的了，戴上之後就很難摘下來了，他不得不一直戴著。」

傑里柯的證詞到這裡就差不多了。結束的時候證人望著伯林漢的律師，似乎想問點什麼，但奚斯一直坐在那兒專注地看著供詞。傑里柯發現不需要再交叉質詢，於是走下了證人席。我往椅背上靠了過去，一轉頭，發現伯林漢小姐正低著頭沈思。

「你認為供詞如何？」我問她。

「聽起來沒什麼可以懷疑的地方，滴水不漏。」她嘆了口氣，低聲說，「他們怎麼能這樣冷酷地談論我可憐的約翰伯父，這太不應該了。說他是什麼『立遺囑人』，這完全是市儈商人的口吻，好像他老人家只是一個符號似的。」

「遺囑認證庭裡很難給人溫情和善意。」我笑著答道。

她點點頭，表示同意，接著問我：「那位女士是誰？」

她所說的女士是一位穿著時尚的年輕女人，她剛走上證人席，此刻正在宣誓。宣誓完成之後，她回答羅藍律師——同時也在回答伯林漢小姐——關於她身分的問題的疑問。她的名字叫作奧古斯汀娜．闕杜萊．多柏斯，是喬治．赫伯特在艾爾森那棟房子裡的女僕。

「赫伯特先生是一個人居住在那兒嗎？」羅藍問。

「我不知道你是什麼意思。」多柏斯小姐說。

「我的意思是，他是否單身，明白嗎？」律師解釋道。

「那又如何？」證人輕佻地回答。

「你只需回答『是』或者『不是』就行了。」

「我知道你的居心，」證人看上去比較難纏，「但我認為你不可以對一個潔身自好的年輕女孩作出這種影射。再說，還有一個管家和一個廚房女僕也住在這屋子裡，而且赫伯特先生已經老得夠資格做我父親了……」

法官嫌惡地微微低下頭。

羅藍回答她的話道：「我並沒有影射你，我只是在問你，你的雇主，赫伯特先生，是不是單身，是或不是？」

「我又沒問過他這個問題。」證人沈著臉說。

「請回答我的問題——是或不是。」

「我不知道答案，怎麼回答你的問題？」證人有點失去理智地大喊，「也許他結婚了，也許還沒有。我憑什麼一定知道？我又不是私家偵探！」

羅藍律師似乎愣住了，一臉錯愕地望著證人。

一陣沈默之後，法官傳來求饒似的聲音：「這點真的很重要嗎？」

「當然，法官大人。」羅藍回答說。

「既然這樣，那你可以等傳喚赫伯特先生的時候問他吧！他總會知道的。」

羅藍鞠了個躬，算是同意了，於是回頭繼續質詢這個囂張的證人。

「兩年前的11月23日，你還記不記得這天發生了什麼事？」

「記得，約翰．伯林漢先生在那天來訪。」

「你怎麼知道那是約翰．伯林漢的？」

「我不知道，他自己說他是伯林漢先生。」

「他什麼時間去的？」

「下午5點20分。」

「然後發生了什麼事？」

「我告訴他赫伯特先生還沒回來，他說他可以在書房裡等，順便寫幾封信。於是我就帶他到書房去了，然後關上了門。」

「接著發生什麼事？」

「沒什麼特別的。赫伯特先生在5點45分的時候回來了——和往常一樣——他拿鑰匙開門進了屋子，然後便直接走進了書房。我沒有多注意，以為伯林漢先生還在那裡，便準備了兩份餐具和晚餐。6點鐘，赫伯特先生走進餐室，看見桌上擺了兩個人的餐具，覺得奇怪，就問我原因。我告訴他我以為伯林漢先生還沒離開，會留下來用餐。對於我的回答他很是驚訝，他說他並沒有看見伯林漢先生，還責怪我在他回來時為什沒有及時向他彙報。我說，我把他帶進了書房，以為他會在書房裡看見伯林漢先生。可是他說，他根本就沒有見過他。於是，我們就來到客廳，以為伯林漢先生會在那兒等赫伯特先生，可是在那兒我們也沒有看見伯林漢先生。赫伯特先生又說，也許是伯林漢先生等得不耐煩了，自己先離開了。但是我告訴他，我確信他沒離開，因為我一直在留意著大門。然後他問我，伯林漢先生是獨自來的，還是和他女兒一起來的。我說不是那個伯林漢先生，而是約翰·伯林漢先生，他聽了之後非常驚訝。於是我提議最好搜查一下屋子，看看他究竟有沒有離開。赫伯特答應了，於是我們所有人把房子幾乎翻了個底朝天，仔細查看了每個房間和角落，確實沒有發現伯林漢先生的蹤跡。這時赫伯特先生變得急躁起來，他匆匆地吃了晚餐，然後離開家趕乘6點30分的火車進城去了。」

「你的意思是約翰·伯林漢先生一直沒有離開屋子，你一直都在留心嗎？那麼，當時你是在哪裡？」

「我當時在廚房裡，在那兒我正好可以看見前院大門。」

「你是在哪裡準備用餐的餐具的？」

「在餐室。」

「從餐室，你還能看見前院大門嗎？」

「在餐室不能，但可以看得見書房，書房在餐室對面。」

「到餐室你必須要經過廚房上樓嗎？」

「是的，必須經過。」

「那會不會就在你上樓的時候，伯林漢先生離開了屋子？」

「不，他做不到。」

「為什麼？」

「因為他不可能做到。」

「為什麼不可能？」

「因為他不可能那麼做。」

「也許伯林漢先生在你上樓的時候一個人走了？」

「不，這不可能。」

「你如何知道他沒有離開？」

「我確信他沒有。」

「你可以這麼肯定嗎？」

「如果他真的走了，我一定會看見的。」

「我的意思是，他有沒有可能趁你上樓的時候，離開了。」

「我上樓的時候他正在書房裡。」

「你怎麼知道？」

「因為我帶他進去之後，他就一直沒有出來過。」

羅藍停了下來，深深地吸了一口氣；這時，法官的眼睛已經瞇了起來。

「那棟房子有側門嗎？」律師也已經疲憊了，但是仍然繼續質詢道。

「是的，就在房子的側面，有一個可以通往小巷子的側門。」

「書房裡是不是還有一扇落地窗？」

「是的。窗戶外面是一小片草地，那道側門就在它對面。」

「當時那扇窗戶，還有側門上鎖了嗎？伯林漢先生會不會是從這兩個地方出去的？」

「窗戶和門的內側都有把手。是的，他的確可以從那裡出去，但是他並沒有那麼做。」

「你怎麼知道？」

「在我看來，紳士是不會像賊一樣，從側門溜出去的。」

「當你發現伯林漢先生不見的時候，檢查過落地窗是不是關著的嗎？」

「當天晚上，在我就寢之前檢查過所有門窗了，當時都已經從裡面關緊了。」

「那麼側門呢？」

「側門也已經鎖上了。那道側門必須花很大力氣才能關上。因此，假如有人從那裡出去，一定會弄出很大的聲響的。」

重要部分已經詢問完畢了，羅藍律師鬆了一口氣。正當多柏斯小姐準備離開證人席的時候，奚斯站了起來，準備進行交叉質詢。

「看見伯林漢先生的時候，屋子裡的光線怎麼樣？」奚斯問道。

「光線很亮。雖然屋外很暗，但是走廊開著燈。」

「請你仔細看看。」他在證人面前將一個小東西晃了一下，「據說這是伯林漢先生經常佩戴在錶鏈上的飾品。你還記得在他到訪的時候有沒有戴著它嗎？」

「沒有，沒有戴。」

「你這麼肯定？」

「是的，非常肯定。」

「謝謝。現在我來問問有關你剛剛提到的，搜索屋內的情況。你說過，整間屋子你們都找過。那麼，你去書房找過嗎？」

「沒有。赫伯特先生去倫敦之後，我才進去的。」

「那個時候書房的窗戶有沒有關上？」

「是關上的。」

「那扇窗戶從外面可以關上嗎？」

「不可以。外面並沒有把手。」

「好的。書房裡都有哪些家具？」

「有一張書桌、一張旋轉椅、兩張安樂椅、兩個大書櫃，還有一個赫伯特先生放外套和帽子的衣櫥。」

「衣櫥可以鎖上嗎？」

「當然可以。」

「你進去的時候，衣櫥是鎖上的嗎？」

「我不知道，因為我沒有去翻那些櫃子和抽屜。」

「客廳裡又有哪些家具？」

「一個壁櫃、一張沙發、鋼琴、銀桌，還有六、七把椅子和一兩張小桌子。」

「鋼琴是哪一種類型的？」

「直立平台型的。」

「它被擺在客廳的什麼位置？」

「靠近窗戶的牆角。」

「鋼琴後面有沒有空間藏一個人？」

這個問題逗得多柏斯小姐毫不避諱地笑了起來，然後回答道：「嗯，有。後面的空間很大，應該可以藏個人在那裡。」

「那麼，你有沒有檢查過鋼琴後面？」

「沒有，查看客廳的時候，我並沒有看過那裡。」多柏斯小姐不屑地答道。

「沙發底下檢查了嗎？」

「當然沒有！」

「那你到底是怎麼搜查的？」

「打開房門，看了看裡面有沒有人。我們找的是一位中年紳士，又不是一隻小貓或者一隻猴子。」

「看來，其他房間你們也是這樣搜查的吧？」

「是啊！我們只是看看房間的內部，並沒有檢查床底或者櫥櫃之類的地方。」

「那棟房子裡所有的房間，都是用來作為起居室或者臥房的嗎？」

「不，三樓有一間堆放雜物的儲藏室；二樓還有一個房間，赫伯特先生在裡面堆放了很多皮箱和一些沒有用的東西。」

「你在搜查的時候，看過這兩個房間嗎？」

「沒有。」

「那麼在那之後呢？有沒有去看過？」

「進去過一次儲藏室，另外一間沒有去過。那個房間一直都是鎖著的。」

就在這個時候，法官的眼皮不停地跳動著，就像是有什麼不祥的預兆。

奚斯沒有進一步發問，坐了下來。

在多柏斯小姐準備再度離開證人席的時候，羅藍突然走了出來。

「剛才你已經對伯林漢先生經常戴的聖甲蟲飾品作了說明。你說一九〇二年11月23日，伯林漢先生去赫伯特先生家的時候，並沒有戴這個飾品。你真的可以確定嗎？」

「是的，我可以。」

「對於這一點，請你一定要特別謹慎。這是一個至關重要的問題。你可以發誓，那個時候他的錶鏈上確實沒有掛聖甲蟲寶飾嗎？」

「是的，我發誓。」

「那你留意過他的錶鏈嗎？」

「沒有，我並沒有特別留意。」

「既然這樣，你怎麼能那麼確定聖甲蟲寶飾沒有串在錶鏈上呢？」

「因為不可能。」

「什麼不可能？」

「因為如果它掛在那裡，我肯定會發現。」

「伯林漢先生的錶帶是什麼樣的？」

「最普通的那種。」

「我的意思是，它究竟是鏈子、緞帶還是皮帶？」

「我想應該是鏈子吧！也有可能是緞帶……當然，也許是皮帶。」

法官白了她一眼。

羅藍繼續追問道：「你究竟有沒有注意，伯林漢先生到底戴的是哪一種錶帶？」

「沒有。我為什麼要注意？跟我又沒有關係。」

「那你為什麼偏偏對那個寶飾如此肯定？」

「是的，十分肯定。」

「你的意思是，你注意到了？」

羅藍停了下來，無奈地看著證人。旁聽席傳來一陣竊笑聲。

這時，法官終於按捺不住了，他問道：「這個問題你到底能否明確地回答？」

多柏斯小姐不再吭聲，突然她低下頭啜泣起來。

羅藍趕緊坐了下來，停止了提問。

多柏斯小姐離席之後，進入證人席的有諾巴瑞博士、赫伯特先生，以及車站寄物櫃的管理員，但是這三個人都沒有提供新的線索，只不過進一步證實了傑里柯和女僕的證詞。接著走入證人席的是在悉德卡發現屍骨的那名工人，他複述了一遍曾在死因調查庭中說過的話——棄置在水芥菜田裡的骨頭不會超過兩年。蘇塢斯醫生最後一個被傳喚。他簡短地敘述了自己檢驗骸骨的過程。

然後，羅藍律師開始了提問：「你聽到傑里柯先生對立遺囑人外貌的描述了嗎？」

「是的。」

「你檢查的死者的骸骨與那些描述吻合嗎？」

「大致是一樣的。」

「請你明確地回答，是或者不是。」

「是的。但是，我要強調一點，對於死者身高的看法，只是我的推測。」

「這個我能理解。根據你的檢查結果，以及傑里柯先生對立遺囑人的特徵描述，能不能說那些骸骨是屬於約翰·伯林漢先生的？」

「是的，有這種可能。」

聽完這句證詞，羅藍坐了下來；而奚斯立刻站了起來，開始對他進行詢問。

「蘇瑪斯醫生，在檢查那些骸骨的時候，有沒有發現特別的特徵讓你認定骸骨是屬於某一個人，而不是屬於身高、年齡、體格類似的一群人的？」

「很遺憾，沒有。」

奚斯沒有再發問，於是蘇瑪斯醫生離開了證人席。

這時，羅藍站起來陳述了他訴請本案的目的，法官昏昏欲睡似的點了點頭；接著奚斯代表辯方作總結，他的陳詞非常簡短，也沒有華麗的辭藻，只是簡單地反駁了申請人律師的說辭。在指出立遺囑人失蹤時間過短，不能作出死亡判定的請求之後，奚斯如此陳述——

「所以本次申請案應該建立在確鑿的證據之上。原告律師認為立遺囑人已經死亡，那麼就必須有證據來證明。可是他提出證據了嗎？我認為沒有。他只是一再指出，立遺囑的人無依無靠，沒有任何牽掛，是一個獨身主義者，可以自由來去，所以沒有任何失蹤潛逃的理由和動機。這些便是對方申辯的內容。另外，他巧奪天工的演說，也許不止是想證明這一點。因為，如果立遺囑人果真是像對方辯解的那樣，立遺囑人是一個充分擁有自由的人，他不會無緣無故失蹤；那麼，我們是不是也可以說，因為他擁有自由，所以他可以毫無顧忌地不告而別？對方律師聲稱，立遺囑人能夠憑藉心情隨意去任何地方，因此沒有潛逃的必要。我倒想說，既然他擁有絕對的自由，可以隨意來去，那麼他利用這種自由，也不足為奇！對方律師指出，立遺囑人在沒有通知任何人的情況下就消失了，也沒有告訴任何人他準備去哪裡。我倒想問，他要通知誰呢？他無依無靠，不需要為誰負責，他的存在與否和任何人都沒有關係。假如有突發情況，需要他立刻出國，他沒有理由不去！對方律師還說過，立遺囑人在沒有作出任何安排的情況下，不顧一切地離開了。我要問問在座的各位，對於一個多年來習慣於將所有事物交給諳熟一切業務，並且值得完全信任的律師去處理的立遺囑人，這種說法成立嗎？當然不！

「在最後，我要強調的是：在我看來，立遺囑人的背景沒有絲毫不尋常的地方。他經濟寬裕，並且沒有任何責任束縛，他喜歡旅行，經常去偏遠的國家遊玩。這次離開的時間相對以往久了一些，但是，這不能作為宣判他死亡的依據，以及竊據他財產的理由。

「至於最近被找到的骸骨，我不想多說什麼。將它們與立遺囑人硬扯在一起，這簡直是胡扯！各位已經聽過蘇瑪斯醫生的證詞了，這些骸骨並不能證明屬於某一個特定的人。所以辯方律師想要以此作為證明立遺囑人死亡的證據，並不成立。在此我還是要提出辯方律師提到的，讓我深感疑惑的一點：

「辯方律師說，骸骨是在艾爾森、伍德弗附近被發現的，立遺囑人最後現身的地方正巧也是這兩者之一。在他看來，這是至關重要的證據。但是，我無法認同他的觀點。我們假定立遺囑人最後出現的地方是伍德弗，而骸骨也是在伍德弗發現的；或者他是在艾爾森失蹤的，而骸骨正好也在艾爾森被找到，那麼這件事情就值得我們重視了。可惜，他最後出現的地方我們並不能確定，而在這兩個地方都找到了骸骨。很顯然，對方律師的推斷，太不切實際了。

「我不想再浪費各位的時間了，不過我要再次強調，想要合理地認定立遺囑人的死亡，那麼就必須明確地提供證據。但是，目前並沒有證據出現。所以，立遺囑人是隨時都可能現身的，另外他有權要求財產得到保障。在此，我請求各位作出正義的裁決。」

奚斯的總結結束之後，法官終於如夢初醒般的睜開了眼睛。他將厚重的眼簾向上掀開，出人意料地露出一雙睿智的眼睛。首先，他朗讀了一段遺囑內容，以及他的筆記——這應該是在眼皮半閉的時候寫下的——接著，他開始回顧律師的辯詞和證據。

「各位，討論證據以前，」他說，「我準備針對本案綜述一下。當某個人去國外或離開自己的住所以及常出現的場所一段時間，並且在這段時間內沒有任何消息，那麼從他最後一次出現的時間開始算起，七年為申請失蹤人員死亡認定的有效期限。換句話說就是，如果某人失蹤長達七年，就可以自然認定此人已經死亡。當然，如果有充足的證據顯示他在這七年內的某一個時間依然活著，那麼死亡認定就是無效的。假如在比七年還要短的失蹤時間內申請死亡認定，那麼申請人必須向法院提供此人已經死亡的可靠證據。其實，死亡認定本來有假定的成分，跟實際證據有區別。因此，這類案件所提供的事證證據必須更具有說服力，可以充分地證明這人確實已經死亡。失蹤的時間越短，提供的事證證據就越要充足可信。

「現在回到本案上來，約翰．伯林漢失蹤不到兩年，不足以構成死亡認定的條件。當然，以前有過失蹤時間比這還短的案件都作出了死亡認定，並且得到了保險賠償。所以現在，找到支持死亡確實發生的證據是最為重要的。

「如果本案中立遺囑人是一位船長，而且他在船隊從倫敦駛向馬賽的航程中突然失蹤了，那艘船連同船上的員工一併沒了消息。那麼，這艘失蹤的船和不見蹤影的船員，就為船長的失蹤提供了更加合理的解釋和證明。雖然也缺少必要的實際證據，但是這一事證，卻也可以成為判定船長死亡的可信證據。舉這個例子主要是讓大家做一個參考，所有的推測也都是要有一定事實根據的，切不可憑空捏造。

「本案的訴請人要求作出對立遺囑人約翰．伯林漢的死亡認定，這樣他們就可以根據遺囑內容來分配立遺囑人的財產。我們的責任重大，裁決稍有偏差，就會嚴重損害到立遺囑人的利益。因此，大家要認真仔細地思考已有證據，只有嚴謹地分析過各項證據以後，才能作出最後的裁定。

「本案有兩部分相關證據：一是立遺囑人失蹤的相關背景；二是骸骨事件的影響。關於後者，我很詫異並且感到很遺憾，此項申請沒能等驗屍官報告全部出來後再提出，所以請大家仔細考慮一下。要提醒大家的是，蘇瑪斯醫生很明確地指出，到現在為止還無法確定死者的身分，不能證明那些骸骨是屬於特定某個人的。不過，立遺囑人和這位無名死者也很有可能是同一個人，因為他們之間有很多相似之處。

「大家已經聽了傑里柯先生關於失蹤事件的發生背景的證詞，立遺囑人之前從未有過出國旅行而不向他交代行蹤的先例。在此要注意的是，在立遺囑人約翰．伯林漢先生和諾巴瑞博士會面結束之後，並準備前往巴黎的時候，他並沒有向傑里柯先生交代他的行程，以及他在巴黎的住處和回國的確切時間。所以傑里柯先生也無法告訴我們立遺囑人到底去了哪裡，什麼時候回來。由此看來，傑里柯也無法掌握立遺囑人的行蹤。

「多柏斯小姐和赫伯特先生的證詞中有著很多混亂甚至矛盾的地方。比如他們說立遺囑人約翰．伯林漢先生進了書房後，就沒了人影。因為在屋裡沒找到他，所以他們認為他已經離開了。在他離開的時候，也沒有人告訴僕人他要走了。而且之前他還說要留下來等赫伯特先生，所以他的不告而別顯得很突然。一個人可以這樣偷偷摸摸地離開別人家，並且沒告訴僕人一聲，那麼他會不會經常也用同樣的方式離開平日出現的場所，而事先不告知別人，也不向任何人交代去向呢？

「現在，我們有兩個問題：一、立遺囑人的失蹤跟他的生活習慣和個性是否相違背？二、是否有證據可以證明立遺囑人已經死亡？這兩個問題的答案，加上剛才大家已知的各種證據，會引導我們得出一些結論。」

法官做完以上陳詞之後，就開始讀起了遺囑內容，但沒過一會兒就被打斷了，因為陪審團主席宣布，他們已達成了一致意見。

法官隨即直了直身子，望著陪審團席，當主席發表聲明說，他們認為沒有足夠證據可以認定立遺囑人約翰．伯林漢已經死亡的時候，他點了點頭表示贊同。於是，在對羅藍律師正式傳達法庭駁回死亡認定申請的時候，他謹慎地解釋說，他個人的意見也是如此。

這項裁決讓我終於鬆了一口氣，我想伯林漢小姐也一樣，伯林漢小姐的父親也很開心，他抑制不住勝利的愉悅。因為天性善良，他很快離開了法庭，以免讓遭到挫敗的赫伯特看到，伯林漢小姐和我也隨即離開了。

當我們離開法院的時候，伯林漢小姐笑著說：「看來，我們並沒有走上絕路。我們還是可以擺脫厄運的，或許可憐的約翰伯父也一樣可以。」

尋訪墓園

第二天早晨，我很高興地開始了這一天的出診工作。因為名單上還是那幾名老病號，所以這天我心情很愉悅，而且出診任務也很輕鬆。法庭的判決是一個意外的驚喜，至少讓我那兩位朋友對這樁案件的關注不至於中斷。我聽說宋戴克已從布里斯托回來了，我想去看看他。讓我格外開心的是，伯林漢小姐答應和我共度這個美好的下午，我們將會去大英博物館看展覽。

差不多10點45分的時候，我已經給兩位病人看過病了，三分鐘後我來到了菲特巷，迫切地想聽聽宋戴克對我的調查庭筆記的評價。當我趕到他辦公室時，發現橡木大門敞開著，我輕輕叩響了門上的小銅環，昔日的恩師宋戴克出現在了我面前。

「拜克里，很高興看到你。」他一邊說著，一邊和我親切地握手，「沒想到你這麼快就到了，我正看昨天的作證記錄呢！」

他給我拉過了一把椅子，拿來一疊稿紙，放在桌邊。

「昨天的裁決，您覺得意外嗎？」我問。

「一點都不意外，」他翻著稿紙說，「兩年確實太短了，不過也很可能會是另外一種結果。現在我安心多了。有了這段時間的空檔，我們的調查工作就不必那麼緊張了。」

「我的筆記，您覺得對偵破這樁案件有幫助嗎？」我輕聲問道。

「奚斯覺得有。彼得把筆記給了他，這個對他作交叉質詢有幫助。我剛從他那裡拿回來，還沒顧得上看呢，一會兒我們一起討論一下。」

他站起身來從抽屜裡拿出了我的筆記，又坐回到椅子上，然後專注地看著。我起身站在他身邊，靜靜地看著筆記。突然，我發現他的嘴角浮現出一絲微笑，我仔細看了一下筆記，原來他看到了那張畫著在悉德卡被發現的、上面黏著蝸牛卵串的手臂骨的素描。

我的臉不禁一陣燥熱，急忙地解釋說：「這些素描沒有多大的用處，但是我還是把它記下來了。」

「我以為你想傳達什麼呢！」

「那些卵串很引人注意，所以我就把它們畫下來了。」

「謝謝你，拜克里。要是別人一定不會把這些看似細小或者不相關的東西費心地記錄下來。有些人只是重視一些好像重要的線索，其實有時候那些線索對案件的偵破沒有一點作用。不過，你真的覺得這些卵串對本案來說很重要？」

「不是。從這些卵串的分布狀態來看，這些骨頭應該在水中。」我冷靜地回答。

「沒錯。這條手臂骨是平放著的，伸展開的時候手臂外側向上。另外，這條手臂在丟進池塘以前就已經被切除了手掌，這一點我們應該重視一下。」

我又瞄了一眼素描，暗暗吃驚，他竟能從那些分散的骨頭素描中拼湊出手臂骨來。

「因為不是特別明顯，所以我並沒有注意到。」我撓了一下頭說。

「你來看看，肩胛骨、肱骨和前臂骨的外側都有卵串。可是，你畫的這六塊手掌骨，包括兩塊掌骨、一塊頭狀骨、三塊指骨，全都在掌心這一面黏有卵串。所以，這隻手掌應該是掌心朝上的。」

「但是，這隻手掌也許是翻轉的呢？」

「你的意思是翻轉成和手臂外側同一平面？那不太可能，從這些卵串的位置來看，手臂骨是以手掌朝下的姿勢平放著的。所以，如果手連在手臂上，像這樣手臂骨外側和手掌骨內側都向上，從生理構造上講是不可能的。」

「手掌在池塘裡浸泡一段時間後，會不會和臂骨脫離了呢？」我疑惑不解地問。

「這種情況也不可能。除非韌帶腐爛，否則手掌是不會脫離的。但是，假如骨頭是在軟組織腐爛後才脫離的，那麼它會分散開來，而不是像現在這樣。你看素描就會發現，這些卵串密集地排列在每塊骨頭的掌心面，這就說明這些骨頭仍然在正常的位置上。所以，這隻手掌是先被切下來，然後才被丟到池塘裡的。」

「為什麼要這樣做？到底有什麼目的呢？」我不解地問。

「呵呵，有些問題要靠你自己去想。還有，我覺得你這次探險行動很成功，而且你觀察力確實很敏銳。你唯一的缺點就是只注意到了某些現象，卻不能分析清楚它的重要性，不過那是因為你還很年輕，比較缺乏經驗。在你蒐集的這些材料裡面，有很多重要的線索。」

「我的表現你還滿意嗎？」我有點興奮地問道，「可是除了這些卵串外，我倒沒看出來自己蒐集了哪些重要的材料。而且，事實上這些卵串對於我們偵破這樁案件，也沒起到什麼幫助呀！」

「拜克里，對於我們來說，哪怕是一點點的蛛絲馬跡也不能放過。也許，現在這只被切除的手掌到底有什麼特殊意義，我們還不清楚——但是，你沒覺得這些骨頭的數目和狀態有一些問題嗎？」

「這個……」我慢吞吞地說，「我只是奇怪，為什麼在手臂骨上會連著肩胛骨和鎖骨，是不是從肩關節切下來，比較合理一些啊？」

「你說得很對，」宋戴克點頭，「我也是這樣想的。以前我處理過的很多肢解案都是這樣。一般人看來，肩關節才是手臂和軀幹的連接處，肢解的時候也都會從這個位置下手。所以這種肢解方式，很不尋常，如果不是肢解高手的話，應該做不到這點。對這點你有什麼看法嗎？」

「您覺得兇手是屠夫？」我皺著眉問道，「我記起蘇瑪斯醫生說過，羊肩肉就是這樣被切割下來的。」

「不是，屠夫將羊的肩胛骨同肩膀肉一起切下來是為了取下大塊的羊肉。因為羊沒有鎖骨，所以這是肢解羊腿最容易的一種方式。假如屠夫用這種方式來肢解人的手臂的話，那情況會很棘手。鎖骨對於屠夫來說，是一個新的挑戰。還有，屠夫一般不會擁有如此細膩的手法。你應該看到過那些賣肉的屠戶，當他們切除關節的時候，會用力將其斬斷，而不會這樣費心地避免在骨頭上留下刀痕。不知道你注意到沒有，這些骨頭上沒有一道刀痕或刮傷，甚至連手指骨上都沒有。如果你看到過博物館在處理人骨時的方式，你就會發現，他們在肢解關節骨時非常謹慎，極力避免在關節上留下一絲痕跡。」

「那麼，您的意思是肢解這具屍體的人，通曉解剖學知識和技巧？」

「表面上看是這樣。但是，這不是我的推論。」

「您不同意這種看法？」

「拜克里，你應該知道，現在我不能發表任何意見。不過，希望你能通過這些已知的論證中推論出一些東西來。」宋戴克微笑著說。

「假如我的推論正確，你會暗示我嗎？」我問。

「不會，」他神祕兮兮地笑著說，「當你完成這幅拼圖的時候，自然你就會明白。」

「太折磨人了，我好想現在就知道真相啊！」我緊皺眉頭，苦苦思索起來，惹得宋戴克哈哈大笑起來。

「我覺得，本案的關鍵在於死者的身分，這得需要具體事證才可以證實，容不得半點含糊。」我嚴肅地說。

「你說得很對。不管那些骸骨是誰的，只要能將骸骨完整地拼湊起來，答案自然就會浮出水面。隨著一個疑問的破解，更多疑問就會隨之而來：誰把它們丟棄到池塘裡的？為什麼不把它們藏起來，而放在易被人發現的池塘裡？現在談談你的觀察工作吧，關於其他部分的骨頭，你有新的發現嗎？比如說，為什麼頸椎骨會被切下來？」

「我也覺得很奇怪，為什麼兇手會把第一頸椎骨從頭骨那裡分離出來？照這種情形來看，他一定擅用解剖刀。但是，我實在不明白他何必如此大費周章。」我百思不得其解，只是搖頭。

「兇手的肢解手法確實很特別，他沒有按照一般的手法，將頸椎從脊椎較低的地方切下，而是把頭部從頸椎最頂端切割下來；他沒有從肩關節切斷手臂，而是將手臂和整片肩胛骨也一齊切掉。大腿的部分也是一樣的切割方法，迄今為止他們努力搜尋到的兩條大腿骨都沒連著膝蓋骨。事實上，將膝蓋骨連在大腿上是肢解腿部最容易的方法。但是在本案中，膝蓋骨是留在小腿上的。為什麼這個人會使用這樣繁雜的手法呢？他這樣做的動機是什麼？一個人會在什麼情況下才採取這種肢解方法呢？」宋戴克問了一連串的問題，當時我只覺得一頭霧水。

「我也搞不懂。我懷疑，他也許是按照解剖學的方法來肢解屍體的。」

「你覺得這是合理的推論？」宋戴克咯咯地笑了，「這不一定是事實，很可能裡面隱藏了很多問題。從解剖學上看，膝蓋骨不屬於小腿，而是屬於大腿的區域，但是本案裡的膝蓋骨竟跟小腿連在一起。其實，這個兇手並不是在為博物館準備人骨樣本，而是把屍體肢解成比例相同的小塊，然後丟棄到池塘的各個角落。什麼情況會讓他選擇這麼做？」說完，宋戴克看了看我。

「我理不清頭緒，您是怎麼認為的？」

「我想這應該可以想得出來，」宋戴克神祕地對我笑笑，「如果你再努力地想一想，也一定可以。」

「看了死因調查庭的報告，您有什麼新的發現嗎？」我問。

「到現在為止，我對本案的了解大都建立在間接證據上，沒有一項確切的事證可供我作出具體的評論。要記住，最小的事件也能積累成極具分量的證據，而我手上的微小證據正在逐漸增加。忘記了一件事情，我和馬奇蒙約好的，有事情要商量。」

於是，兩分鐘之後，宋戴克朝隆巴街的方向走了，我去了菲特巷。途中想著將要來臨的約會，不禁偷偷地笑了起來。

診所裡有一條病患留言，一聽阿多弗說完，我就拿著聽診器，趕往了火藥巷——我的患者所居住的文雅社區。路上很愉快，一會兒工夫我就穿過了葛夫廣場和酒館巷，這些靜僻的小巷經常沈浸在奇特的文學氛圍之中。《雷斯勒斯王子傳》的作者的靈魂，好像依然在他這部充滿諷刺意味卻又兼具幽默色彩的寓言小說的場景中縈繞徘徊。書卷氣和油墨味彌漫著整條小巷，渾身沾滿油墨的男孩推著擺滿字模的台車在小巷裡緩慢前進著，有路人經過的時候，台車就不得不停靠在陰暗巷口的走道上；從地下室的窗口可以清楚地窺見裡面正在忙碌作業的印刷工人；膠水、糨糊和油墨的氣味彌漫在空氣中；碩大的一個社區瞬間成了印刷廠和裝訂商的勢力範圍。我的病人是一個裁紙工人，真沒想到他竟有著這樣一個彪悍的職業，這跟他保守、溫和的形象似乎不太相符。

現在所有的場景都被我拋到了腦後，我得趕緊約會去，這才是最重要的。我提前了一個小時到達伯林漢小姐家，卻看到她已經在花園裡等著我了。

「一起逛博物館，」她微笑著對我說，「感覺像回到了從前，我突然想起刻著楔形文字的泥版和你的慷慨相助了。我們今天走著過去嗎？」

「這主意相當不錯，」我點了點頭，「擠公車，有點委屈你了。我們可以一邊走、一邊聊天。」

「嗯，吵嚷的街道會讓人更珍惜博物館的清靜。那麼等一下我們參觀什麼呢？」

「你決定吧！」我很紳士地說，「那些展覽品，你比我更熟悉。」

「那好，」她想想說，「英國古瓷不錯，值得一看，尤其是裡面的福爾漢瓷器。我想帶你去那兒看看。」

當我們快走到史戴波法學院的時候，她突然停了下來，出神地望著葛雷法學院路。

「最近這樁案子讓你費心了，你一定投注了很多心力。我們現在也不趕時間，我想帶你到約翰伯父指定的墓園去看看，不過，得需要再多走一會兒。」

「我很樂意。」其實，我是多麼想延長我們在一起散步的時間，為了這個我什麼都願意。只要她在我身旁，去哪兒都無所謂，哪怕路途很遙遠。先前我就對這座墓園很好奇了，因為它是遺囑第二個條款的核心內容。

於是，我馬上答應了。在葛雷法學院路口我們拐了進去。

當我們穿過一條昏暗的甬道時，她問我：「你想沒想過某個你很熟悉的地方，在幾百年前會是什麼景象？」

「經常會想，但是首先你得設想很多可供重建的材料，它現在的樣子總會不斷地躍入眼前。不過，有些地方想像起來好像很容易。」

「我也這麼覺得，」她噘著嘴說，「比如霍爾本，這個地方就很容易讓人想起它的過去。雖然想像和現實存在著一些差距，但是這個地方有不少昔日的建築群，史戴波法學院和葛雷法學院正門就是。因為以前見過舊密德街和一些老酒館的照片，所以多少會有點幫助。至於我們腳下這條甬道，看到它我總是很困惑，因為它不僅老舊，而且讓人感到陌生，怎麼也想像不出，當年柯維利德羅傑爵士就是從這條路漫步到葛雷法學院的步道上的，或者弗朗西斯．培根在法學院設有辦公室的時候，這裡是什麼光景。」

「也許它周圍的環境太複雜了。你瞧，葛雷法學院在它的一側，從培根時代以來改變不多，他的辦公室應該還在那裡，就在入口進去一點；靠近克勒肯維爾這一側是人口密集的區域，這裡的特色是聚集了很多鄉村人口和遊民，裡面又髒又亂；像巴格尼吉威爾斯和霍克萊汀這些地區，本來就沒有什麼可以觀賞的古老建築。有時候，在缺少歷史素材的條件下，我們很難發揮自己的想像力。」

「你說得很對，克勒肯維爾周邊的舊社區總是給人一種很混淆的感覺，就拿達奧蒙街這條老街來說吧，拿掉它的現代建築，換上漂亮的老房子——就像現在僅存的那幾棟一樣，然後把大馬路和人行道換成碎石路，再豎立幾根掛著油燈的木柱，重建工作就完成了，而且重建得十分漂亮。」

「這想法真令人憂心啊！我們本來就應該比祖先做得好，我們只知道拆毀古老建築，換掉博物館大門、柱廊、板飾和壁爐架，之後在原地改建出一些廉價、乏味的大樓。」

伯林漢小姐望著我，輕輕捂著嘴，笑了起來：「對於一個年輕人來說，你的想法有點悲觀。你的身上似乎彌漫著傑里邁亞的哀傷，所幸只是針對建築而發的。」

「哀傷？該高興的事情太多了。這會兒不正有一位佳人陪著我嘛！去逛了博物館，她會用木乃伊盒子來取悅我，用瓦片來慰藉我，難道這樣也會哀傷？」

「瓷器。」她糾正道。

這時，一群神態端莊的女孩從岔路走了過來。

「我猜，她們是醫學院學生。」伯林漢小姐說。

「沒錯，她們好像要去皇家自由醫院。她們很嚴肅，一點都不像男孩子那樣輕浮。」我指著那些女孩說。

「奇怪，為何從事專業工作的女生都那麼認真？」她調皮地眨了眨眼睛。

「也許，這是她們的選擇吧！有一類女孩會被這些職業所吸引，但是男生卻不一樣，每一個男人都得找份職業來謀生。」

「原因就在於此……哦，我們得轉彎了。」

轉進了希茲柯特街，在路的盡頭有一道開放的鐵柵門，裡面是倫敦舊市區幾座已經廢止使用，並且早已失去原貌的墓地。墓園裡好多空間都讓活人給佔用了，而死者都被擠到了角落。一些墓碑依然豎立在那裡，一些卻被擠到了牆角，上頭的碑文也早已失去了意義，很多空間都放置了柏油牆和座椅。比起剛剛經過的老舊街道，這個地方還算宜人，尤其在這夏日的午後，雖然草地已經枯黃了，鳥鳴中也夾雜著寄宿學校孩童繞著石椅，和幾個殘餘墓碑追逐喧鬧的聲響。

「這就是伯林漢家族安息的地方？」我說。

「是的。除了我們家族，這裡還很多名人的墳墓。理查德．克倫威爾[1]的一個私生女就埋在這裡，墓碑還立著呢！你來過這裡嗎？」

「沒有。不過，這地方倒有一絲熟悉的氣息。」我環顧四周，努力回憶這似曾相識的感覺。突然，我看到一座房子，它的周圍被一道用格子棚架加高的圍牆圍住。

---

❶ 理查德．克倫威爾（Righard Cromwell），英國十七世紀資產階級革命的領袖、政治家和軍事家奧利弗．克倫威爾的長子，後繼承父位，因沒有治國才能，政權被推翻後流亡法國。

「沒錯，」我大叫起來，「我記起來了！我是沒來過這裡，不過，那道圍牆裡頭的地方我去過，它的另一頭對著亨利塔街，那裡曾有一所解剖學院，也許現在還在。我醫學院的第一年就是在那裡度過的，而且在那裡做了人生中的第一次人體解剖。」

「這學校的位置有點可怕。」伯林漢小姐哆嗦了一下。

「以前我經常一個人在實驗室裡。自己拿鑰匙開門進去，用鐵鏈把水槽裡的屍體吊起來，現在想起來還真是很恐怖。剛開始的時候，那些屍體在水槽中浮起的樣子真叫人害怕，就像某些老墓碑上描繪的那種景象：死人從棺材裡飄出，代表死神的骷髏被擊潰，它的標槍斷裂，王冠搖搖欲墜。我們解剖學的講師經常穿著藍色的圍裙，就像食人狂一樣。」說完我擺了一個恐懼的姿勢，「你不害怕嗎？」我笑著問她。

「不啊。每種職業都有無法向外行人展示，或者難以告人的一面。比如，雕刻家在工作室裡進行創作的時候，看著他雕刻圖像或黏上一些東西的時候，你會誤認為他是個水泥匠，或者是清潔工。你看，這就是我向你提過的墳墓。」她指著一座墓碑對我說。

在一塊古樸的石碑前，我們停了下來。可能因為歷史久遠，墓碑已經嚴重剝落、風化了，但碑文依然清晰可見：護國公理查德．克倫威爾之女安娜安息於此。非常樸素的語言和碑身，帶著它那個時代所特有的氣息。不免讓人回想起那個動盪不安的年代：那時，這片墓地還是一座簡陋的教堂庭院。葛雷法學院一帶的靜僻巷口時常響起震耳的槍炮聲，大片綠野和灌木叢中埋伏著大隊軍旅……拖著各種家當和馬匹準備逃向倫敦城的鄉民經過這條巷子時，常會在這兒駐足，隔著圍牆遠眺著戰火。

我靜靜地站著，陷入了沈思。

伯林漢小姐在一旁看著我，繼續說道：「我覺得我們的思考方式有很多相同的地方。」

我抬起頭，有些不解。

「我注意到你看到那塊墓碑時的神情，你好像很有感觸，我也一樣。每當我看見那些古老的石碑，尤其是墓碑，總是忍不住盯著上面的日期，回想起那個年代的種種。為什麼一塊普通的石碑能激發我們如此多的想像，還讓人如此感動呢？你認為這是為什麼？」伯林漢小姐解釋並反問道。

「我想是因為……」我一邊思索，一邊回答，「那些年代久遠的墓地石碑本是極其私密的物品，同時又是某個特定時代的產物。當周圍的一切都已隨著時代的變化而日新月異時，唯獨它獨居一隅，亙古不變。無意間看到它們，你還能無動於衷嗎？至於那些鄉村工人或農夫的平凡墓碑，來自鄉村石匠粗拙的雕刻工藝和鄉下讀書人毫不矯飾的樸素詩文，往往比那些正統的碑文和華麗考究的名人石碑，更能生動地呈現那個時代的真實面貌。你不覺得嗎？不過話說回來，你家族的墓碑到底在哪裡呢？」

「在遠處的那個角落，不過好像有個人正在那裡抄寫墓誌銘。唉，來得真不是時候。真希望他能趕快離開，我好帶你過去瞧瞧。」

沿著她指的方向，我這才注意到，有個人正拿著筆記本，神情專注地瀏覽著一組古老的墓碑，一邊用手指摸索著上面雕刻的字體，一邊臨摹碑文。

「他正在抄寫的是我祖父的墓碑。」伯林漢小姐說。

這時只見那人突然轉身，朝我們看來。他戴著一副眼鏡，讓我們驚訝的是，這個人竟然是律師傑里柯先生！

愛意初萌

傑里柯好像對於在這裡能遇到我們一點都不覺得意外，至少從他的表情上看不出來。就這點兒來說，他的五官可以說是一大敗筆。他的臉實在和傘把上的人臉雕像沒什麼兩樣，同樣的冷酷無情。

看到我們，他走了過來，但並沒有放下翻開的筆記本和筆，然後朝我們僵硬地欠身鞠躬，並抬高帽子以示招呼。握完手後，站在一邊，好像等著我們問話。

「很高興在這兒遇到你，傑里柯先生。」伯林漢小姐說。

「你太客氣了。」傑里柯仍舊面無表情。

「我們竟然在同一天來到這兒，真是太巧了！」

「嗯，確實很難得！」他隨聲附和道，「但如果我們都沒來——也是一件很普遍的事——那也算是一種巧合。」

「也許吧，但願我們沒有打擾到你。」

「沒關係，看見你們的時候，我剛好都弄完了。」

「我想你是在蒐集案子的參考材料吧！」我有意魯莽地問道，只想看他那副因極力掩飾與閃躲而呈現出來的窘態。

「案子？你是指史蒂芬與教區委員會的案子嗎？」

「我想拜克里醫生說的可能是關於我伯父遺囑的案子。」伯林漢小姐插了進來，嘴角掛著一道似有似無的笑意。

「那是樁什麼案子，訴訟案？」傑里柯說。

「我是說赫伯特先生提出的那樁。」我接著說。

「哦，你說的那個案子已經結束了，不過是向法庭提出一個申請罷了。當然，這只是我個人的了解，正確與否，還有待商榷。你們也知道，我並非赫伯特先生的律師。事實上──」停頓了一會兒，傑里柯繼續說道，「我剛才正在思考這些墓碑上的銘文，特別是你祖父──法蘭西斯．伯林漢的。我在想，倘若他們在死因調查庭上所說的屬實──你伯父死了，那麼我們應該在這裡為他立一座石碑才是，可是這墓園已經關閉了，恐怕沒有空間再立新的墓碑了。不過，若是在現有的墓碑上再加一座，應該是沒有什麼問題。如果你祖父的墓碑上已經寫著『法蘭西斯．伯林漢安息於此』，若再加上一句『其子約翰．伯林漢安息於此』似乎就有些不合適。不過幸好，這上頭只寫著『謹此紀念法蘭西』，而沒有指明死者具體的名字。啊，我好像打擾你們了！」

「沒有，你太客氣了。我們準備到博物館去，就順便繞過來看一下。」伯林漢小姐說。

什麼沒有，他根本就是壞了我的好事！伯林漢小姐太仁慈了。我心裡暗暗想著。

「是嗎，我正好也要去博物館，去見諾巴瑞博士。又是巧合，對吧？」傑里柯先生說。

「一點兒也沒錯！不嫌棄的話，我們一起走好嗎？」

「好的。」

那個討厭鬼居然答應，真該死！

於是我們回到了葛雷法學院路。馬路很寬，我們三個人並肩而行，為了避免被這傢伙從中打岔，我再度提起了失蹤案。

「約翰．伯林漢先生的身體會不會有什麼問題，導致他突然死亡？」

「你對約翰．伯林漢的事似乎很感興趣。」傑里柯狐疑地望著我答道。

「沒錯，除了我，我的朋友對他的事也很關心。從專業角度看，這件案子並不普通。」

「可是你的問題對解決這個案子有什麼幫助嗎？」

「當然！如果一個失蹤者患有心臟病、動脈瘤或動脈硬化等方面的疾病，就很容易發生猝死。」

「我對醫學不太了解，不過你說得應該沒錯。可我是伯林漢先生的律師，而不是他的醫生。他的健康狀況不是我的職責範圍。不過，你應該已經聽到了我在法庭上的證詞，據我粗略的觀察，立遺囑人的健康狀況非常好。」傑里柯說。

「如果這個問題這麼重要的話，我不明白法院為什麼不傳喚他的醫生，問個明白。不過在我看來，他的確很健壯。至少他在發生意外之後康復得非常快。」伯林漢小姐接過話頭。

「什麼意外？」我問。

「我父親沒跟你說過嗎？那時候他跟我們住在一起，有一次他在人行道上被絆了一跤，摔斷了一根左腳踝的骨頭，叫什麼氏骨折——」

「波特氏骨折？」

「對，就是這名字——波特氏骨折。他的兩邊膝蓋骨都跌傷了。好在摩根．柏奈醫生替他動了手術，不然他早成瘸子了。不過，手術後幾星期他就已經能到處跑了，只剩左腳踝還有點兒不舒服。」

「他上得了樓梯嗎？」我問。

「那還用問，騎單車、打高爾夫球都沒問題呢！」

「你確定他兩腿的膝蓋骨都跌傷了？」

「我確定。我還記得他們說手術難度很大，過程會非常複雜，但摩根醫生也說很高興能替他動手術。」

「這話聽起來有些讓人傷心。不過，你的意思應該是說，摩根醫生很高興手術有不錯的結果吧！」說到這兒，我努力想找個難題讓傑里柯覺得難堪，沒想到他乘機轉換了話題。

「你們要去埃及展覽室嗎？」傑里柯問道。

「不，我們想去看瓷器展。」伯林漢小姐回答說。

「瓷器？古代的還是現代的？」

「我們目前對十七世紀的福爾漢古董瓷器比較感興趣，不知道那該算古代還是現代？」

「我也不太清楚，其實古代和現代，只不過是相對的說法，本來就沒有明確的定義。對一個家具收藏者來說，都鐸王朝的椅子和詹姆斯一世的箱子都算是古董；但是到了建築師眼裡，這些都屬於現代建築，十一世紀的教堂才稱得上是古代建築；在那些見慣了古董的埃及古物學者眼裡，同樣如此。」傑里柯稍微停了一下，接著若有所思地補充道，「對一個研究地質學的人來說，人類開始發跡的渾沌時期也屬於現代。時間概念，同其他概念一樣，都是相對的。」

「你看起來很像赫伯特．斯賓塞[1]哲學的信徒。」我插了一句。

「不，我是自己的信徒，醫生。」傑里柯反駁說。

我們到達博物館時，傑里柯的態度已大為改觀，幾乎可以拿友善來形容了。至少談話時他已不再有所保留，甚至相當逗趣，讓我忍不住想繼續逗他。就讓他暢談他偏愛的各種話題吧！因為我發現我的女伴正在相當專注地聆聽著。

進了博物館之後，仍然不見傑里柯有要和我們道別的意思，我們只好默默地跟在他後面，他帶著我們經過了尼微城的神牛雕像和許多宏偉的坐像。突然之間我們已經來到樓上那間陳列著眾多木乃伊的展室，這是我和伯林漢小姐友誼萌發的地方。

[1] 赫伯特．斯賓塞（Herbert Spencer），英國十九世紀哲學家，社會達爾文主義之父。

「在我離開前，我想帶你們去看看那天晚上我們討論過的那尊木乃伊。」傑里柯說，「就是約翰．伯林漢在失蹤前不久捐贈給博物館的那尊。也許我的疑問現在看起來無足輕重，但也說不好哪天它就可能變成重要的線索。」他領著我們走到約翰．伯林漢捐贈品的展覽櫃前，停下了腳步，然後深情地注視著那尊木乃伊。

「伯林漢小姐，我們現在要討論的是它上面的瀝青塗層。當然，你已經看過了。」傑里柯說。

「是的，它看起來很礙眼，對吧？」她回答。

「從美學角度來說，它確實很不堪。不過從對樣本的保護上看，或許它很重要。你應該也觀察到了，因為有這層黑色的塗料，木乃伊上的重要裝飾和所有銘刻都被完好地保留了下來。不過，按理說銘文不會刻在木乃伊的雙腳和背部，不知為什麼這兩個部分也被塗上了一層厚厚的瀝青。如果你們蹲下來看，就會發現它背部的瀝青甚至蓋過了不重要的地方，甚至連頭部飾帶也都塗上了。」傑里柯滿臉不解地注視著從支架之間露出的木乃伊的背部。

「諾巴瑞博士可曾作出什麼解釋？」伯林漢小姐問。

「沒有，他也覺得這是個謎。他認為從部門主任那裡或許能得到合理解釋，他是這方面的權威，在古物挖掘工作上很有經驗，不過那要等他回國之後才行。」傑里柯說到這兒，態度一轉，「我該離開了，耽誤了你們欣賞瓷器的時間，真抱歉。祝你們玩得愉快！」傑里柯回到了他慣有的冷漠神態，和我們僵硬地握手和行禮，然後朝館長辦公室走去。

「真是個怪人！」看著傑里柯的背影漸漸從展覽室的走廊裡消失，伯林漢小姐發了一句感慨，「不，應該說真是個怪物！他實在不像是人類，我從沒見過哪個人像他這樣。」

「他確實很古怪，是個老頑固！」我贊同她的看法。

「是啊！他不只頑固，還很冷血，對一切都漠不關心。他在人群中走動，只是冷冷地旁觀，不帶一絲情感。」

「你說得沒錯，他實在是冷漠得可怕，就如你所說，他處在人群中，卻總是沈浸在自己的世界裡，就像《小氣財神》裡的『馬里的鬼魂』。但是他一談起埃及古物，就不一樣了，馬上就活了過來。」

「雖然活了過來，但還是不像個人。他真的很沒有人情味，即使在他對某樣東西或事情表現出極大興趣和無比熱情的時候，也讓人覺得他不過是個知識狂罷了。造物主應該給他一個像埃及智慧之神那樣的朱鷺頭，以滿足他的求知慾。」

「如果真是這樣的話，那他肯定會在林肯法學院引起一陣騷動。」

我們不由得假想著傑里柯頂著一顆尖嘴、紅冠的朱鷺的頭，在律師辦公室和法院之間來回奔忙的情景，竟忍不住開懷大笑起來。

說笑間，我們來到了雅特米多魯斯木乃伊的跟前。伯林漢小姐在展覽櫃前停下了腳步，然後靜靜凝視著那張正望向我們的臉龐。我在一旁偷偷地打量著她，她看起來是那麼迷人，在她神魂所依的對象前面，她那張甜美可愛的臉變得無比虔誠，充滿了女性的尊嚴與優雅。

我突然感覺到，自我們初次見面之後，她變了很多。她變得年輕、嫵媚、溫柔了許多。原本她是一個哀傷的女人，神情淡漠，看起來疲憊、陰沈，近乎抑鬱。可現在，她成了一個柔媚的可人兒，偶爾有點兒嚴肅，但卻坦誠得可愛。

難道是我們的友誼改變了她？我思忖著這個問題，一顆心不禁雀躍起來。我真想對她說出我的感覺，讓她知道我的心思，真希望有一天她對我亦能如此。

我鼓起勇氣，打斷了她的冥思。

「親愛的，你如此專注，在想些什麼呢？」

「我在想……他是否會嫉妒我的新朋友。啊，我在胡說些什麼呢！」她迅速轉身，露出一臉燦爛的笑容，開心之餘又帶著些許嬌羞，與我四目相對。

「他為什麼要嫉妒？」

「這個嘛……是這樣的，以前他是我的朋友，他獨佔了我生活的全部。在此之前，除了我的父親，我從不曾有過男性朋友，更不要說知心朋友了。在家裡遭遇困境的那段時間，我非常孤單。可以說，我天生就孤僻，遺憾的是我又不是哲學家，只是個女孩子。於是，每當我感覺孤獨的時候，就會跑到這裡，向雅特米多魯斯訴說衷腸，假裝他了解我的感傷並且憐惜我。我知道，這有點傻，可是對我來說，沒有什麼比這更能讓我感到安慰了。」

「你一點都不傻。就像你在這幅畫裡所看到的那樣，他溫柔俊秀、討人喜歡，他是一個好人。你將生命中的孤苦寄託於這樣一個歷經了幾個世紀仍然散發著魅力的完美男子，正證明了你的睿智和聰明，所以我相信雅特米多魯斯也一點兒都不會嫉妒你的新朋友。」

「你說的是真的嗎？」她輕柔地問道，嘴角帶著微笑。

「我不會騙你的，我向你保證。」

「真是這樣的話，那我就安心了。我相信你說的都是真的。這裡居然有位懂得心電感應的奇男子，連木乃伊都難不倒他，太讓人驚喜了。你倒說說你是怎麼知道的？」她開心地大笑起來。

「我當然知道。是他讓我們成為朋友的，你忘了嗎？」

「我不會忘記的。」她柔聲回答，「那天我太傻了，幸虧你來了。也就從那時起，我開始對你有所信賴，把你當成了真正的朋友。」

「彼此彼此。謝謝你對我的信任，謝謝你將心中的綺想向我吐露，我珍惜它勝過一切，一直都是。」

她有些不安地瞥了我一眼，接著低下了頭。沈默片刻之後，她說：「有件很有趣的事不知你發現沒有，這個畫像分為兩部分。」她有意岔開了話題，彷彿為了淡化我們談話中的情感因素。

「你說來聽聽！」突然冷卻下來的氣氛，不免讓我有些失望。

「它只有一部分是具備情感和表情的，另一部分純粹是裝飾。它的設計和裝飾，表面看來透著希臘式的情感，形式上遵循的卻是埃及傳統。不過它終究還是帶著點希臘式的精神，包括這最後的告別，都是用他們的語言和他們熟悉的文字完成的。」

「是的。他們居然能夠將銘刻的文字隱藏得如此巧妙，並且沒有破壞繪畫的美感，實在讓人嘆服。」

「我也這樣覺得。」她凝視著那幅畫像，心不在焉地附和道，彷彿在想著別的什麼事情。我靜靜地望著她，她有一副姣好的容顏，一頭柔軟的長髮從鬢角處優雅地披散下來，她實在是世間少有的尤物。突然，她把視線投向了我。

「你知道我在想什麼嗎？我在想，為什麼我會把雅特米多魯斯的事告訴你，這念頭回想起來既癡傻又孩子氣。擱到現在，說什麼我都不會告訴別人，包括我父親在內。我有些不明白，當初我為什麼會那麼相信你，知道你一定能了解並且理解我。」

她問得如此率直，一對深情的雙眸探詢地望過來，我的心狂跳不已。

「我來告訴你原因吧！」我有些按捺不住，不禁脫口而出，「那是因為我愛你，這個世上沒有人比我更愛你了。你感受到了我的愛，可是你卻把它當成了同情。」

突然，她脹紅了臉，有些不相信的樣子，用懷疑的目光看著我。

「你不相信嗎，露絲？我是不是說得太唐突了？請原諒，可是我還是要告訴你，我說的都是真的。在我第一次看到你的時候，我就愛上你了。或許我不應該急於表白，可是露絲，如果你知道自己有多麼美好，我想你也不會怪我。」

「我不怪你，要怪也只能怪我自己。你對我這麼好，你那麼誠懇善良，而我待你卻如此糟糕。這樣的事情本不應該發生——因為我們之間不應該這樣。我說不出你想聽的話，保羅，我們永遠都只能是朋友。」她的聲音有些輕飄。

從來沒有過的恐懼佔據了我的心，它彷彿被一隻冰冷的手給攫住了，生命中最珍愛的東西正在離我遠去。

「為什麼我們不能在一起，為什麼你不能接受我的愛？難道你的心已另有所屬？」我有些不甘心。

「不，我當然不是這個意思。」

「那你的意思是你不愛我，對嗎？這是可以理解的，為什麼你要愛我呢？但我相信，總有一天你會改變心意的，我會耐心地等待那天的到來。我不會對你糾纏不休，我會像雅各布等待瑞秋那樣的等著你。因為深愛著她，所以對於雅各布來說，三年五載猶如一瞬。對我也一樣，只要你不離開我。」

她低垂著頭，臉色看起來有些蒼白，表情也極度痛苦：「你不會明白的，也不可能明白，永遠都不可能。我們之間不可能有未來，請相信我。我不想再多說了。」

「一點機會、一點辦法都沒有嗎，露絲？我可以等的，我不會放棄你，哪怕前面有不可逾越的障礙。」我近乎絕望地懇求道。

「恐怕非常困難，甚至可以說毫無希望。真的，保羅，我實在不忍這麼說，但事實確實是這樣，我們之間沒有可能。好了，我得走了，就此道別吧！我們暫時也不要見面了，也許有一天我們還能繼續做朋友，如果你肯原諒我的話。」

「原諒你？為什麼要這麼說，露絲？」我有些詫異，「沒什麼可原諒的，無論發生什麼事，你都永遠是我最好、最親愛的朋友。」

「謝謝你，保羅！你對我太好了。讓我走吧，我想一個人靜一靜。」她好像要虛脫了，說著她伸出顫抖的手。握著她的手時，我才驚愕地發現她是多麼得激動。

「要我陪你一起走嗎，露絲？」我不由得有些擔心。

「不，不要！」她失聲尖叫起來，「我不要你陪我，我只想一個人走，再會了！」

她的嘴唇顫抖著，欲言又止的樣子。

「你一定要答應我，要是哪天橫擋在我們之間的大山消失了，你一定要馬上告訴我。要記住，我愛你，永遠愛你，在我有生之年會一直等著你。」我緊追不捨地。

她深深地吸了口氣，強忍著眼淚，使勁握了一下我的手。

「好的，我答應你。再會了，保羅。」她又一次緊握了一下我的手，然後轉身離去。

我呆呆地望著她一直走到走廊的盡頭，透過玻璃中的映像，突然發現她在經過樓梯平台時，輕輕擦拭著眼角。不知為什麼，我覺得這麼做很不妥，於是匆匆轉過頭。然而她哀傷的眼神和對我訴說的情愫，卻又讓我有種自私的滿足感。

她走後，一股突然襲來的孤寂感將我佔據。也唯有此刻，才讓我真正感受到這份悄悄闖入我生命的愛情對我的意義。它照亮了我的現在，也為我曖昧不明的未來點燃了一絲希望。

我所有的喜悅、悲傷、憧憬、慾望全都圍繞著它，它是我生命中唯一真實的存在，剩餘的一切都不過是可有可無的背景。如今這份愛已經遠去，再也無法挽回，留下的只是一幅沒了畫面的寂寞畫框。

在她離去的地方待了多久我已記不清了，只覺得整個人昏昏沈沈的。最近幾天發生的事夢境般地不斷在腦海中閃現：我們在圖書室的快樂相處、第一次去逛博物館，還有這次本應充滿浪漫氣氛的聊天。這些快樂的時光如幽靈一般，來了又去。展覽室大多數的時候都是空蕩蕩的，偶爾有遊客進來，朝我投來好奇的目光，然後繼續走他們的路。我越來越覺得胸口有一股難忍的痛楚，這或許是我僅存的知覺了吧！

這時我抬起了眼睛，注視著那幅畫像中的人物。這位希臘古人俊美睿智的臉龐正對著我微笑，他似乎在安慰我，告訴我當他還活在陽光普照的費尤姆時，也曾經歷過同樣的苦痛。一股隱隱的慰藉，有如遠古玫瑰的淡淡芳香，從那張清秀的臉上飄散開來。這張臉，曾見證過我的快樂，如今又看著我枯萎悲傷。我轉過身去，在無聲的沈默中，我看見他彷彿正在向我道別。

控訴的手指

在那個沈鬱落寞的日子，從博物館出來之後，我究竟又幹了些什麼，已記不得了。我想我肯定一個人在外面遊蕩了很久，走了很長的 段路，因為我竟然花了兩個鐘頭才走回診所。我匆匆地走過街道和廣場，對周圍的一切都視而不見，一副悶悶不樂的樣子，我甚至有股衝動，想要尋求體力的宣泄。精神上的壓力逐漸累積，而負面的興奮感會轉化成肌肉能量，從而安全地釋放出去。這種肌肉裝置相當於精神的安全閥：當肉體的引擎在奔馳了一段時間之後，精神的壓力便會隨著肉體的疲乏而逐漸減輕。

我現在的狀態就是這樣。我一直沈浸在對逝去之愛的沈痛哀悼中，在喧囂的人群裡穿梭了好久，我的心情漸漸地平復了。畢竟，這一切對我來說並不算是損失。露絲對我的意義仍然沒有改變。要是我一味沈浸在這種無法彌補的遺憾中而抑鬱難平，對她來說也是極不公平的，因為她並沒有做錯什麼。一路上，我不斷地開導著自己，等回到了菲特巷，我沮喪的心情已經好了大半，我下定決心讓一切盡快恢復正常。

大約晚上8點左右，我一個人坐在問診室，一次又一次企圖說服自己是該認命的時候了，阿多弗送來了一個掛號包裹。上頭的字跡我很熟悉，我的心幾乎就要狂奔起來了，手也抖得幾乎無法簽寫收據。阿多弗離開後，我迫不及待地打開了包裹。裡面有一封信，我把信抽出來時，有一個小盒子掉到了桌子上。

信很簡短。我有些激動，如同一名罪犯念著緩刑令那般，急切而又反覆地讀著：

親愛的保羅：

下午匆匆一別，想必令你極不開心，還請原諒。現在我很平靜，也理智多了，所以就寫了這封信向你問好，希望你不要爲了毫無希望的事而痛苦難過。這件事是全然不可能的，如果你眞的關心我，希望你從此不要再提起這件事了。不然，面對你的慷慨相助，我會因爲無以回報而內疚。同時，也希望你暫時不要來找我。我將會十分想念我們在一起的那些日子，我的父親也是，你不知道他有多喜歡你。除非你能接受我們的關係僅止於友誼，否則，我們還是不要見面的好。

另外，我有一件小小的禮物送給你，如果我們就此在茫茫人海中各奔東西，那就以此做個紀念吧！這是我向你提過的我伯父送我的那枚戒指，我想把它送給你，也許你能夠戴上它。無論如何，請永遠保存著它，以紀念我們的友誼。戒指上的圖像是歐西里斯之眼，對這神祕的圖像，我一向有種近乎迷信的情感。我那可憐的伯父也一樣，他甚至在胸膛上按照它的樣子紋了一個深紅色的刺青。它象徵著偉大的死亡審判之神正在俯看著人世，以確保正義和眞理得以昭顯。現在，我將你托付給神聖的歐西里斯，在我無法陪伴在你身邊的時候，希望它能保佑你永遠健康幸福，願它的慧眼永遠眷顧著你。

您的摯友露絲

這封信讓人看起來很舒服，儘管起不了什麼安慰作用，但它就像寫它的人一樣，恬靜自然，隱隱流露著深厚的情感。盒子裡的戒指雖然也只是複製品，卻散發著古董濃濃的奇趣味道，更重要的是，它包含了贈與者的款款心意。這枚用金銀打造、鑲嵌著黃銅的戒指看起來是如此優雅細緻，就算拿印度的鑽石和我交換，我都不會願意。

我把它戴在手上，那顆塗著藍色瓷釉的眼睛靜靜地凝視著我，我頓時感到那古老世界的神祕氣息，似乎也悄悄滲入了心底。

奇怪的是，這晚沒有一個病人上門，不管對病人還是對我來說，這未嘗不是一件好事。我利用這段時間寫了一封很長的回信，以下是這封信結尾的部分：

親愛的，我想說的都已說完。我已了無遺憾，我聽你的，今後也絕口不提此事——我的嘴正緊緊閉著呢——直到情況有所轉變。哪怕在遙遠的未來，我們已經變得白髮蒼蒼，只能拄著拐杖，互相攙扶著、依偎著，喃喃叨念著要是當初偉大的歐西里斯介入我們之間，事情又會是個什麼樣子……即便如此，我依然會覺得快樂——因爲你的友誼。露絲，對我來說，你的愛比任何人的愛都重要。我希望在挨了重拳之後依然能微笑著站起來——請原諒我用了這個比喻。我誠摯而鄭重地向你承諾，我將尊重你的想法，不再提及這件事，也絕不再令你煩憂。

我寫好地址，貼了郵票，勉強地帶著笑容——我知道這是在自欺欺人，出門把信投進了郵筒，一路上都在告訴自己這場美麗的邂逅就此結束。

可是不管我如何自我安慰，接下來的幾天我仍舊過得悲慘無比。對某些人來說，這也許可以寫成一段乏味的失戀故事；但對我來說，卻完全不是這麼回事。要知道，當一個天性嚴謹的男人，好不容易找到了他心目中的理想情人——幾乎可以說是萬中挑一了，而他也為此付出了全部的愛和傾慕，可沒想到這原本美好的一切轉瞬就化為了泡影，這對他是多麼大的打擊啊！這是我的切身之痛，我任由這種情緒折磨著我，纏繞著我。一有空閒我便跑到街上瞎逛，企圖將思緒放空，但每次都是徒然。一股強大的不安籠罩著我。後來，我接到迪克・巴納的來信，信中說他已經到達馬得拉，正在回家的路上。這時，我才算鬆了口氣。對於未來我還沒有打算，只是希望能夠隨意自由地生活，並且擺脫眼前這種乏味的例行看診工作。

一天晚上，我獨自吃著晚餐，實在沒什麼胃口，一股孤獨感又席捲而來。原先那種只想一個人靜靜咀嚼憂傷的渴望驟然消失，想找個人做伴的念頭越來越強烈。當然，我最想念的那個人暫時還見不到，我不能辜負她的期望。不過幸好我還有住在聖殿的兩位朋友，已經一個多星期我都沒見到他們了。事實上，從我生命中最傷心的那一天早上開始直到現在，我們一直不曾碰面。他們對我的消失，一定也會覺得奇怪。於是我匆匆離開餐桌，往手提袋裡塞了包煙，便動身前往他們的辦公室。

我在黑暗中到達了那裡，剛好遇到宋戴克抓著躺椅、台燈和一本書走了出來。

「真是沒想到啊，拜克里，居然是你！」他有些驚異，「我們一直在猜疑你發生了什麼事情呢！」

「確實，我很久沒來拜訪你們了。」我說的也是實情。

「菲特巷好像不太適合你，孩子。你蒼白消瘦了許多。」他藉著門口的燈光上上下下地打量著我。

「那兒的工作馬上就要結束了，巴納再過十天左右就會回來。他的船停靠在馬得拉補充燃料，順便載些貨，然後就會回來了。你拿著這些東西準備去哪兒？」

「我想到步道那頭的柵欄旁邊坐一會兒，外邊比較涼快。你等一下，里維斯也許過一會兒就會回來了，我再進去替他拿把椅子。」說著，他跑上樓，又抱著一把椅子下來了。我們帶著那些東西來到了步道邊的清靜角落。我們把台燈掛在欄杆上，擺好椅子，坐了下來。他問我：「這麼說你的診所工作就要結束了，有別的什麼事要忙嗎？」

「沒有，你呢？」

「我也沒什麼事。我的調查工作現在也還沒什麼進展。不過，我發現了不少證據，似乎全指向一個方向。但是在結果尚未確定之前，我不想妄下結論。我在等待某項新證據，好證明我對這個案子的分析。」

「你指的都是什麼證據？」

「你真的不知道？這不可能，你知道的絕不亞於我，並且你已經掌握了基本證據。不過很顯然，你沒有把它們串聯起來，進一步挖掘其中的內容，否則你一定會明白這些證據的重要性。」宋戴克說。

「什麼重要性，能告訴我嗎？」

「現在還不行。我有個規矩，處理案件的時候絕不把我的推論講與任何人，以免有人泄漏祕密，里維斯也包括在內。別說我不信任你，要知道，我必須對客戶負責。只有讓對方摸不著頭緒，我們才有制勝的可能。」

「我想我能了解。我原本就不該問的。」

「你其實不需要問，你應該試著將所有事證整理歸納，自己進行推論。」他微笑著說。

談話過程中，我注意到宋戴克不時以一種探詢似的眼神打量著我。在沈默的間隙，他突然問道：「有什麼不對勁嗎，拜克里？你在為你朋友的事心煩，是吧？」

「可能吧，但也不全是。當然了，我很擔心他們的期待會落空。」

「也許情況也並非你想像的那樣，不過我看得出來，你似乎有心事。你不像以往那樣爽朗了。」他停頓了片刻，接著又說，「我不想打聽你的私事，但如果有我幫得上忙的地方，一定要說出來。畢竟我們是老朋友，而且你又是我的學生。」

基於本能，開始的時候我含含糊糊地否認了幾句，然後就愣在那兒了。我為什麼不把事情的真相告訴他呢？他是個好人，也是個聰明人，儘管在專業領域裡有些神祕兮兮，但待人絕不乏溫情與同情心。而此刻，我也正迫切需要這樣的朋友。

「不是什麼重要的事，也不是我該拿來與你談論、讓你操心的事。」說話的時候，我略微顯得有些羞澀。

「既然它讓你如此不開心，那當然值得我們認真討論了。如果你不介意的話，就說來聽聽吧！」

「我當然不介意了，博士！」我大叫。

「那就說吧。另外，也別叫我博士，我們現在是工作夥伴的關係。」

經他這麼一鼓勵，我便將我小小的戀愛故事一股腦地說了出來。起初支支吾吾的，還有些害羞，後來輕鬆了許多，什麼顧忌也沒有了。他非常專注地聆聽著，並在我少有停頓的時候提一兩個問題。

他靜靜地等我把故事說完，然後輕輕拍著我的臂膀，說道：「我很遺憾，拜克里。但是謝謝你告訴我這些，難怪你愁容滿面，我真替你難過。」

「你真好，謝謝你耐心聽我講完這些，拿感情的事來煩你，讓我覺得很難為情。」

「不要這麼講，拜克里，我一點兒都不這麼認為。我們不能低估了自然法則的意義，否則我們便無法成為好的生物學家或醫生了。生物學一個不可忽視的真相就是性的重要作用。我們放眼這個世界上的一切生命，當我們聽見春天的鳥叫，看到原野中的百合花時，如果還無法察覺它的存在，那我們必定是聾了，或是瞎了。相較於低等動物，人類的愛也不僅僅是單純的性功能的反射。我必須強調，我想你或許也會同意，一個認真而有榮譽感的男人對一個女性的愛是一切人類情感中最重要的，它是人類社會的基礎。而它的失敗對整個社會來講，都是一場重大的悲劇，而不只針對受傷的男女雙方。」

「的確，對這兩方來講都是傷害，但如果因為這樣就把它當作給朋友添麻煩的理由，我還是於心不忍。」

「一點都不麻煩。相反，我覺得很榮幸，朋友本來就該互相幫忙。」

「嗯，我知道你熱心腸，如果遇到困難，我想我不會羞於找你幫忙。可是這種事根本沒人幫得上忙，連你這位法律專家也一樣。」

「拜託，拜克里！」宋戴克抗議道，「你太小看我們了。就像艾薩克．沃登所說，再渺小的生物，即使小螻蟻，都有牠的貢獻。像蚯蚓、蒼蠅這些低等生物在自然界亦都佔有一席之地。要知道，還有個收藏郵票的人曾經幫過我大忙呢，何況我這個法律專家。」

昔日恩師的率真自嘲，使我有些哭笑不得。

「我的意思是……現在我唯一能做的或許只有等待了，也許得等上一輩子。我不知道她為什麼不能嫁給我，她甚至不告訴我原因。她該不會已經結婚了吧？」我無奈地說。

「我想不是，她不是已經說了她目前還沒有愛人嗎？」

「的確，不過我也實在想不出其他理由。我能想到的就是或許她還不夠愛我。但即使這樣，也不至於像她說的那樣，是永遠克服不了的阻礙。事實上，我們一起共處的時候，每次都過得非常愉快。但願這不是某種病態的心理因素在作祟，我覺得不會。不過，女人有時候確實很難琢磨。」

「或許是你想得太多了，我們何不排除病態的心理因素，認真考慮擺在眼前的比較合理解釋呢？」宋戴克說。

「有嗎？」我大叫，「我想不出是什麼！」

「一些對伯林漢小姐而言很重要的情況顯然被你忽略了，不過她自己卻清楚得很。她現在的處境你都了解嗎？我是說關於她伯父失蹤這件事。」

「你的意思我不太明白。」

「情況是這樣，如果約翰．伯林漢真的去過他弟弟在伍德弗的家，那麼有一樣可以肯定，那便是這應該是發生在他離開赫伯特房子之後的事。請注意，我說的是『如果他去過』，這並不代表我真的這麼認為。不過依照當前的種種證據來看，他似乎的確是去過，而在那之後他便消失了蹤影。如果此說法成立的話，那他應該不是從前門進去的，因為沒人看見他走進那屋子。那他只有走後院的門了，約翰．伯林漢知道這道門，而且這道門的門鈴在書房會鳴響。你應該記得，當赫伯特和傑里柯到訪時，伯林漢先生剛剛踏進家門。在那之前，伯林漢小姐一直獨自在書房裡。也就是說，伯林漢小姐當天在書房裡有可能見過她的伯父約翰・伯林漢。這就是她的處境，拜克里。雖然目前還沒有充分的證據，但如果約翰・伯林漢持續失蹤，這問題遲早會被揭露出來的。還有一點可以肯定，赫伯特為了自保，將會充分利用這個事證來讓自己擺脫嫌疑，並且將嫌疑轉嫁到伯林漢小姐身上。」

聽完宋戴克的分析，我一臉的驚愕，繼而又轉變為憎惡。

「可惡！」我大吼了一聲，過了一會兒才又重新平靜下來，「請原諒我的失態。可是，我實在想不出有誰會惡毒到指控這位美麗溫柔的小姐，她怎麼可能謀殺自己的伯父呢？」

「即便不是赤裸裸的指控，我想也會是某種暗示。若果真如此的話，也就不難理解她為何會拒絕你的追求了。因為她害伯會拖累你，敗壞你的名聲，會害你變成警察局或刑事法庭的常客。她會覺得你跟她在一起就是跟一個臭名昭著的殺人犯在一起。」

「老天，這也太駭人聽聞了吧！我才不在乎自己的什麼形象，如果有必要，我寧願分擔她受到的詆毀。只是，我實在沒有想到竟然會有人想要對她作出這種指控，這純粹是惡意的誹謗啊！」

「是的，你現在的感受我很了解，也很同情。」宋戴克說，「我對這種小人之舉同樣感到憤慨。這都怪我，魯莽地把這事說了出來，你不要太在意。」

「放心吧，你不過是點醒了我，使我豁然開朗。不過，你似乎是在暗示已經有人存心要這麼做了，是吧？」

「確實是這樣，這可不是猜謎遊戲。不過我並不以為這就是事實的真相，肯定有人在刻意這麼安排，借以誤導我們作出錯誤的結論。我正在等待，等我逮住這個卑鄙的傢伙，一定要好好教訓他一頓。」

「你在等什麼？」我進一步追問。

「我在等水到渠成。」宋戴克回答，「即使最精明的罪犯也難免會露出馬腳。目前他雖然躲在暗處，但他終究會有所行動，到時候就別想逃出我的掌心。」

「如果他就這麼躲藏下去，永不露面，你又能怎麼辦？」

「完全有這種可能。目前我們面對的是有史以來最難對付的歹徒也說不定呢！他懂得在什麼時機下手，什麼時候抽身。我以前從沒遇到過這麼精明的對手，但誰知道呢，也許真有這種人。」

「如果真是這樣，我們豈不是要眼睜睜地看著我們的朋友落難，而我們卻無能為力？」

「也許吧。」說完，我們兩人同時陷入了沈思。

和倫敦其他的偏僻地區一樣，這個地方異常平靜安寧。倫敦橋下偶爾會傳來一兩聲拖船和汽船的鳴叫，街道上隱隱的車流聲、報童的吆喝聲也從加默羅街的方向一波波湧至而來。因為隔著很遠的距離，這些叫聲還稱不上喧囂，然而卻翻攪著我的神經，讓我不斷地想起宋戴克所暗示的種種，感覺有一場悲劇即將上演。

不知道此時的宋戴克在想什麼，或許他的腦中也有相同的聯想吧！

他的感覺幾乎跟我一樣。「今晚肯定要有大事發生，說不定會是什麼災禍。你沒看見嗎，報童在街口巷尾穿梭吆喝，報社的記者像搜尋獵物的禿鷲般警惕敏感，就像飢餓的食屍鬼那般，出來爭食殘屑。」宋戴克喃喃地說，之後又是一陣靜默。

片刻之後，我忍不住開口問道：「關於你們的調查工作，我能幫得上忙嗎？」

「我也正在想這個呢，要是你能幫忙那就太好了！不過，我想你應該會願意幫助我們的。」宋戴克說道。

「那我該怎麼做呢？」我很想知道答案。

「這個現在還不好說。不過，里維斯馬上就要去度假了——事實上，今晚他就要卸下手上的工作，可關於這件案子的調查一點兒進展都沒有，沒了他的協助我還真頭疼呢！如果你願意過來接替他的職務，那我會非常高興的。假若伯林漢的案子有需要你的地方，我相信憑藉你的熱情和努力，必定能夠彌補經驗方面的不足。」

「要取代里維斯的位置我倒不曾想過，我覺得沒這個必要，你願意讓我從旁協助，我已經非常感激了。哪怕我只是替你擦靴子也行，我不想置身事外。」

「好吧，就這麼定了。等巴納診所的工作結束，你就過來，你住在里維斯之前的房間就可以。要不，我現在就把鑰匙交給你，樓上還有一把備用的。從現在開始，我的辦公室也就是你的了。相信你在這兒一定會非常開心。」

我滿懷感激地從宋戴克手裡接過鑰匙。我知道，他這麼做並不是因為我對他能有多大的幫助，他是在替我著想，希望我能找回內心的平靜。我剛要向他表示感謝，突然聽見石子步道上傳來一陣急促的腳步聲。

「說曹操，曹操到。」宋戴克說，「是里維斯來了。我們得趕緊告訴他，他可以放心地去度假了，因為已經有個能幹的代理人可以接替他留下的空缺了。」他拿著台燈朝對街晃了晃，不久他的年輕搭檔就匆匆走了過來，胳膊下還夾了一份報紙。

讓我感到奇怪的是，里維斯在昏暗的燈光下竟認出了我。他用一種奇怪的眼神看著我，好像我的在場令他有些尷尬，平常的詼諧談吐也不見了蹤影，他那略帶好奇與不安的眼神，令我困惑不已。

聽完宋戴克的建議，他淡淡地說道：「沒問題，你一定會發現拜克里和我一樣能幹。反正，他待在這裡總比留在巴納那兒好。」

里維斯一反常態的舉動宋戴克看在眼裡，他疑惑地望著里維斯，沈默了一會兒，終於忍不住問道：「都帶什麼消息來了，我的博學老弟？剛聽見外頭那些人大叫大嚷的，你正好還帶了份報紙，到底發生了什麼大事？」

「哦，確實是……」里維斯有些遲疑，吞吞吐吐地說，「確實是發生大事了。拿去吧，再隱瞞也沒有用——與其讓拜克里從那些瘋狂的報童手上發現這則新聞，還不如由我來直接告訴他……」說著他從胳膊底下的那疊報紙中抽出幾張給了我，另外幾張給了宋戴克。

我忐忑不安地攤開報紙，里維斯的異常舉止讓我有些恐懼。我發現無論你開始時做過怎樣的心理準備，可一旦遇上某些出乎你意料之外的事情，你還是無法招架。當報童的叫嚷變成可怕而又刺眼的標題映入我的眼簾時，我感到一陣暈眩。

報導相當短，不到一分鐘我便讀完了。

缺失的手指骨現身伍德弗

近日，已在肯特郡及艾瑟克斯等多個地區發現部分殘骸的分屍疑案又有了驚人進展。一直以來，警方懷疑這具屍骸屬於大約在兩年前離奇失蹤的約翰·伯林漢先生，如今警方的懷疑已經得到證實。因爲在悉德卡鎭挖出的手掌上缺失的那根手指，已經在一座廢棄的水井中尋獲，手指上的戒指經證實爲約翰·伯林漢生前一直戴的物品。該座水井所在的花園住宅原屬於死者所有，失蹤事件發生時，那棟房子由死者弟弟葛德菲爾·伯林漢暫住。但是後者不久即遷離，之後該屋便一直空著。最近該座房子正在進行整修，連帶清理水井。當時柏傑督察正在那一帶搜索殘骸，結果最終在井底發現了那三塊手指骨和戒指。本案受害者身分至此已經確認，接著的問題是，誰殺害了約翰·伯林漢？

據悉，死者於兩年前失蹤的當日，警方曾在屋子前面的草坪上發現了一個疑似爲死者錶鏈上掉落下來的飾物。在那之後死者便杳無音訊。此後案情將如何發展，尚待警方進一步調查取證。

看完全文，報紙輕輕地滑落到地上。我怔怔地望著里維斯，他坐在那兒什麼話也不說，兩眼凝視著靴尖。怎麼可能會有這種事？太可怕了！我只覺得全身麻木，有好一陣子，甚至無法正常的思考問題。

「別慌，拜克里。一切還有待時間來證明，我們可別亂了陣腳。先回家去吧！吃一劑安眠藥，加點兒酒，好好睡一覺。這打擊對你來說太大了。」宋戴克冷靜而沈著的聲音把我從失魂的狀態中拉了回來。

我夢遊似的從椅子上站了起來。雖然燈光黯淡，而我也暈眩得厲害，但我還是看見了宋戴克臉上如花崗石面具般的嚴酷與冷峻，這是一種我從未見過的表情。

他們二人陪著我一直走到了法學院位於巷頭的出口。這時，一個人匆匆從巷子那端走來。經過我們旁邊時，我發現他迅速回頭瞥了我們一眼。儘管他沒有停下腳步，但藉著酒館門口微弱的光線，我仍然認出了他——傑里柯先生。可是看到他我並不感到驚訝，我說不清原因。之前是，現在也是。

和里維斯、宋戴克握手道別後，我人步向奈維爾巷走去。我究竟在想什麼，我自己也搞不清楚。強烈的意念催促我迅速趕到那兒去，我要去守護她，一場厄運即將降臨在我心愛的那個女子身上，而她對此還渾然不知。在奈維爾巷口，我發現牆邊站著一個高大壯碩的男子，緊緊盯著我仔細打量。但我並沒有放在心上，繼續快步走進了窄巷。我在那棟老房子的院子門前停下，仰頭望著圍牆上的幾扇窗戶。屋內一片漆黑，看來人都已經睡了，這讓我安心不少。

後來我繞到房子面對新街的一側查看了一番，發現有一個壯漢正在四處閒晃，而且打探似的望著我。我轉身回到巷子裡，再度來到那所老房子的院子門前，準備重新查看一下它的窗口。不料一轉身，發現剛才那名男子就站在我背後。原來這兩個人是便衣警察，一陣驚恐之後，我終於意識到了自己的處境。一股莫名的憤怒湧上心頭，我甚至萌發了一種向這兩個入侵者宣戰的衝動，所幸這股衝動很快便消退了。我馬上裝出一副安然無事的樣子走開了。

這兩名警察的出現彷彿已經為正橫在眼前的災難以及恐怖的現實作好了鋪墊，想到這兒，我不由得直冒冷汗，耳鳴得也厲害，接著步履蹣跚地轉向了菲特巷。

無辜的幽靈

這些天以來，我一直都不安寧，處處都充滿了惡夢和陰鬱。我拒絕接受露絲向我下達的「驅逐令」，因為我不想在她遇難的時候離開她，我是她的朋友，至少目前還是如此。後來，她也終於認清了現實，默許了我再度自由進出她的家門，而且還對我表示感激。唉，可憐的女孩！

事已至此，艦隊街的報童們每天從早到晚，都嘶聲吶喊著這則新聞，市民們也目瞪口呆地望著驚悚的海報，一窩蜂地搶著揭露關於這件事的「駭人內幕」，這件事再也算不上什麼祕密了。

好在，罪名還未正式成立。可是兩年前關於失蹤事件的報導因為再度上報，而引發了一系列離譜的猜測和評論，這讓我氣得咬牙切齒。

不得不承認，這段充滿磨難的日子會成為我這輩子揮之不去的記憶。我想我絕對不會忘記當我偷偷瞄著街上的海報時，胸口上那股沈重懸宕的壓力。不過，時間久了，在奈維爾巷巡邏的那些警察在我眼中竟也成了一種慰藉，至少表明事情還未真正爆發，儘管他們的存在對露絲來說是一種莫大的威脅。但後來，我們甚至也開始有了很有默契的眼神交流。我猜想，他們可能也在為她和我感到難過，可是因為工作的關係，又覺得很無奈。

我一有空便往伯林漢家跑，這差不多已成了我的習慣，儘管這裡比任何地方都更令我心痛。我努力裝出一副開心的樣子，像以往那樣談笑自如，甚至假裝和奧蔓小姐拌嘴。可惜，這些都是在白費工夫。尤其是最後這個，更是失敗。原本妙語連珠的奧蔓小姐，有一天突然情緒失控，伏在我胸口低聲啜泣起來。沒辦法，後來我不得不放棄在這方面的努力，重新面對現實。

老房子裡總是彌漫著一股低迷沈悶的氣氛。只見可憐的奧蔓小姐沮喪著臉，不是樓上樓下地奔忙，就是窩在房間裡整理她的國會請願書——如果我記得沒錯的話，它的內容是主張任命女法官來處理離婚及婚姻相關的訴訟案件——可惜的是它始終躺在她的桌子上，沒有任何人簽署過。至於伯林漢先生，他可能是因為過於憤怒和驚慌，精神越來越差了。唯一能夠保持鎮靜的反而是露絲。她的談吐舉止沒有絲毫改變，或者說，她又恢復到了我最初所認識的露絲——恬靜自持而沈默寡言，一貫的友善裡帶著酸澀的幽默。但即使是這樣，有的時候她還是難以掩飾她的愁容以及對未知命運的掛慮。只有在我們單獨相處時，她才會褪去矜持，露出甜美溫柔的一面。看著她日復一日消瘦憔悴，我心如刀絞。

那真是一段慘淡的日子，總是有各種莫名其妙、令人心驚的疑惑籠罩著我：這恐怖的一切究竟會在何時降臨？警方在等待什麼？他們如果採取行動，那宋戴克又會說些什麼？

不知不覺，我們已熬過了四天。就在第四天晚上，診所裡擠滿了候診的病患時，彼得送來了宋戴克寫給我的信，並堅持要親手交給我。我接過信，讀了起來：

諾巴瑞博士告訴我說，他最近聽他住在柏林的朋友——一位研究東方古董的權威人士海爾．立德波根提起，大約一年前他在維也納遇見過一名研究埃及古物的英國人。可惜他已不記得那個人的名字了。不過，根據他信中的若干描述，諾巴瑞博士懷疑那人可能就是約翰．伯林漢。

所以，我想請你今晚8點30分帶著伯林漢父女到我的辦公室來一趟，和諾巴瑞博士一起談談這事情。鑒於此事的重要性，希望你能不負所托。

宋戴克

看完宋戴克的信，我心中不免升起了一絲希望。讓我覺得眼前的困境或許還是有辦法解決的，而救援也會適時到來。我馬上給宋戴克寫了回函，另外又寫了一封信給露絲，告訴她這件事。我把兩封信都交給了彼得，然後情緒激昂地繼續我的看診工作。所幸病患已經沒剩多少，診所業務恢復了這個時段常有的清閒，這讓我不必編造虛假的藉口，可以直接找個空當前去赴約。

我到達奈維爾巷時還不到晚上8點。夏日的最後一道陽光正從古老的屋頂和煙囪之間慢慢地褪去，夜色漸漸襲來。距離約會時間尚有幾分鐘，我乾脆放慢了腳步，邊走邊欣賞著道路兩側的商店和那些熟悉的面孔。那些紛紛拉下遮簾的店鋪，以及從摩拉維亞老教堂傳出的莊嚴的聖歌，暗示著一天的工作已進入尾聲。多才多藝、熱愛繪畫和彩漆的費尼莫先生此時正一身白圍裙坐在花園裡，一邊抽著煙斗，一邊得意地望著他的大麗花；一扇敞開的窗口邊有個年輕人，手裡拿著一支油漆刷，耳朵上還夾著一支，正站起來伸展著四肢，旁邊一個婦人靈巧地捲起一張大地圖；一群孩子尾隨著點燈人，陪著他執行今晚點燃路燈的任務；理髮匠正把店內的瓦斯燈捻熄；蔬菜店老闆叼著香煙走了出來，鈕子孔裡插著支紫菀花……

和他們的父親以及祖先們一樣，這些淳樸善良的人都是土生土長的奈維爾巷居民。奧蔓小姐就自稱是他們的後裔，住在隔壁的那位面貌和善的摩拉維亞婦女也是。他們和《舊集會法》時期著名的拉托布人有著淵源，其歷史也可遠溯至戈登暴亂❶時代。至於住在巷尾那棟灰泥木屋裡的老先生，據說從詹姆斯一世開始，他的祖先就一直世世代代住在那裡了。

我一邊望著這奇妙的街景，一邊讚嘆著。一個來自舊時代的村落，它的生命力是如此頑強，有如驚濤之洋中的寧靜島嶼，又如躁動不安的沙漠中的綠洲。走著走著，我來到了伯林漢家的舊院子門前。遠遠地便看見露絲正站在房門口和奧蔓小姐說話。她顯然在等我，她穿著一身暗沈的黑外套，戴著帽子和黑面紗。她看見我，便關上門，走了過來。

❶ 戈登暴亂，因爲新教徒對諾斯放寬對天主教的政策而感到不滿，一七八〇年6月7日晚示威者在倫敦街頭到處放火。

「你來得正是時候，聖丹坦大鐘剛剛敲響。」

「是的，你父親呢？」

「他已經上床休息了。他身體不太舒服，病得很厲害，我也沒想強迫他起來。我想要是警方再這樣拖下去，肯定會要了他的命。」

「但願不會這麼嚴重。」

眼看伯林漢先生為了女兒所受的可怕磨難而精神崩潰，我卻沒有任何字句可以撫慰，心裡有一種說不出的悲傷。

帶著露絲我又一次走進了深深的小巷。剛才路過時見到的那個婦人正在窗口朝我們點頭微笑，費尼莫先生也拿下煙斗，輕輕抬起帽子和我們打招呼，露絲優雅地鞠躬還禮。在通過蓋著遮棚的小道進入菲特巷時，我發現露絲突然左顧右盼起來。

「你在找什麼？」我問。

「這附近有警察。」她的語氣很平靜，「還好，今大倒是沒看見他。要是讓那可憐人等得太久，那可就罪過了。」說著我們轉入了菲特巷。她小心翼翼地搜索著暗中監視她的便衣警察的蹤影，這讓我很難受，而她語氣裡的嘲諷和無奈，尤其令我心痛，讓我想起我們初識時她那種令人不快的冷靜和自持。然而，我又不得不佩服她在身處厄運時的那份淡然。

「我們還是說說關於這次會面的事吧！你的信寫得非常扼要，我想你當時一定很忙，沒時間寫得更詳細。」露絲突然說道。

「確實如此，不過詳細的內情我還不能告訴你。我只知道，諾巴瑞博士手上有封很重要的信，是他住在柏林的一位名叫立德波根的埃及學專家寫的。這個人在信中提到，大約一年前他在維也納遇見過一個英國人，這個人諾巴瑞也認識。不幸的是，他已不記得那個英國人的名字了。可是根據信中的一些描述，諾巴瑞認為那人可能是你的伯父約翰．伯林漢先生。倘若他的猜測沒錯，這個案子就有希望了。所以，宋戴克才急著讓你和你父親跟諾巴瑞見個面，好談談這件事情。」

「哦。」露絲陷入了沈思。

「看你的表情，你好像並不興奮啊？」

「沒錯，這也太不可思議了。我不能像傻瓜似的還抱著那樣的希望——我可憐的約翰伯父還活著，那根本不是他，一定是他們搞錯了，更何況他的屍體都已經被找到了。」

「或許他們弄錯了呢？說不定那不是他的屍體。」

「可那枚戒指又該如何解釋呢？」她苦笑著問。

「說是巧合也並非不可能，假若有人和你伯父有一模一樣的戒指呢——畢竟仿製這類古董戒指也是常有的事。再說了，我們還沒見過那枚戒指呢！說不定根本就不是他那枚。」

「親愛的保羅，」她猛搖了搖頭，「不要再自欺欺人了，好嗎？現在所有證據都表明那的確就是他的屍體。約翰．伯林漢已經死了，這點已沒什麼可懷疑的了！而喬治．赫伯特和我是兩個最有嫌疑的人，自從那枚戒指被找到之後，矛頭更是直接指向了我。在所有人看來，除了那個不知名的兇手和幾個信任我的朋友之外，他的死無疑是我一手造成的。」

沒想到她居然會如此消沈而認命，我驚愕得幾乎說不出話來。

「可是有一位你的朋友——宋戴克博士，他仍然在堅持不懈地努力，並堅信你與此事毫無關係。」

「我知道，可是他所依賴的也只是像這類可憐的、毫無希望的猜想罷了。不管如何，再看看吧！」

話已至此，我也不好再說什麼。兩人一路無言地走到了巷口。穿過黑暗的入口和僻靜的小徑，我們出了法學院，來到舊財政部大樓門前。

「宋戴克辦公室沒亮燈。」我指著一整排漆黑的窗口說。

「我也看見了，並且窗簾也是拉開的。他或許出門了。」

「宋戴克一向謹守約定，我想他不可能約了我們又跑了出去。」

於是我們決定上樓看看。果真不出所料，我們在鑲金邊的橡木門上發現了一張小紙片，上面寫著：給保羅．拜克里的便箋在桌上。

我拿出鑰匙打開橡木門，然後又打開裡面較輕的室內門，看見便條紙就放在桌子上。我把它拿到辦公室外，藉著樓梯間的燈光看了起來：

因爲約會有變，謹以此向我的朋友們致歉。

簡單點說，諾巴瑞希望我在埃及部門主任回國前完成我的實驗。他要求我今晚就開始進行，並且說他會在博物館等待和伯林漢父女見面。

麻煩你立刻把他們帶到這兒來，這次會面肯定會有意想不到的收獲。

宋戴克

我把便箋遞給露絲。

「請你不要介意。」我歉疚地說。

「不會的，我很高興。剛好我們和那間老博物館關係頗深，不是嗎？」她望著我，帶著一種奇怪的、眷戀的神情，轉身下了樓梯。走到法學院門口，我叫了輛馬車。在清脆的馬匹鈴聲中，我們往博物館的方向飛奔而去。

「你知道宋戴克博士在做什麼實驗嗎？」露絲問。

「不好意思，我知道的也不多。」我回答她，「不過據我所知，他做這項實驗的目的是為了求證有機物質經過時間的催化之後，它的X光穿透率是否會改變。好比說一塊古老的木頭是否會比新木頭更容易被X光穿透。」

「可是知道這個又有什麼用處呢？對本案有什麼幫助嗎？」

「我也說不好。不過一般做實驗是為了求知，而忽略它的實用性。有了知識之後，然後再去尋找它的用途。就這個案子來看，倘若真能藉著有機物質對X光的反應來確認它存在的時間，說不定可以運用在某些案件的偵破上——好比可以用來檢驗舊文件上的封蠟是不是新蓋上去的。目前，我還不清楚宋戴克究竟有什麼想法，可他的準備工作卻是相當驚人。」

「怎麼這麼說？」

「昨天早上我到他的辦公室，看見彼得正在組裝一種人約有九尺高、類似小型絞刑台的裝置。當時他剛漆完兩個起碼有六尺長的巨型木頭淺盤。我感覺他和宋戴克似乎想動用私刑，對受害者進行屍檢。」

「天啊，真是太可怕了！」

「我是從彼得那裡知道的，他說話時還帶著神祕的笑容。可是，他怎麼也不肯透露那裝置的用途，不知道待會兒我們是否能見到那個裝置。對了，博物館到了，我們該下車了。」

「是的。」露絲拉起馬車後窗的簾子，往外面看了看，又把它放了下來，「他肯定在等我們。對他來說，我們也算得上是個小小的驚喜吧！」

馬車在進入羅素大街的時候轉了個大彎。就在這時，我看見有一輛馬車緊跟著我們，但沒來得及看清車上乘客的樣貌，我們就已經來到博物館的大門外。門衛像是等了很久的樣子，催促我們沿著車道駛入前庭，接著又進入中央大廳。在那兒，他把我們交給另一位館員便轉身離去了。

「諾巴瑞博士在哪兒？」我問道。

「他正在埃及第四展覽室隔壁的房間等你們。」館員說完，拿起一盞罩著鐵絲網的油燈在前面帶路。

陰暗的的大廳樓梯似曾相識，這使我想起我們第一次來到這兒的情景。接著我們又穿過中央展覽館、中古世紀展覽室和亞洲館，進入迷陣般的人類學展覽區。

這是一段相當怪異的旅程，一路上，搖晃的油燈照亮了長廊的各個角落，恍惚中我隱約看見了高大的神像朝我們怒睜著眼睛，古怪的面具也被瞬間照亮，像是對著我們擠眉弄眼。而那些真人大小的雕像更是駭人，在躍動的光影中，它們彷彿動了起來……展覽櫃裡的物品也在油燈的映照下，一明一滅。

顯然，露絲也注意到了這些幻象。她緊緊地挨著我，低聲說：「你看見那個波利尼西亞人沒有，我覺得他馬上就要跳出來了。真是恐怖！」

「是很可怕，好在現在都過去了，我們已脫離他們的勢力範圍了。」我安慰她說。此刻，我們已來到了樓梯平台上，向左轉然後沿著北廊直走，便是埃及第四展覽室了。

就在這時，對面的門突然打開了，裡面傳出一陣刺耳的響聲。接著里維斯踮著腳尖走了出來，邊走邊抬起手打招呼，「輕點兒，我們正在拍照呢！」

館員提著油燈走了，我們跟著里維斯進了那個房間。房間裡光線很暗，除了門口，房間的其餘部分都被黑暗包圍著。我們打過招呼之後，在早已準備好的椅子上坐了下來。我仔細地觀察著周圍，除了里維斯，我看見房間裡還有三個人：正拿著手錶坐在那兒的是宋戴克；一個灰髮紳士，想必是諾巴瑞博士；在較遠的角落裡還有一個小身影，無法辨識，我想大概是彼得。房間一頭放置著我在辦公室見過的那兩個大淺盤，現在已經安裝在支架上了，分別連著一條接著水桶的排水管。房間另一頭聳立著那座巨大的、類似絞刑台的東西──我突然發現那根本不是什麼絞刑台──在它頂端的交叉木條上固定著一個無底的大玻璃水盆，裡頭是一個亮著詭異綠光的球狀玻璃燈，中心微微泛著一絲紅光。

我恍然大悟，很顯然他們正在進行X光拍照，剛才那「轟」地一聲應該是斷電器的聲響。他們在照些什麼呢？我瞇起眼睛，細瞧著陰暗的「絞刑台」底部，想看個究竟。我依稀看見燈球底下的地板上躺著個長長的物體，卻無法辨識那是什麼。

「我真不明白，你為什麼要選擇木乃伊這麼複雜的物體來做實驗。」諾巴瑞博士提問解答了我的疑惑，「為什麼不選簡單點的，容易操作的，好比棺木或者木頭人像之類的？」

「你說得沒錯，不過像木乃伊這種複雜的物體也有它的優點。」宋戴克只是點到為止，並沒有進一步解釋他為什麼要選擇木乃伊，轉而又把話題投向了露絲，「你的父親怎麼樣了，伯林漢小姐？」

「他身體不太好。」露絲說，「我們商量了一下，覺得還是由我單獨來赴約比較妥當。海爾．立德波根到英國訪問時曾經在我家住過一陣子，我和他很熟。」

「那就好，希望我沒有給你添麻煩。」諾巴瑞博士說，「有一件事我想告訴你，根據海爾．立德波根的描述，我覺得那位乖僻的英國朋友，也就是名字長得讓人記不起來的老頭，很可能就是你的伯父。」

「我絕不會用『乖僻』二字來形容我的伯父。」露絲強調說。

「當然！」諾巴瑞像是說錯了什麼似的，趕緊迎合道，「先不說這個吧，你先看看那封信再下定論……博士，進行實驗的時候我們不該扯些無關緊要的話題，對吧？」

「是啊！最好等結束了再說，我馬上就要熄燈了。」說完，宋戴克喊了一聲，「切斷電源，彼得！」

隨著燈球的綠光熄滅，刺耳的斷電器的鳴叫聲也戛然而止了，整個房間一片漆黑。不久，一團鮮橘色的燈光在一個木頭淺盤上亮了起來。這時宋戴克和諾巴瑞走到木乃伊面前，將它輕輕抬起，彼得從下面抽出了一個黑色大信封。

一群人全都圍了過去。彼得彷彿是在扮演神祕儀式的大祭司，從黑色信封裡抽出一張巨大的溴素紙，輕輕放在了淺盤上，接著拿起一支在水桶裡浸過了的大刷子將它打濕。

「一般這步驟都是用金屬板完成的。」諾巴瑞博士有些疑惑。

「通常來說是這樣，可是我們找不到六尺長的金屬板，所以我用特殊紙張做了相同尺寸的替代品。」宋戴克解釋道。

看沖洗照片是一件非常有意思的事情，看著金屬板或照相紙的空白部分逐漸浮現出影像，那種感覺很奇妙。而X光照片又不同於一般照片，會顯現出我們經常見得到的影像，X光照片呈現的影像往往是我們前所未見的部分。所以，當彼得將顯影劑倒在已經沾濕的照相紙上時，我們全都好奇地伸長了脖子。

這種顯影劑成像效果非常緩慢，過了半分鐘還不見相紙上有任何改變。再過了一會兒，才發現相紙邊緣部分的顏色在一點點加深，整個木乃伊的輪廓慢慢浮現了出來。接著，成像速度稍有加快。相紙邊緣也從深灰色變成了黑色，但是木乃伊的成像雖然輪廓極深，但其他部分仍然只是一塊長形的空白區域。過了一會兒，這片白色區域才開始慢慢變灰，並且逐漸加深，繼而浮現出一個顏色較淺的形狀來，幽靈似的佔據了整個暗灰色的區域——一具骷髏，陰森，恐怖，發著寒光。

「太神奇了！」諾巴瑞博士感慨地說，「我有一種參加某個祕密儀式的感覺，瞧那玩意兒——」

我們發現了一個相當詭異的現象——木乃伊盒子、裹屍布和屍體逐漸淡化成背景，白色骷髏的形狀變得更加鮮明。

「要是再這樣沖洗下去，我敢斷定，骨頭會消失不見。」諾巴瑞博士說。

「我想讓骨頭的顏色再深一點，說不定裡面有金屬物質。」說完，宋戴克又補充道，「信封裡還有三張相紙。」

隨著時間的推移，只見白色的骷髏逐漸變成了灰色，果真如諾巴瑞博士所說，成像越來越模糊了。這時，宋戴克彎下身，盯著淺盤、仔細觀察著骷髏胸口中央的一點。其他人都緊張地望著他。突然，宋戴克直起身子，叫道：「行了，彼得，快倒定影劑。」

握著排水管旋轉閥，彼得一直在旁邊等著宋戴克的命令，於是迅速把顯影劑倒入水桶，然後在相紙上小心翼翼地注入定影劑。

「現在我們可以好好觀察了。」宋戴克鬆了一口氣。幾秒鐘後，他扭開了一盞白熾燈，光線投射在照相紙上。

「骷髏的形狀還很清楚。」宋戴克感覺很滿意的樣子。

「是的！」諾巴瑞博士戴上眼鏡，朝著淺盤彎下腰。

我隱隱地感覺到露絲扶著我的肩膀，有些顫抖。我轉過頭去，發現她一臉蒼白。看見房間裡所有的窗戶都是緊緊閉著，屋內有些悶熱，於是我提議道：「我陪你出去透透氣吧？」

「我沒事，我要留在這兒。」她雖這麼說，但仍緊緊抓著我的手臂。

宋戴克這時也注意到露絲的表情，有些擔憂地望著她。不過馬上就轉過頭去，因為諾巴瑞博士有事問他。

「注意到沒有，有些牙齒的顏色比其他的白很多，為什麼會出現這種情況？」

「特別白的部分可能是因為金屬的關係。」宋戴克回答。

「你的意思是他的牙齒裝了金屬填充物？」

「我是這麼認為的。」

「真是有趣。我確實聽說過古埃及人已經懂得用黃金補牙，甚至還有人造牙齒，可是我們博物館還沒有這樣的標本。應該把這具木乃伊解開來研究一下才是。而且這些白色有深有淺，你認為它們是用的是同一種金屬嗎？」

「不是，特別白的這些顯然是黃金，帶點灰色的也許是錫。」宋戴克回答。

「有意思，太有意思了！那你覺得他胸口附近靠近胸骨頂端的那個淺色小點，又是什麼呢？」諾巴瑞追問道。

「是歐西里斯之眼！」露絲禁不住脫口而出。

「老天！」諾巴瑞大叫，「果然就是。那正是死神之眼，也就是如你所說的歐西里斯之眼，我猜那或許是別在裹屍布上的鑲金紋章吧！」

「不，紋章的輪廓不會這麼凹凸不平，我認為那是一枚刺青圖案，並且是朱砂刺青，因為碳化合物刺青不會呈現明顯的陰影。」

「你肯定弄錯了。如果主任准許我們把這木乃伊解開的話，那就好了，究竟是什麼就一清二楚了。」諾巴瑞博士說，「對了，這麼說他膝蓋前面的那些小碎片也是金屬物質了？」

「沒錯，是金屬物質。不過它們在膝蓋裡面，而不是在膝蓋前方。它們是銀線碎片，是用來修補膝蓋骨骨折的。」

「這一切你都確定？」諾巴瑞有些詫異，一雙眼睛盯著那些白色小線條看，「事情如果真如你所說的那樣，那麼這具賽貝霍特普木乃伊就可謂是無價的珍寶了，舉世無雙！」

「我非常肯定。」宋戴克堅信地說。

「這是個多麼偉大的發現啊！可憐的約翰・伯林漢，他要是知道他給我們送來了何等珍貴的寶物，那該多好啊！真希望今晚他也在這兒！」說完，諾巴瑞再次注視著照片。

「你的願望實現了，諾巴瑞博士。約翰·伯林漢就在這裡，他就是約翰·伯林漢。」宋戴克以他一貫內斂和冷靜的語氣強調道。

宋戴克的話，讓諾巴瑞博士大吃一驚：「你的意思該不會是說……這具木乃伊就是約翰·伯林漢的屍體吧？」

「你說對了，我正是這個意思。」

「怎麼可能？要知道，在他失蹤前這具木乃伊已經在博物館裡躺了足足三個星期了！」

「不對！約翰·伯林漢最後一次活著現身是在10月14日，也就是和你以及傑里柯見面那天，三週之後木乃伊才離開他在皇后廣場的住所。那天之後，再也沒有人看見過他，無論是生是死。」宋戴克說。

諾巴瑞博士沈思了一會兒，問道：「你是通過什麼想到約翰·伯林漢的屍體，就在這個木乃伊盒子裡呢？」

「能夠回答這個問題的人，我想也只有傑里柯先生了！」

「那賽貝霍特普——我是說，原來的賽貝霍特普——他的屍體又到哪兒去了呢？」

「至於賽貝霍特普的遺骸，至少是部分遺骸，我想——目前應該正躺在伍德弗的停屍間裡，靜靜地等待著遲來的驗屍。」

宋戴克說完這話，瞬時間我慚愧不已，這才發現自己的後知後覺。他很仔細地解釋著，我腦子裡自然就很清楚了。我，自認為精通解剖學和生理學，而且還是宋戴克的門徒，按說不應該把那些古代人骨誤認為是現代人的骸骨的，

最後一句話使諾巴瑞很困惑。他坐在那兒，想了半天，有些遲緩地說：「有一點我確信，你說的這些想法很有說服力，讓人聽了會信服。但是，你想過嗎，這……太不可思議了，也許你把它弄錯了！」

「我保證，不會弄錯。」宋戴克堅定地說，「我知道你會這樣說，現在我給你分析一下：第一是牙齒。伯林漢的牙醫給我看了他的就醫記錄。記錄顯示，他曾經補過五顆牙齒，其中右邊上顎的智齒，邊上的臼齒和左邊下顎的正數第二顆臼齒大部分都用黃金修補過。所以在X光照片中可以清楚地看到，在他左下顎側門牙裡有一粒很小的黃金填充物。此外，伯林漢在國外旅行的時候，還給左邊上顎第二顆臼齒做了錫汞合金修補。這些都是充分辨識他身分的有力證據。第二是在他胸前的那枚歐西里斯之眼的刺青。」

「死神之眼。」諾巴瑞小聲嘀咕著。

「對，死神之眼——照片上顯示的位置與死者胸前刺青的位置、顏料基本上是一致的。第三，膝蓋骨上的銀線。為他做膝蓋手術的摩根．柏奈醫生告訴我，他的左膝蓋處植入過三條銀線，右膝蓋處有兩條。此外，伯林漢的左腳踝上還有一處波特氏骨折的舊傷，雖然現在傷口已經很難看出來了。伯林漢的下落，我想現在已經真相大白了。」

「這樣看來，事實確實如此。」諾巴瑞博士拉著臉，點了點頭，「我想證據已經很確鑿

了。約翰·伯林漢真可憐，你覺沒覺得，他好像是遭人暗算才喪命的。」

「有這個可能，」宋戴克點點頭，「頭骨右邊有一個很小的黑點，好像是挫傷的。因為挫傷在側面，所以X光照片中顯示得不太清楚，要想讓它清楚地顯示出來，咱們必須得沖洗底片。」

「兇手可真殘忍，」諾巴瑞博士身體一顫，猛吸了一口氣，聲音顫抖著，「天哪，太可怕了！對於本館來說，這件事也很難堪啊！但是，事情既然已經發生了，接下來我們該做些什麼呢？」

「首先，通知驗屍官，然後聯繫一下遺囑執行人。至於警方那裡，由我來負責。」

「聯繫傑里柯？」諾巴瑞博士疑惑地問。

「不，不能聯繫傑里柯。現在，你還是寫信給葛德菲爾·伯林漢吧！」

「但是，我知道赫伯特先生才是遺囑的共同執行人。」諾巴瑞博士反問道。

「遺囑是這樣規定的，他的確是遺囑的共同執行人。」里維斯說。

「不是，」宋戴克搖搖頭，「按照遺囑的規定，他本應該是，可是現在他不是。我們可以很清楚地看到，雖然遺囑的第二條規定葛德菲爾·伯林漢可以繼承所有的財產，但是想成為遺囑的共同執行人，必須具備以下的條件：首先，已故人的遺體一定要安葬在某個特定的可以接納他遺體的合法場所。其次，墓地須位於布倫斯拜瑞區聖喬治教堂、聖吉爾斯教堂、聖安德魯大教堂、聖喬治大教堂所屬教區範圍內或者上述區域裡的某一個禮拜地點。死者的遺體就在這個埃及木乃伊盒子裡，這個博物館就是那個可以接納死者遺體的合法場所。這座建築位於布倫斯拜瑞區聖喬治教堂的教區範圍之內。所以，第二項條款裡的條件完全符合。很顯然，根據遺囑的內容，葛德菲爾·伯林漢完全符合遺囑的共同執行人的條件，估計立遺囑的人也是這樣希望的。」

「好的，就這麼定了。」諾巴瑞博士回頭看了看露絲，「小姐，你怎麼了，你的臉色很不好看，要不要休息一下？」

這時的露絲，嘴唇泛白，身體一軟，便癱在了我的懷裡。

「拜克里，」宋戴克著急了，「快把伯林漢小姐扶到外面，呼吸一下新鮮空氣，她可能是受了太大的刺激，一時難以承受。」他輕輕按了按伯林漢小姐的肩膀，柔聲說，「趁沖洗底片的時間，我們也休息一下吧！這時候誰都不能倒下去，黑暗馬上就要過去了。」說完，宋戴克微笑著朝門外走去。

「我們得把門鎖上，因為這個房間暫時要當做暗房使用了。」宋戴克說。

隨著「咔嚓」的一聲關門聲，我們走出了陰暗幽森的走廊。其實這個走廊也算不上陰森，只不過月亮穿梭在雲縫間，不時會灑下幾縷微弱的光。我們走得很慢，露絲一直緊緊地挽著我的手臂，我們都沒有說話。這時，大展覽廳出現在我們的面前，莊嚴而祥和，而周圍靜肅、神祕的塑像，好像也呼應了我們此時心裡充滿的平和之感。

走在展覽室的路上，不知不覺中我們的手握在了一起；當兩隻手相互摩擦、碰觸的一瞬間，突然露絲嘆道：「可怕的悲劇！我的約翰伯父，好可憐！他好像從另外一個世界回來了，來揭露這醜陋險惡的一切。」

她在發抖，並且不住地抽泣著，這時我的手被握得更緊了。

「親愛的，沒事了，」我安慰道，「都已經是過去的事情了，就把它忘了吧！面對新的生活，知道自己在做什麼，該做什麼，這才是最重要的！」

「我心裡好難受，一時真的無法接受，」她喃喃低語道，「我好像在做噩夢一樣。」

「別去想了，」我輕輕拍拍她的肩膀，「想想我們以後幸福的生活吧！」

她沒有說話，繼續哽咽著，好像在宣泄許久以來深藏在她心底的、慘痛的悲傷。

我們繼續向前走，穿過了寬敞的走廊，來到了另一個展覽廳。周圍很寂靜，只能聽到我們「噔噔」的腳步聲。靠近牆邊有一排展覽櫃，裡面陳列著各種木乃伊，隱約感覺到這些靜寂、沈默的守夜人，將他們封存了百年的詭祕記憶深埋在心底。看到了他們，突然覺得戰戰兢兢的，這讓人畏懼的族群！他們是已逝世界的倖存者，他們棲身於現世，靜靜地凝望著這世間，往事湧上心頭。他們對這個世界沒有任何的惡意，只有對蒼生的無限祝禱。

在展覽廳的中間還有一個特殊的展品，鬼魅傲然地樹立在眾多神像之上，他臉部有一塊地方泛著白光。我們駐足在他面前。

「露絲，你知道他是誰嗎？」我問。

「知道，」她有點害怕，把我的胳膊摟得更緊了，「他是雅特米多魯斯。」

我們站在那兒，牽著彼此的手，看著那尊木乃伊，此時記憶慢慢地填滿我們那模糊卻又非常熟悉的剪影。

我下意識地握緊了她的手，輕輕地說：「露絲，還記得我們最後一次站在這兒的情景嗎？」

「保羅，」她很激動，「我怎能忘記那些傷悲和難過，當我說出那些話的時候，心裡有多麼難受！那時候你也一樣，對嗎？」

「嗯！從那一秒開始我知道了痛苦的滋味。我的生命瞬間變得黯淡無光，只剩下一點點微弱的希望。」

「什麼希望？」

「親愛的，是你給了我承諾——神聖的承諾。我知道只要我耐心地等待，終究會有那麼一天，你會回到我身邊。」

她聽了，挨近我，將頭靠在我的肩膀上，臉蛋輕輕地擦過我的面頰。

「我的最愛！」我輕吻她的額頭，低語道。

「我愛你！」她在我耳邊呢喃著。

我將她攬入懷中，讓她仔細傾聽我這顆全心全意愛她的心。從此，我們再也不要被任何厄運、悲痛所羈絆，因為在漫漫長夜裡我們將攜手，走過一段段長路，在坎坷道路上，渡過一次次難關。

對於正義和邪惡、快樂或悲傷，時間的沙漏留下的痕跡也許會不同。對於正埋頭在暗房中工作的人來說，無疑是一種度日如年的痛苦。然而，對於我們來說時間飛逝得太快，鑰匙轉動門鎖的聲音把我們從快樂的夢境中喚醒。

露絲抬起頭，我輕輕地吻了她的嘴唇。我們跟展覽櫃裡的那位見證過我們傷痛和快樂的朋友道別，然後按原路回去了，空蕩蕩的長廊裡頓時又響起了我們的腳步聲。

「暗房，我們就別回去了——也許，現在已經亮了。」露絲說。

「為什麼？」我疑惑道。

「剛才離開的時候我很不舒服，現在好點了。但是約翰伯父還在那裡，而我……我不想懷著快樂的心情去見他，那樣的話我會很不安的。」

「你不應該這樣想，」我摸了摸她的臉頰，「今天，是一個對於我們來說非常重要的日子，我們沒有理由不開心啊！不過……」我遲疑了一下，「如果你不想進去，那我也不勉強你了。」之後，我護著她朝那扇房門走去，此時，門已經敞開了並且裡面亮著燈。

「四張底片已經沖洗出來了。」宋戴克和其他人從房間裡一起冒出頭來，「接下來的事就交給諾巴瑞博士去處理吧，這些照片會成為證物。你們打算去哪兒？」

我看了看露絲，想徵詢一下她的意思。

「請原諒我的失禮，今天晚上我想在家陪我父親，因為他身體不太好，而且……」

「我明白。」我迅速接過她的話，「你確實應該早點回去，伯林漢先生現在的情緒很不穩定，如果知道了事情的真相，再加上他哥哥的死訊，他會崩潰的。」

「那你們先去忙吧！等你把伯林漢小姐送回家後，再來一趟我的辦公室吧！」宋戴克同意地點點頭說道。

我點頭答應了他。大家開始忙碌了起來，諾巴瑞博士提著燈領著大家走出了博物館，只是我們兩個人的心情已經跟來時不一樣了。在博物館入口處，我們和兩位先生揮手告別。

「晚安！」宋戴克握著露絲的手。

此時她眼裡滿是淚水，望著宋戴克說：「謝謝你，博士，」她拭了一下眼淚，「真不知道該怎麼感謝你，你對我們父女的幫助不是一個『謝』字能夠表達的。你曾經救了我父親三次，也幫助我逃離了恐怖的夢魘。真的很謝謝你，我該走了，上帝保佑你！」

馬車往東疾馳而去。街燈的餘光時時灑在車廂裡，我仔細地看著露絲的臉龐，發現她原先蒼白的面頰已漸漸顯出了紅潤，她緊張的表情和自我的壓抑也蕩然無存，那曾經讓我神魂顛倒的嫵媚神態又悄悄回來了。當她揚起長長的睫毛，甜美地對著我一笑，露出兩個小酒窩的時候，多麼惹人憐愛啊！

在馬車上，我們幾乎沒有說過話，只是靜靜地坐著，手拉著手。我們都明白磨難已經過去了，命運再也不會捉弄我們，我們再也不會分開了。

老車夫按照我們的吩咐把車停在了奈維爾井口。白天喧鬧的巷道現在已經恢復了寧靜，街道上沒有一個人，更沒有人會注意到我們。我四下看了看，也沒有好奇的鄰居從窗戶裡探頭出來，偷窺我們的行蹤。

「明天，你會來嗎，親愛的？」她依偎在我懷裡說。

「嗯，我一定過來。」

「那你早點過來吧！我父親想見你，我想把我們的事情告訴他。還有，我現在所有的幸福都是你賜與的。晚安，保羅！」

「晚安，親愛的！」

我低下頭親吻了她的面頰，之後看著她朝舊院子走去。走到大門的時候，她停下來向我揮手，最後說了一聲「晚安」。生鏽的鐵柵門隨即被關上了，她消失在了我的視線裡。然而那股暖暖的愛意一直伴隨著我，使得黑暗的街道瞬間也亮了起來。

地獄之門

那張留言紙依然釘在宋戴克辦公室的門上，我不由得一陣驚詫。那麼短的時間裡發生了太多的事情，再次看到它竟恍如隔世。我拔去大頭釘，把它拿了下來，然後走進了辦公室，點燃了燈，開始在房間裡踱來踱去。

很奇妙的一段經歷！由於宋戴克的啟發，整個世界開始徹底地改變了！

我這位偉大恩師的推理邏輯實在太強了，他總會得到無比驚人的結論。要是以前，我的好奇心肯定會驅使我去探究它。只是，眼下我的所有思緒都被幸福獨佔了，露絲總是出現在我的腦海。此刻，我彷彿又看到她沈思的面頰和低垂的眼簾，觸摸她柔嫩的臉頰，吻輕輕落下，這一切是多麼的迷人！

也許我在房間裡待了很長時間，當我的兩位朋友到達的時候，使勁地向我道歉。

「你肯定想知道我為什麼叫你來。」宋戴克說。

其實我早就想問他這個問題了。

「現在，去見見傑里柯先生吧！」宋戴克補充，「這件事情背後一定另有隱情，除非弄明白到底是怎麼一回事，要不然這樁案子永遠都不算完。」

「明天去，可以嗎？」我說。

「可以，」宋戴克瞪大眼睛盯著看我，「但是要是等到明天估計就有些遲了。抓鼬要趁牠睡著的時候，這樣才會手到擒來。傑里柯先生是一個非常機警的人，我們應該把他介紹給柏傑督察認識認識。」

「鼬和獾要是遇到了一起，免不了要廝殺一場。」里維斯聳了聳肩膀，「難道……傑里柯會招供？」

「讓他招供很難，其實他也沒什麼可招供的。不過，我希望他能作一個聲明，你們等著吧，他會有很精彩的故事要說。」

「屍體在博物館裡，你是什麼時候知道的？」我問。

「在你知道之前的三、四十秒鐘吧！」

「你的意思是……」我驚詫地大叫出來，「你看到了沖洗出來的照片才知道的？」

「老弟，」他拍拍我的肩膀，「如果我一開始就知道屍體在哪兒，露絲就不用忍受那麼多折磨了。如果我有證據，那麼我就不會浪費時間搞那些繁瑣複雜的實驗了。」

「至於那些實驗嘛，即便沒有它，如果是由你去說服諾巴瑞博士，他也一定會相信你的。」里維斯說。

「他也許會相信，可是我指控他的是一個非常熟悉、並且很有社會聲望的人？雖然可疑的地方很多，但是缺少證據啊！」

就在這時，樓道裡傳來一陣急促的腳步聲，緊接著又是一串緊急的敲門聲。

里維斯把門打開，柏傑督察一下子衝進了房間，很興奮的樣子。

「宋戴克博士，怎麼回事？」他氣喘吁吁地說，「我知道，你掌握了一些傑里柯的犯罪線索，我已經做好逮捕他的準備了。我們手中已經有很充分的證據了。」

「傑里柯？」宋戴克說，「可是我剛剛檢查了捐贈給大英博物館的那具木乃伊，而且這具木乃伊是由傑里柯送去的。雖然好像是他殺了約翰．伯林漢，但我也沒下這個結論啊！我只是覺得他和這具被祕密放置在博物館的屍體有關。」

柏傑督察呆住了，而且有點惱火。傑里柯的巧妙佈局讓警方手足無措。

「混蛋！我們花了那麼多時間，浪費了那麼多精力去打撈那些人骨，到頭來卻白忙一場，原來這些都是陷阱！」柏傑督察兩手插在口袋裡，生氣地說。

「大家的辛苦沒有白費，你千萬不要小瞧那些骨頭，」宋戴克揚了揚眉毛，「它們對我們來說也很重要，兇手一定會露出馬腳。好了，現在該是我們一展身手的時候了。」

「我們都去？」督察故意往我這邊看了一眼，好像在說我只是個局外人。

「我們都跟著你去，至於怎麼抓捕他，就是你的事情了。」宋戴克笑笑說。

「那就按程序來吧！」督察嘴裡輕輕地嘟囔著。

於是，我們出發了。

從聖殿法學院到林肯法學院只需要五分鐘，我們很快便來到了位於法學院錢斯里巷的入口，之後便聚集在了新廣場那棟壯觀的律師大樓前。

「二樓的燈好像還亮著，你們最好暫時迴避一下，我去按門鈴。」柏傑督察說。

正當他準備上前按門鈴的時候，對面街道一扇敞開的窗口裡探出了一個頭。

「誰啊？」那人說。當時我就聽出來那是傑里柯的聲音。

「我是柏傑督察，犯罪調查小組的。亞瑟·傑里柯先生在嗎？」

「我就是。」

「我要逮捕你，這是拘票，傑里柯先生。你被指控謀殺了約翰·伯林漢先生，他的屍體在大英博物館被發現了。」

「誰發現的？」

「宋戴克博士。」

「他也來了？」傑里柯說。

「對。」

「哈哈，你真的要逮捕我？」

「我來這裡，就是為了這件事情。」

「好，你可以抓我回去。不過，我有幾個條件。」

「現在你還跟我講條件？你已經沒有這個權利了，傑里柯先生！」

「先讓我把話說完，我的條件，你非接受不可。否則你是抓不走我的。」

「你倒挺會討價還價啊！快把門打開，要不然我就破門而入了！我告訴你，」柏傑撒了個謊，「這房子已經被警方包圍得水泄不通了。」

「你要是不接受我的條件，即使拿著拘票也無法逮捕我。」傑里柯很鎮定地說。

「那好，你說吧，什麼條件？」柏傑問。

「我想發表一份聲明。」傑里柯說。

「沒有問題。不過我要提醒你一點，現在你所說的每句話都可能成為呈堂證供。」

「我明白。不過，我想當著宋戴克博士的面發表這份聲明，並且我希望他也能寫一份聲明，解釋一下他是通過什麼樣的調查發現屍體的。」

「還是我們面對面說清楚吧！」宋戴克向前邁了一步說。

「好。我的條件你們也清楚了，就是宋戴克博士作出聲明，而我也要發表一份聲明。在此之前，我仍是自由之身，警方不得影響我的正常活動。上述的程序完成之後，你們可以逮捕我。」

「不行！」柏傑督察說。

「是嗎？」傑里柯冷笑了一下，繼續說，「老兄，話別說得太絕對。」

柏傑督察煩透了傑里柯那傲慢囂張的語調。他把頭轉向宋戴克，悄悄地說：「他到底在搞什麼？他明知道自己無法脫身。」

「具體的情況，還需要進一步了解。」宋戴克說。

「嗯，也對。」柏傑無奈地摸了摸下巴。

「就按照他的意思辦吧！也許他的聲明可以給我們減少很多麻煩。」

「怎麼樣？」傑里柯扶著窗框說，「別浪費時間，到底同不同意？」

「那好吧，」柏傑陰沈著臉說，「我同意。」

傑里柯把窗戶關上了。不一會兒，我們便聽到「嘩啦」的鑰匙聲，接著是門鎖被轉動的聲音，鐵製的大門拖著沈重的聲音被打開了。傑里柯鎮定地站在那裡，手上拿著一個老式的燭台。

「這兩人是誰？」他銳利的目光透過眼鏡片，散發出一種冰冷肅殺的寒氣。

「他們不是我帶來的。」柏傑答道。

「這兩位是拜克里醫生和里維斯博士。」宋戴克補充道。

「是嗎？」傑里柯輕蔑地說，「這麼多人來探望我，真是感激涕零啊！請進來吧，我想你們會對我們今晚的談話很感興趣的。」

他熱情地請我們進屋，一大幫人在柏傑督察的帶領下進入了房間。他輕輕關上了門，然後把我們帶到了辦公室。剛才，他就是從這間屋子的窗戶裡探出頭的。他辦公室裡的擺設很特別：精巧的舊式房間，寬敞而尊貴，幾件古麗典雅的家具，木紋牆板和浮雕壁爐架，爐架上方的家族盾徽上刻著「J.W.P」，日期是「1671」。房間的另一頭是一張很大的書桌，後面放著一個看上去非常沈重的鐵製保險箱，箱子上有一把密碼鎖。

「很早以前我就知道你們一定會來拜訪我的。」傑里柯指著書桌對面擺得很整齊的四張椅子，陰沈著臉說。

「很早以前，是什麼時候？」宋戴克問他。

「上星期一，那天我看到你跟我的朋友拜克里醫生在聖殿法學院門口談話，當時我就已經知道你要參與到這件案子中了。先生們，來杯雪利酒，怎麼樣？」

說著他便將酒和酒杯放到了桌子上，他想撬開酒瓶蓋，然後用徵詢的目光看著我們。

「那就來點吧，傑里柯先生。」柏傑督察輕鬆地說。

於是，傑里柯給柏傑督察倒滿了一杯酒，他抿著薄薄的嘴唇，僵硬地鞠了個躬。傑里柯繼續往酒杯裡倒著酒，說：「宋戴克博士，我給你也倒一杯吧？」

「謝謝，不必了。」宋戴克堅定地說。

督察感覺到他的語氣有些不對勁，迅速回頭看了他一眼，趕忙將快要送到嘴邊的酒停在空中，然後慢慢地放下，擱到了桌上。

「傑里柯先生，時候不早了，你還是盡早發表你的聲明吧！」柏傑督察說。

「我會針對這件事情發生的經過作一個全面系統的說明，但同時，我希望宋戴克博士可以詳細敘述一下他是怎樣研究出這個結論的。這件事情一完成，一切悉聽尊便。我想邀請宋戴克博士先為我們說明一下，或許這也是大家所期待的。」

「當然。」宋戴克鼓掌說道。

「那麼，就將你的調查經過向大家敘述一下吧！」傑里柯說。

宋戴克點點頭表示同意。傑里柯拉了一把扶手椅坐了下來，並為自己倒了杯水，然後從煙盒裡拿出一根煙，點著了，優閒自得地往椅背上一靠，準備聆聽。

「兩年前，我從報紙上看到了這樁案子。」宋戴克開門見山，直接切入了主題，「首先，我承認對它的興趣只是鑒於職業需要——純粹的研究性質，但我對它還是很關注。報紙上的報導僅僅停留在對案件本身的敘述，但是對於幾個當事人之間的關係並沒有特別交代，所以根本沒有辦法判斷他們的犯罪動機。其實，這也不是沒有好處，這樣一來我們就不需要考慮犯罪動機，可以直接進入案情，避免憑藉好像充分的理由而作出錯誤判斷。但是，今晚的實驗正是基於這些好像充分的理由而展開的。所以，首先我得闡述一下我根據一開始的新聞報導所推出的各種結論。根據報紙的報導，這樁案件有四種可能：一、約翰·伯林漢還活著，並已經躲了起來。這個推論幾乎是不可能的，就像羅藍先生在法庭中所說的那樣，至於進一步的理由，我一會兒再補充。二、他死於意外或疾病，並且無法找到屍體。這點也是不可能的，因為在他身上有很多可供辨識身分的特徵。三、他遭到搶劫，並被謀財害命。這個的可能性更小，理由是：他的屍體應該會被辨認出來。這三種可能的產生，都沒有牽連任何一個當事人，很明顯會被人們輕而易舉地推翻。而且有一個事實可以把這三種可能徹底地否定掉——在葛德菲爾·伯林漢院子裡發現的那枚聖甲蟲寶飾。因為這三種假設都不成立，所以我暫且將它們擱到一邊，現在我們來考慮一下第四種可能——失蹤的那人是被報導中所提到的幾位當事人中的一位所謀殺。由於報紙上曾提到的當事人有三位，所以根據這個，我作出了三種假設：一、約翰．伯林漢是被赫伯特謀害的；二、伯林漢父女聯手殺死他；三、兇手是傑里柯。」

說到這裡，宋戴克咳嗽了一聲，清了清嗓子，才繼續下去。

「調查諸如此類案件時，我會提醒我的學生們，要注意一個不可避免的問題：失蹤者最後一次被人看到或者能夠確認他還活著的確切時間。讀了報導以後，我不停地問自己這個問題，最後的答案是：一九〇二年10月14日，布倫斯拜瑞區皇后廣場141號大樓，有人看到他在這裡出現過。在這個時間和地點他依然活著，當時有兩個人看到了他，而且都是跟他很熟的人，其中一個就是諾巴瑞博士，所以時間、地點是確信無疑的。但是那天以後，再沒有一個人看到過他，更不知道他的生死。據稱，赫伯特的女僕曾在那年的11月23日看到了他，但是這個女僕和他一點都不熟，所以我們也無法確定她看到的那個人就是約翰．伯林漢。因此推斷，約翰．伯林漢失蹤的日期不是11月23日，而是10月14日。所以案件的核心是，在皇后廣場他和朋友見完面之後，到底發生了什麼？而不是約翰．伯林漢去了赫伯特家之後，發生了什麼？

「當我發現那次見面，才應該是調查的真正起點後，意想不到的發現，便一個接著一個來了。很顯然，假如傑里柯想殺害約翰．伯林漢先生，那麼這個時機可是千載難逢啊！大家可以思考一下當時的一些情況。約翰．伯林漢正準備一個人乘船出國旅行，去哪兒不清楚，出國的時間至少需要三週。這樣的話，他失蹤了幾週也不會引起警方注意，而在這段時間裡，兇手可以有很長的時間來處理屍體，以及掩蓋他的罪行。這些條件對於犯案者來說，簡直是太好不過了。

「還有一件事情很蹊蹺，在約翰．伯林漢消失的時間裡，傑里柯正好有一項任務，就是將一具據稱是埃及木乃伊的古物移交給大英博物館，而這具屍體的外盒是密封的。這樣一想，把屍體放到那裡是最理想，也是最安全的選擇。但是有一點遲早會讓人懷疑：約翰．伯林漢失蹤之後，木乃伊才從皇后廣場被轉送出去。至於這一點，稍後我再作分析。

「現在，我們先來考慮另外一種可能：赫伯特殺害了約翰．伯林漢。曾經，有一個自稱是約翰．伯林漢的人拜訪過赫伯特，但是這個人最終是離開了那間房子，還是留在了那裡，我們就不得而知了。如果他離開了，那麼肯定是偷偷溜掉的；如果他留下來了，那麼也許是被殺害了，並且屍體被藏了起來。現在，就來分析一下這兩種可能。」

宋戴克停了一下，看了看在座的人，發現大家都驚詫地睜大了眼睛。

「多數人認為，來訪的客人就是約翰．伯林漢，那麼我們先從這個假設開始分析。一位中年男子到了別人的家裡，說要留下來等主人回來，之後卻又匆匆離去，這實在讓人費解。因為約翰．伯林漢的來訪目的很明確，所以他應該不會臨時改變主意離開赫伯特家。他應該是一回到英國就乘火車到了艾爾森，之後把行李寄存在了查令十字車站的寄物櫃裡。如果是赫伯特殺害了約翰．伯林漢，這個假設並不合理，而且也只是推測而已。假如赫伯特回到家，看到伯林漢在自己的書房裡等候，那麼他很有可能會殺害約翰．伯林漢，之後把屍體暫時藏在衣櫃之類的比較寬敞的地方。但是，可能發生並不能說明實際上可行，赫伯特沒有充分的時間這樣做，風險太大了。而且也沒有一點確鑿的證據可以表明當時確實有謀殺案發生，赫伯特隨後便離開了，屋子裡只留下了僕人，這也和屋裡藏屍體有點矛盾。所以，很難相信約翰．伯林漢會突然離開那間屋子，更難相信他會留在屋子裡。

「奇怪的是，很少人會提及到第三種可能。假如有人冒充約翰．伯林漢，那麼冒名者是一定會開溜的，要不然等赫伯特回家後他就慘了。假如真有人冒充約翰．伯林漢，那麼假冒者是誰？他冒名的目的又是什麼？

「首先，這個假冒者一定不是赫伯特，因為他的僕人一眼就可以認出他來。所以，這個假冒者可能是葛德菲爾．伯林漢、傑里柯或者其他人。因為報導中沒有提到其他當事人，所以暫且假設這兩人中的一位是假冒者。

「假如葛德菲爾．伯林漢是假冒者，我們也不知道僕人認不認識他，那麼我們假設僕人不認識他，因此他有可能是那名假冒者。可是，我們要考慮一下他為什麼要扮成他哥哥，那時他並沒有時間作案。因為約翰．伯林漢離開查令十字車站的時候，他剛從伍德弗出發。假如他已經作案，他根本沒有必要引起這場糾紛，而且可以很低調、不動聲色地靜看事態的發展。所以各種跡象都表明，那個冒名者不是葛德菲爾．伯林漢。」

「那麼，是傑里柯呢？」柏傑首先發問了。

「在回答你這個人問題之前，我先要回答一個更重要的問題：這個人冒名的目的是什麼？這個人以約翰．伯林漢的身分去了赫伯特家，之後又忽然消失的動機是什麼？最可能的動機只有一個，那就是從確定約翰．伯林漢的失蹤時間開始，給大家泡製一個他最後出現的確切時間。」

「可是，到底誰有這樣的動機呢？」柏傑直了一下身子問道。

「剛才我已經說了，假如是傑里柯殺害了約翰．伯林漢，他可以把屍體藏在了木乃伊盒子裡，至少在一段時間裡不會有人發現，他也會安然無事。可是，約翰．伯林漢失蹤了將近一個多月，警方肯定會開始注意，並調查出他離開皇后廣場之後就再也沒有人看到過他，而傑里柯就是他生前見過的最後一個人。最終，警察會發現那具木乃伊被送到博物館的時間，和失蹤者最後一次出現的時間相隔很短，接著他們就會展開調查。可是，假如可以製造出約翰．伯林漢最後一次是出現在赫伯特家的話，那麼木乃伊被送到博物館的時間就不會被警察過多地關注和懷疑。這樣的話，傑里柯就可以擺脫嫌疑了。

「所以，在我很仔細研究完這些報導後，我得出了結論：赫伯特家的神祕來客並不是約翰．伯林漢，而是傑里柯先生假冒的。

「現在，就留下最後一個假設了，假如冒名者是伯林漢父女。」聽到這裡，柏傑督察苦笑了一下，宋戴克接著說，「我知道大家聽了這個肯定會笑，但是我們在他們院子裡找到了聖甲蟲寶飾，這讓他們跟這樁案件發生了點關聯。而且正常來說，他們的嫌疑很大。然而卻因為某個事實使它變得一點也不重要了，那就是赫伯特在幾分鐘之前曾經從發現寶飾的地方經過。總之，這寶飾的發現有個很重要的意義。很可能約翰．伯林漢當時已經遇害了，在發現寶飾的時候，在場的四個人中，至少有一個人是知道伯林漢已死的事實的。到底是誰殺了他呢？當時的情況提供了一個線索：假如聖甲蟲寶飾是被故意放在那裡的，那麼最有機會發現它的人，也就是把它放在那裡的人，而當時發現它的人就是傑里柯。

「循著這個線索，我們就可以知道，假如傑里柯先生是兇手，那麼他為什麼要把寶飾放在那裡呢？其實這只是他的一個小策略而已，不是將嫌疑固定在某一個人身上，而是製造出各種互相矛盾的、紛繁複雜的假象，讓警察糾纏在裡面，而沒有時間去考慮他。」

「那赫伯特呢？」柏傑捋了捋八字鬍，慢慢悠悠地問。

「赫伯特？假如兇手是他，他確實有充分動機把聖甲蟲寶飾放在那裡，這樣對傑里柯的指控我們就要保留了。而且，根據當時報紙對案件背景的初步描述進行分析，我們可以得到以下幾個推論：一、失蹤者應該已經死亡——那枚聖甲蟲寶飾的發現可以證明這一點；二、失蹤者很可能是他被四人中的一人或者幾個人殺害了，因為發現聖甲蟲寶飾的地點是在其中的兩人家中，並且另外那兩個人也可以及時到達那裡；三、在四個人中，傑里柯是案件發生的時候跟死者最沒有牽扯的，也是最有機會作案的一個，而且他很有可能將屍體轉交給了博物館；四、假設傑里柯是兇手，那麼一切都真相大白了。如果是別人的話，那麼無法解釋的地方就更多了。

「根據報紙提供的這些線索，我們得到了一個明確的結論——約翰．伯林漢是被傑里柯殺害的，並且他把屍體藏在了木乃伊盒子裡。

「大家也許認為我一開始就確定傑里柯是兇手。其實並不是你們想得那樣，報紙上的報導涵蓋了所有重要事實，我只把它當作一種研究的素材進行研究推論。但是有一點我得承認，這個結論確實是我根據各種事證所得出的唯一合理的一個。

「已經兩年了，這樁案子沒有一點進展。前段時間，拜克里醫生突然跟我提起了這個案子，並且很多新的證據也開始出現。接下來，我就按照這些簡訊的先後順序逐一加以說明。

「這樁案件的第一個新信息來自遺囑，一看到它的內容我就發現其中有很大的問題。立遺囑人很希望他的弟弟繼承他所有的財產，而遺囑的內容卻跟這一心願互相違背。遺產的移交受到葬禮條款的限制，可是葬禮事宜大多是由遺囑執行人來負責的，而遺囑執行人就是傑里柯先生。就因為這項約束，所有的財產都有可能會屬於傑里柯所有。

「這份遺囑雖然是約翰．伯林漢草擬的，但卻存放在傑里柯的辦公室裡，而且是在兩名客戶作證之下簽署的。他是立遺囑人的律師，有責任保證遺囑內容的合理性，但是他並沒這樣做，這一點也很讓人懷疑；或者他跟赫伯特是不是有什麼勾結，因為赫伯特是遺囑不當執行下的受益者。這也正是這份遺囑相當蹊蹺之處，傑里柯是為遺囑內容負責的人，赫伯特卻是受益者。

「而且，這份遺囑有一點很特別，它跟案件的很多地方很吻合。尤其是第二項條款，簡直就是為整個事件量身訂做的。不過，因為遺囑是在十年之前寫的，所以這一點說起來也有些牽強。那麼，假如沒有方法修改第二個條款來符合現實情況，那可以改變現實狀況來實現第二個條款嗎？是的，不是沒有這種可能，按當時的情況來看。假如這是一個計謀，那麼誰是這個計謀的策劃者呢？赫伯特是受益者，可是沒證據顯示他知曉遺囑裡面的內容，那麼只剩下傑里柯了。並且有一點可以肯定，他為了一些個人利益，干預了這份遺囑的訂立。所以，這份遺囑證明傑里柯和這個案件有直接的關係。

「但是，懷疑歸懷疑，總得拿出證據才行。沒有足夠的證據，誰也不可能在提出正式指控前妄下斷論。這起案件的最大困難是我找不到一點犯案的動機，我不知道傑里柯為什麼能憑藉這個獲得好處。他的繼承權很牢固，不管立遺囑人什麼時候或者以何種形式死亡都不會影響他，可是會因立遺囑人被謀殺而受益的顯然只有赫伯特一個人。因為缺少讓人信服的動機，所以很多事證必須謹慎地看待。」

「關於動機，沒有查出來？」傑里柯質疑道。他的語氣很平靜，好像只是在參與某個與他沒有關係的討論一樣。他聽宋戴克分析的時候，顯得很鎮靜、嚴厲而不帶任何感情，當他聽到宋戴克敘述得很正確的時候，就會點頭表示贊同。

「我有一個想法，」宋戴克微笑著，「但還在猜測中，一直沒有證據來證明。大約十年前，我發現赫伯特曾一度陷入財務困境，後來突然不知道從哪兒籌到了很多錢。我查過，沒有人知道錢是怎麼來的，或者用什麼來擔保的。後來，我發現這件事情發生的時間和遺囑簽署的時間剛好吻合，所以據我推測，它們兩者之間也許有一定的聯繫。但這只是我的推測，口說無憑，眼見為實。我怎麼都找不到傑里柯的犯案動機，到現在也沒有。」

「真沒有找到？」傑里柯好像根本不相信宋戴克的話，當他把煙放下時，我看到他的手指在煙蒂上留下了潮濕的印記，「我想，這是你的精彩分析中最耐人尋味的一部分，這要是傳出去會有損你的英名。一般來說，缺乏犯罪動機是不會被起訴的，但是我仍然很佩服你追求真相的耐力和執著。」

傑里柯朝宋戴克鞠躬致意，宋戴克也同樣的彎身還禮。傑里柯點了煙，往椅子後面坐了坐，就像聆聽音樂會一樣的聚精會神。

「因為證據不充足，所以根本沒有辦法採取下一步的行動，只能靜觀其變，等待案情的新發展。以前，我研究過很多精心策劃的謀殺案件，發現它們都有一個共同的特點：不論兇手多麼謹慎與狡猾，一旦為了趁早脫身，往往會操之過急，而這恰恰會成為破案的契機。這種情況相當常見，尤其是那些正在偵破中的案件，看似錯綜複雜的案件，最後毫無例外的被調查得一清二楚。我有預感，這樁案件也會出現同樣的狀況。」宋戴克看了看在座的人，接著說，「正當我的委託人開始絕望時，警方無意中在悉德卡鎮發現了一些人骨。當天晚上的報紙就對這個事件做了深入地報導。雖然報導有些脫離實際，但是我已經嗅到裡面的一些訊息，我堅信兇手已經為我們留下了證據。」

「是嗎？」傑里柯向空中吐了一口煙，「那僅僅是些貧乏、無聊、拙劣的東西！根本沒有一點可供參考的價值！」

「你說得很對，」宋戴克很平淡地說，「但是，人家不要忘記報紙裡有發現人骨的時間和地點，更重要的是還提到了那骨頭是屬於哪些部位的。時間——那些已經安靜地沈睡了幾年的骨頭，突然在本案當事人消失了很久之後，在我們正要針對遺囑採取一些行動的時候被發現了！而且很湊巧，就在他們申請法庭進行死亡認證後的幾週內被發現了。假如我們考慮一下發現人骨時的背景，就會發現更多的巧合。骨頭被發現的地點正好在約翰·伯林漢的上地上，而這些骨頭又是怎麼被找到的呢？是工人們在清理出地的時候，這很顯然是地主的代理人傑里柯先生下的命令。所以，這些人骨的出現，也跟傑里柯先生有一定關係。真是驚人的巧合啊！」宋戴克直直地盯著傑里柯。

「當我看到那篇報導時，讓我最詫異的是那條手臂骨被肢解的方式，因為除了手臂骨之外，它還連著一部分——解剖學稱這部分為『肩胛帶氣』，也就是肩胛骨，以及鎖骨。這點很奇特。這表明了兇手是一個具有解剖學知識的人，當然兇手不會在這個時候拿這些知識來炫耀，一定是另有原因。後來的時候，一些地方也陸續發現了骨頭，警方把這些骨頭都集中起來放在了伍德弗的停屍間裡。於是，我請拜克里查看了那些骨頭，他回來告訴我，以下的觀察：兩條手臂以同樣奇特的方法被肢解了，骨頭很完整，屬於同一個人。所有的骨頭都處理得很乾淨，一點殘留的軟組織都沒有。上面沒有一點刀痕，也看不到一點屍蠟❶在手臂被丟到池塘之前，右手掌就被截斷了，其中左手的無名指也被切除。最後一項讓我很好奇，先將它放在一邊，待會兒再討論。」

「你是怎麼知道手掌在丟入池塘之前就被截斷了，而不是其他時間？」傑里柯插話問。

「根據它被浸泡的程度，還有它在池塘裡的陳列方式，這一切都表明它根本沒有連在手臂上。」宋戴克回答。

「我很驚訝，難道法醫專家就是這樣在水中探求祕密，在骨頭中尋找真理，在細枝末節中查找證據的嗎？我的話說完了，請繼續。」傑里柯說。

宋戴克點頭，繼續他的分析——

「依據拜克里醫生的觀察，再加上關於死因的調查和一些證據，我得到以下幾個結論。當然，在沒有說結論之前，我先列舉一些事實。

「除了頭骨、一根手指骨和包含膝蓋骨在內的兩條小腿骨外，找到的幾乎是完整的人體骨骼。有一點很值得注意，這些遺失的骨頭，恰好是可以用來準確地辨識這具遺骸是不是屬於約翰·伯林漢的。而根據已經找到的那些骨頭，根本無法作出最終的結論。所以，我懷疑這是兇手故意擺下的佈局。

❶ 屍蠟，屍體長期浸泡在水中或埋在空氣不足的濕土裡時，腐爛進度緩慢，而屍體的脂肪組織會因皂化或氫化作用，形成黃白色的蠟樣物質，使部分或全部屍體得以保存。

「那些已經找到的骨頭也大有學問，每塊骨頭的肢解手法都很特別。比如，大多數的人會把小腿從膝蓋關節處截斷，把膝蓋骨留在大腿骨上，但是本案卻不是這樣——膝蓋骨被留在了小腿骨上；通常，頭骨是從頸部中央切斷，而不會從頸椎骨截斷。所有的骨頭上都沒有刀痕、刮痕或者屍蠟。

「那麼，現在來說說結論。首先，本案的肢解手法很奇特。兇手並沒有按照解剖學來進行肢解。看來，這些被肢解的骨頭都包含韌帶，肢解的時候是從有肌肉連接的關節部位開始的。比如說膝蓋骨，本來是屬於大腿骨的，應以肌肉和大腿骨連接在一起，可被肢解的時候卻是和小腿骨以韌帶連接的；手臂骨也是一樣，以韌帶相連接，但是和軀幹相連的卻是肌肉，只有鎖骨的一端例外。

「這個案子很罕見。肌肉的腐爛速度比韌帶快，所以當所有骨頭還靠韌帶連接在一起的時候，屍體的大部分肌肉都已經腐爛。這表明，這具屍體好像是在只剩下骨骼的狀態下被肢解的，只不過是用手分開來的，而不是用刀。這也就可以解釋為什麼骨頭上根本沒有刀痕或刮痕。

「還有就是也沒有屍蠟的痕跡。假如手臂、大腿置在水中的時候，它腐爛的肌肉組織表面超過一半會形成很多的蠟狀物質，也就是屍蠟。沒有屍蠟的痕跡，說明骨頭在放進水裡時就已經沒有了肌肉組織的殘留，也許已經有人把它剔除了。簡而言之，屍體並沒有被丟棄，丟棄的是骨頭。

「大家現在肯定想知道，這到底是什麼樣的骨骸。假如這具骨骸的主人是最近被謀殺的，那麼兇手一定很小心地把骨頭上的肌肉組織都剔除了，留下一套完整的韌帶，可是這是絕對不可能的。我查看了很多資料，都找不到與保存韌帶有關的方法；骨頭上根本沒有刀痕和刮痕，也否定了這種可能。

「這些骨頭太完整了，不像從墳墓中被挖出來的。這麼多的小骨頭在墳墓裡是很難被找到的。而且墳墓裡的骨頭或多或少都會風化或變脆。這些骨頭也不像是買來的，因為通常那些可以買賣的骨頭都會被打上孔，這樣就可以讓軟化液流入骨髓腔。還有就是這種骨頭一般都是來自不同的屍體，手指骨上會穿著洞，以方便繩線可以穿過。但它們不像是來自於解剖室的骨頭，因為那裡的骨頭在營養動脈的出口都會有紅鉛的痕跡。

「很多跡象都表明，這些骨頭是屍體在很乾燥的環境下腐爛的結果，所以不會產生屍蠟，而之後又被弄散了。另外，那隻脫離的手掌骨表明了這些骨頭的韌帶組織很脆弱，當然也不排除手掌可能是意外脫落造成的。不管怎麼樣，眼下只有埃及木乃伊完全符合這具屍體的特徵。雖然木乃伊多少要經過防腐的處理，但是如果暴露在潮濕的空氣中，就會迅速腐爛，韌帶也會隨之腐爛了。

「說到木乃伊，我們便想到了傑里柯。假如他把約翰．伯林漢的屍體偷偷藏在木乃伊盒子裡，那麼，那具真正的木乃伊他會怎麼處理呢？如果把它暴露在空氣中，就永遠也沒有辦法恢復原狀了。

「現在，我們談談那個消失了的無名指，對於整個案件來說，它起著至關重要的作用。通常情況下，死者戴戒指的手指會被兇手截斷，目的是為了讓戒指不受損傷被取下來。假如這隻手是約翰．伯林漢的，那麼這種可能顯然會被推翻。因為截指的目的不是為了保護戒指，而是要掩蓋死者的身分。所以更簡單、有效的辦法就是直接廢掉那枚戒指，將它鋸斷或砸碎，然後從屍體上摘下來。所以這樣看來，截去手指的做法和目的似乎不太合理。」

「那麼，還有其他更好的理由嗎？」傑里柯問。

「當然。假如人們知道約翰．伯林漢手上經常戴著戒指，而且這戒指太緊了一時半會兒也取不下來，那麼截指的目的就很明顯了。截指人為了不讓人看出來是為了戒指而截掉手指的，借以避免作為身分辨認的依據，因而讓人們懷疑這隻手是約翰．伯林漢的。由於缺了這根手指，身分辨認也無法開展下去。事實上，約翰．伯林漢確實戴著一枚戒指，並且太緊，而摘不下來。所以，那丟失的手指給傑里柯又加了一些嫌疑。

「那麼，現在來看看我們蒐集到的所有證據吧！我把它們逐條列出來了，有些很細微，所以只能是揣測。在實驗結果還沒有出來之前，我沒有拿到任何新的事證和線索。雖然每一個證據都很細瑣，但是都指向了傑里柯先生。跟死者見最後一面的人，將木乃伊轉送到博物館的人，唯一有機會冒充死者身分的人，有時間做這些事情的人，故意丟掉聖甲蟲寶飾人——都是傑里柯。而且，是他發現了這枚寶飾，而他是近視眼，根本不可能在昏暗的晚上發現草地上的寶飾，所以一切都是他預謀好了的。對於遺囑的內容，傑里柯也動過手腳。那些骨頭根本不是約翰．伯林漢的，而是那具木乃伊的，唯一可以得到木乃伊的人也只有傑里柯。傑里柯是唯一有動機把這些骨頭假扮成死者遺骸的人。傑里柯又讓人們在關鍵時刻找到了這些骸骨。

「這是遺囑認證法庭開庭以前我掌握的所有證據，其他的證據暫時無法提供。很顯然，傑里柯老早就因為遺囑執行的事情傷透了腦筋，想在約翰．伯林漢的屍體尋獲之前把它執行了，可惜他的企圖沒有得逞。死因調查庭拒絕確認那些屍骨的身分，同時遺囑認證法庭也拒絕針對立遺囑人進行死亡認定，由於這些使得遺囑無法獲得執行。」

「他下一步會怎麼做？」我追問道。

「毫無疑問，他必須製造一些證據來矇騙警方，讓他們相信那些骨頭是立遺囑人的遺骸。」宋戴克回答。

「什麼證據？」我繼續問道。

「這問題的答案就包含在另一個問題的答案裡面。假如我破解這個案子的方向是錯的，警方也會找到真正的約翰．伯林漢的骸骨。假如我是正確的，那麼在法庭拒絕作出死亡認定的時候，本來持觀望態度的傑里柯一定會使出撒手鐧。他必須巧妙地安排讓木乃伊的手指跟約翰．伯林漢的戒指一起被找到。傑里柯安排發現手指骨和戒指被發現的地方，不僅要方便自己前往，而且還要在自己掌控的地方，這樣他才可以決定手指和戒指被發現的時間。我一直想看看自己到底是對，還是錯。結果不出我所料——在葛德菲爾．伯林漢曾住過的老房子的水井裡發現了它們。那房子屬於約翰．伯林漢，代理人是傑里柯。這樣一來，傑里柯想讓水井裡出現什麼東西，水井裡自會出現。

「這些手指骨其實並不是約翰．伯林漢的。但是，假如那些骨頭不是約翰．伯林漢的，而戒指是他的，那麼佈置這些手指骨的人一定是藏匿約翰．伯林漢的屍體的人。毋庸置疑，那人就是傑里柯。得到這些結論之後，我向諾巴端博士提出了請求，徹底檢查賽貝霍特普的木乃伊。」

宋戴克說完話，傑里柯注視了他半天，端起他的酒杯，輕蔑地說：「你的調查手法很精僻，我很欣賞。難道你不想喝一杯嗎？」

柏傑督察瞟了一下腕上的手錶，又看了看傑里柯。

「時間不多了？」傑里柯不緊不慢地問道。

「確實。」柏傑督察點點頭。

「為了不耽誤各位的時間，我開始發表一下我的聲明——關於這件事情的始末。」傑里柯一邊說，一邊打開煙盒，抽出一支，點著，深深地吸了一口。

柏傑督察端端坐在那裡，把自己的一個筆記本攤開放在腿上，其他人都目不轉睛地盯著他，等待著傑里柯的供詞。

死神來了

不尋常的靜默，籠罩著整間房子和在場的所有人。傑里柯緊閉雙眼，帶著掙扎與不安，他眉頭緊鎖，陷入了沈思。他一手夾著冒著煙圈的香煙，另一手握著水杯。

柏傑督察有點著急了，輕輕咳嗽了一下，抬起頭說：「現在，我們可以開始了吧！」

傑里柯拿起水杯，杯子快到嘴邊的時候，卻改變心意，又將它放下，「這場悲劇是從十年前開始的。那個時候，我的朋友赫伯特突然面臨了一場嚴重的財務危機。」傑里柯停頓了一下，看了看柏傑督察，問道，「我的語速不快吧？你能記得下來嗎，柏傑先生？」

「不用擔心，我會速寫。」柏傑回答。

「好的，」傑里柯繼續說，「之後他來找我，希望我能夠幫忙他，他要我借給他五千英鎊。當時，我手裡也有點錢，但是我擔心赫伯特的信用不好，所以就委婉地拒絕了他。第二天，約翰．伯林漢來找我，拿著一份遺囑的草稿，讓我在文件簽署之前替他看一下。

「打開遺囑之後，我嚇了一大跳，裡面的內容很荒唐，我本來想直接告訴他，但此刻我突然想到了赫伯特。我發現假如立遺囑人草擬的這項葬禮條款不更改的話，赫伯特有很大機會能繼承這份遺產。當然，因為我是遺囑執行人，所以我對這些條款的執行有很大的控制權。所以我建議立遺囑人把遺囑放在我這裡，然後讓我再考慮一下遺囑的內容。之後，我向赫伯特提了一個想法：我可以無條件地先借他五千英鎊，不要求他償還；但他必須在繼承約翰·伯林漢遺產後分給我一萬英鎊，或者他所得遺產的三分之二。我肯定地告訴他約翰已經立了遺囑，並且打算分配他的財產。我認為約翰應該會把他所有的土地、房產留給他的弟弟葛德菲爾。

「赫伯特欣然接受了我的建議。我把錢借給了他，同時也簽了份遺產轉讓同意書。之後，我把遺囑草稿給了約翰，告訴他沒有問題。你們現在所看到的這份遺囑就是立遺囑人親自擬訂的，也就是原稿。赫伯特跟我簽署轉讓同意書兩週後，約翰也在我辦公室裡簽署了那份遺囑。從那時起，我便成了這份遺囑的主要受益人——如果葛德菲爾拒絕承認赫伯特的繼承權，而法院又否決第二項條款的效力。

「現在，你們知道我的動機了吧！確實，宋戴克博士的推論很接近事實。而且，赫伯特和我將要講述的整件事情沒有一點關係。」傑里柯喝了一口水，「一九〇二年10月14日，皇后廣場的那次會面地點在四樓，那裡存放著約翰從埃及帶回來的很多成箱的古物。木乃伊和另外一些他不準備送給博物館的東西已開箱了，但是還有幾箱是密封的。談完事後，我和諾巴瑞博士一起下了樓，在大門口又談了十幾分鐘，之後諾巴瑞博士走了，我上了樓。

「皇后廣場的那處房子其實就是一間博物館，樓層之間隔著一道厚重的門。開在前廳和通向樓梯間的門上都裝著彈簧鎖，我和約翰各有一把鑰匙，我把它存放在身後的保險箱裡。大樓的管理員沒有鑰匙，除非我倆其中一個人同意，否則誰都不可能上樓去。

「我進屋子的時候，身邊一個人也沒有，諾巴瑞博士已經走遠了，管理員也在地下室裡忙著，隱約可以聽到他敲打著煤炭，準備燒開水的聲音。剛才我下樓的時候，約翰一個人在四樓，藉著瓦斯燈的光線，正拿著鐵錘撬開餘下的幾個裝古物的箱子。當我和諾巴瑞博士說話的時候，還可以聽見到他撬開木箱的聲音，這聲音一直持續到我走上樓梯。就在我把樓梯間的門關上的時候，突然樓上傳來一陣巨響。

「我趕緊往樓上跑去。樓梯很黑，於是我便把瓦斯燈點著了。當我正要轉彎上樓梯的時候，一隻手突然從樓梯邊上伸了出來。我趕忙跑上樓梯，看到約翰躺在平台上面，他的額頭上有一個傷口，血正從那兒一點一點地流出。那把鐵錘躺在他的身邊，上面還黏著血。我抬頭看看樓梯頂端，發現那兒有一塊破了的地毯。很明顯，他一定是很匆忙地走出樓梯，手上拿著那把鐵錘，結果腳下被那塊破地毯絆了一下，於是手裡抓著鐵錘就直接落到樓梯的底部，不巧鐵錘的刀口朝上，他的額頭正好磕到了上面。

「我仔細地看了看他的傷勢。他的頭扭得很奇怪，我甚至懷疑他的頸子折斷了。他的傷口流了很少的血，但是他躺在那兒，一動不動，當時，我以為他已經死了。我嚇壞了，馬上想到我的處境很不好。開始我想讓管理員去找醫生和警察，可是仔細琢磨了一下，發現這麼做很不明智。

「當時沒有證據可以證明我沒拿那鐵錘將他打死。當然，更沒有證據證明是我做的。可是那時只有我們兩個人在屋裡，而管理員在地窖裡，什麼都聽不到。等警察調查死亡原因的時候，肯定會牽扯遺囑的問題。如果提到了遺囑，赫伯特一定會起疑心。或許他會向驗屍官提交證詞，而我將會被指控謀殺。假如我沒有被起訴，赫伯特也會懷疑我，也許會拒絕履行遺產轉讓書。那麼，他就會拒絕付錢給我，而我也無法向法院提出申訴。

「我一個人坐在樓梯上，反覆思考著這件事。看著躺在我腳下的約翰，我心如刀割。最壞的情況是我被判刑，最好的是我可能得到大約五萬英鎊的遺產。這兩者我都不想選擇。我又換了個角度想了想，如果將屍體藏起來，之後逢人便說約翰旅行去了。其實我也想到了如果屍體被發現了，到時候我同樣會面臨謀殺的指控。但是，假如屍體不會被發現，我不僅可以不被懷疑，還可以成功保住五萬英鎊。無論哪種情況都有很大的風險，第一種情況我肯定得損失，第二種有可能會獲得很多的錢。當時最大的問題是，怎樣藏匿屍體。如果可以找到一種方法，就既可以賺到錢又不用冒很大的風險。但是屍體很難處理，我對解剖學也知之甚少。我花了很長時間思考這個問題。我想了將近十幾種棄屍的方法，最後由於不可行，所以全部都放棄了。突然，我的眼睛一亮，想到了樓上的木乃伊。

「剛開始，我想把屍體藏在木乃伊盒子裡。考慮再三，發現這個辦法確實不錯，容易並且安全。只要是把木乃伊盒子送到博物館，就萬事大吉了。

「當時的條件很理想，沒有不休的吵嚷紛爭，也不需要急躁焦慮，同時有很充分的時間讓我做準備。而且木乃伊盒子的大小很合適放置一個屍體。這個盒子是由很有彈性的材質製成的，背後有開口，還有用來保護木乃伊盒子在打開時不會受損的飾帶。除了繫帶外，不需要割斷別的地方，並且繫帶是可修復的。當我將木乃伊從盒子裡面拉出來，放入屍體的時候，盒子出現了一點小裂痕，但所幸沒有大礙。因為木乃伊盒子的背部塗了一層瀝青，所以我只要在把屍體放進去之後，再塗上一層新的，就可以覆蓋所有裂痕和新的繫帶了。

「我經過一番仔細謹慎的考慮，決定採用這個辦法。於是，我支開了管理員。將屍體移到了四樓的一個房間裡，脫掉了他的衣服，讓他平躺在木乃伊盒子裡。接下來我把他的衣服弄整齊了，放在他曾經準備帶往巴黎旅遊的行李箱裡。當我徹底完成這一切的時候，管理員也回來了。我告訴他伯林漢先生去巴黎旅行了。當然，為了謹慎起見，通向樓上的門和放置屍體的那個房間被我一併上了鎖。

「我稍微懂得一些古人常用的屍體防腐的知識，可對於這具屍體還是不行。因此，我成天都待在大英博物館的圖書室裡，閱讀了很多最新的防腐知識的圖書，突然發現這些古人使用的技術再加入現代新科技，居然有了非常驚人的進展，這令我興奮不已。最後，我決定用一種最簡單易行的方法——福馬林注射。因為博物館沒有這方面的資料，所以我就到直接到書店買了幾本。書上說一般解剖用的防腐專用針筒和普通針筒效果一樣，並且買防腐專用針筒也會引起別人的注意，所以就買了普通的針筒。

「我從來都沒有注射過，所以技術很差，儘管我很仔細地研究了《葛雷氏人體解剖學》。雖然我的技術很差勁，但是效果還不錯。後來我終於可以仿照正確步驟實施了。那晚，當我鎖上門，離開大樓的時候，心裡很滿意，因為約翰的屍體將永遠都不會腐爛，也沒有人會發現。

「可是，我知道木乃伊的重量要比剛死的屍體輕很多，這一定會引起木乃伊專家的注意。另外，屍體的濕氣會很快地破壞木乃伊盒子，並在玻璃展覽櫃裡形成一層霧狀水氣，這個很容易就會被館方檢查出來。所以，將屍體放到木乃伊盒子的時候，必須讓它完全乾燥。

「我的知識面還是太窄了，實在不知道該怎麼做了，於是請教了一位動物標本製作專家。我說自己想蒐集一些小動物的標本，想迅速將它們乾燥處理以便運送。他建議我把動物屍體放在甲醇罐子裡泡一個星期，然後再放在乾燥的空氣裡風乾。

「可是，將屍體泡在一罐甲醇裡，肯定不行。就在這時，我發現在我們的收藏品裡面有一個赤紫色斑岩石棺，裡面可以容得下一具屍體。我把屍體輕輕放在裡面，正好還有一些空隙。幾加侖的甲醇倒了進去，正好淹沒了屍體，之後蓋好棺蓋，用油灰將其密封。」

傑里柯看了看在座的幾位，發現大家除了在認真聽他的供詞之外，沒有一個人附和他，便忍不住問了一句：「難道大家覺得這些都很無趣？」

「簡短一些，你的供詞太冗長了，時間不等人啊，傑里柯先生！」柏傑督察說。

「我覺得，你的這些供詞倒不錯，正好彌補了我的某些推測。」宋戴克笑笑說道。

「那麼，我繼續。」傑里柯回應道。「我將屍體泡在甲醇裡，幾週之後拭乾，把屍體放在熱水管上方的椅子上，然後開窗換氣，保持房間裡的空氣流通。第三天晚上，我驚奇地發現屍體的四肢已經開始乾燥、起皺、堅硬了，因為手指的乾癟了，那枚戒指也掉了下來，鼻子皺得像羊皮紙一樣，屍體的皮膚乾硬但是平滑。前幾天的時候我時不時會把屍體翻個身，這樣它會均勻乾燥。接下來我開始準備木乃伊盒子，首先得弄開盒子後面封口的繫帶，把木乃伊拉出來。因為木乃伊受了點傷，所以我更得小心。當我把它拉出來的時候有幾處都已經裂了，可見它的防腐情況很一般。我正要把它包起來的時候，突然頭跟身體分開了，兩個手臂也掉了下來。

「第六天的時候，我把從賽貝霍特普木乃伊身上取下的布條很小心地包裹在約翰的屍體上，之後在屍體和布的縫隙之間我撒了一些藥粉和安息香膠，它們可以掩蓋屍體上福馬林的味道。折騰了很長的一段時間，不過屍體的整個外觀看起來還不錯，有時候，我也不得不佩服我自己啊！

「這件事情其實很複雜，我已經是很小心謹慎了，但是盒子破了好幾處，最後總算是弄妥當了。在盒子的封口處我繫上一根新的繩帶，為了遮住裂縫和新的繫帶，我粉刷了一層新瀝青。等它乾一些的時候，又在上面撒了一層塵土，這樣一來盒子就顯得更舊了。萬事俱備，於是我通知了諾巴瑞博士，希望他在五天後把木乃伊運走。

「好不容易闖過了最大的關卡，可接下來又一個難題出現了——關於約翰．伯林漢的下落。在他消失之前，應該再露一次面。於是，我製造了一起他拜訪赫伯特家的事件，當時我是這樣考慮的：首先，為了讓我跟這件事情沒有一點關係，要偽造一個確切的失蹤日期；其次，如果讓別人懷疑赫伯特的話，他就會乖順一點，不至於當他知道遺囑內容的時候對我大動干戈。那時候，赫伯特家正好換了幾個新的僕人，另外我也很熟悉他的一些生活習慣。於是行動開始了，我來到了查令十字火車站，把隨身攜帶的行李箱寄放在寄存處，之後打電話確認赫伯特在辦公室，便搭乘了去往艾爾森的火車。快到赫伯特家時，我喬裝打扮了一番，摘下眼鏡，穿上跟死者風格一樣的衣服。在書房裡我裝作是在等他，之後僕人離開了書房，我偷偷地從落地窗出去了，走的時候隨手把它關上，但是沒有關得嚴實。之後我從側門走了，同樣也是把門關上了，我用便攜式折疊刀抵住了門閂，以免必須用力撞門它才會關閉。

「就在那天，我故意丟置了聖甲蟲寶飾。在那些骸骨上，我犯了幾處小的錯誤。我低估了科學專家的能力，我沒有想到，他們會憑藉幾根骨頭，找出那麼多的線索。

「後來，由於賽貝霍特普木乃伊長時間暴露在空氣中，所以開始慢慢地腐壞。其實它的存在是非常危險的，畢竟它跟失蹤事件有聯繫。於是，我決定摧毀並丟棄它。但是，後來我覺得實在是棄之可惜，便琢磨怎麼利用它。

「這時候我想到，法庭很有可能會拒絕死亡認定的申請。這樁案件宜速不宜遲，若時間延宕下去，也許這輩子我都別想看見遺囑執行了。但是，如果能把賽貝霍特普的骸骨偽裝成死者的，這樣一來情況對我來說就比較有利。我知道，因為木乃伊的骨骸很完整，所以也不可能被錯認成死者的。以前死者跌傷過膝蓋，踝骨也被弄傷過，我猜測一定留下了永久性的傷口。但是假如將木乃伊的部分骸骨和死者的私人物品放置在合適的地點，一起被發現，那麼問題就很容易解決了。為了節省時間，細節我就不多說了。在座諸位也很熟悉我棄置骸骨的路線以及相關的一些細節。還有一件事情就是我把那隻手臂骨裝到袋子裡的時候，突然意外脫落了。我承認我的某些手法並不高明，但是如果諾巴瑞博士不介入這樁案件，我想我可能會成功的。

「整整兩年過去了，我似乎也過得很安然。有時候，我會去博物館查看一下死者的狀況。每當這個時候，我就會心懷感激：雖然我沒有獲得任何利益，但是事情趕得很巧，也算是歪打正著。遺囑第二項條款畢竟真的實現了。

「那天晚上，當我發現宋戴克博士跟拜克里醫生在聖殿法學院門口說話時，便立刻感覺到事情出了差錯，而且已經挽回不了了。從那時開始，我就開始等著你們的來訪。今天你果真來了，你贏了，而我好像一個老實巴交的賭徒一樣，準備著償還我的欠下的所有債務。」

傑里柯不說話了，手裡的香煙已經燃盡，只留下一個煙蒂。

「說完了？」柏傑督察稍直了一下身子，把手中的筆記本放了下來，「我得把速寫改成正常的字體，這樣會花費很長的時間。」

傑里柯拿開噙在嘴邊的香煙呼出一口煙霧，然後撚熄香煙，淡淡地說了一句。

「忘問你了，你把那個木乃伊解開了？我是說，死者的遺體。」

「那個木乃伊盒子，我根本沒打開過。」宋戴克回答。

「沒有？」傑里柯大叫起來，「沒打開木乃伊盒子，那你怎麼證明你的推論？」

「我拍了X光。」

「啊！」傑里柯瞪大眼睛盯著宋戴克，然後他喃喃地讚嘆道，「厲害！厲害！現代科學技術實在令人驚嘆！」

「你還有什麼要說的嗎？要是沒有的話，就此結束吧！」柏傑問道。

「還有什麼？」傑里柯緩慢地重複著，「還有什麼？沒有了——我——我想——我想——時候到了。」他一邊說，一邊眼神怪異地看著宋戴克。

突然，他的臉開始發生了奇怪的變化，縮皺——慘白——嘴唇成了鮮艷的櫻桃紅色。

「傑里柯先生，你怎麼了？」柏傑督察明顯地慌張起來，「你……不舒服？」

傑里柯根本沒有聽到他的話，一動不動地坐在那裡，無力地靠著椅背，兩手平攤在桌面上，詭異的眼神落在宋戴克的身上。

突然，他的頭垂到胸前，身體癱軟的像一團爛泥，「嗖」地一聲滑下椅子，消失在了桌子下面。

「天啊，他昏倒了！」柏傑驚叫道。

柏傑迅速地爬到了桌下。他把昏倒的傑里柯從桌下拖了出來，之後大家都跪在他身邊，注視著他。

「他怎麼了，博士？」柏傑轉頭問宋戴克，「中風？還是心臟病發作？」

宋戴克一邊搖頭，一邊蹲下來，用手指按著傑里柯的脈搏。
「好像是氰酸或氰酸鉀中毒。」宋戴克回答道。
「有辦法嗎？」柏傑問。
宋戴克把傑里柯的身體放平了，然後放開他的手臂，讓它鬆軟地垂在地上。
「對死人我沒有辦法。」宋戴克說。
「死人？你的意思是說他死了？還是讓他給脫逃了！」
「很簡單，他一直在等死。」宋戴克語氣平淡，而且顯得無動於衷，這讓我很詫異。傑里柯的死來得太快了，而他卻沒有一點吃驚的神色，好像早就料到會是這樣的結果。
柏傑督察站了起來，兩手插在口袋裡，皺著眉，懊惱地凝視著已經死去的傑里柯。
「我真是傻瓜一個，竟然會答應他的條件。」他暴躁地狂吼起來。
「你說錯了，」宋戴克有條不紊地說，「就算你破門而入，在你眼前的也只是一具屍體。剛才，你還見到了他，並且得到了一份口供。」
「宋戴克博士，他是怎麼服毒的？」柏傑問。
「大家看看這個。」宋戴克指著他桌上的煙盒。
柏傑從桌上拿出那個煙盒，裡面整齊地擺著五根香煙，兩根是普通濾嘴，三根是金色濾嘴。宋戴克將兩種煙分別抽出一根，輕捏著煙嘴。他並沒有看金色濾嘴，而是特別地研究起那根普通濾嘴，他撕開煙紙尾端大約四分之一的位置時，突然有兩顆黑色小藥片掉到了桌子上。柏傑急忙拿起一顆想用鼻子聞聞。

「小心！」宋戴克立刻抓住了他的手腕，制止了他。

接著柏傑小心翼翼的嗅著那藥片，並和鼻子保持一段的距離，然後說：「這是氰酸鉀，沒錯。」

「看他嘴唇變成那種怪異的顏色，我立刻就猜到了。這就是他抽的最後那根煙。你看，他把濾嘴都咬掉了。」

我們呆呆地站在那裡，望著地板上已經死去的傑里柯。

柏傑慢慢地抬起頭來，對著宋戴克說了一句。

「一會兒經過門房室，麻煩你讓他們叫一名警員過來。」

「沒問題。還有，柏傑，那杯雪利酒和那個酒壺，你最好也把它處理掉，裡面或許也有毒。」宋戴克說。

「好的！剛剛那會兒幸好你提醒了我，要不然跟他一齊躺在地板上的還有一個我。」柏傑感激地望著宋戴克說，然後又和我們熱情地道別，「晚安各位，請慢走！」

於是我們便離開了，留下那個已經不再頑抗的人犯。當我們經過大門時，宋戴克向門房簡短轉達了督察的要求，之後我們走進了錢斯里巷。

我們沿著巷子靜靜地走著，心情很沈重，我發現宋戴克的情緒好像有點動搖了。也許是因為傑里柯臨死前怪異凝注眼神——我覺得宋戴克當時已經知道那是瀕死的神情。那眼神久久縈繞在他的腦中，揮之不去，其實我也一樣。到了錢斯里巷中途的時候，他終於開口了，然而也只是一聲驚嘆——

「可憐的傢伙！」

「他就是一個天生的壞胚子。」里維斯不以為然地說。

「不能這麼武斷地評價他，我寧願說他沒有道德意識。其實，他並不凶狠，也不會顧慮或者懊悔不迭。他的行為只不過表現出一種心態——只圖私利。這很可怕，人一旦有了這種心態就會變得沒有人性。但是他也是一個很強韌的人，膽識、自制力都很過人。說實話，我真不希望最後送他上絕路的人是我。」

我此時的心情和宋戴克一樣——懊悔自責。雖然這個神祕而難測的人給我所愛的人們帶來了莫大的痛苦和煎熬，但是我沒有責怪他。漸漸地我也淡忘了他的鐵石心腸和殘酷無情。因為是他把露絲帶入了我的生活；是他讓我初體驗了愛情的絕美境界。慢慢地，我的思緒轉移到了陽光燦爛的美好未來，我堅信我和露絲將攜手走過人生的每一天。我會用身心去愛她，直到我生命的終點。

此時，我們那位自作自受的律師朋友，也一定受到了莊嚴晚鐘的召喚，回歸到了沈寂浩瀚的海洋去了。

〈終〉

國家圖書館出版品預行編目資料

死神之眼／理查．奧斯汀．傅里曼 著 -- 初版
-- 新北市：新潮社文化事業有限公司，2022.01
面；　公分
譯自：THE EYE OF OSIRIS
ISBN 978-986-316-812-6（平裝）

873.57　　110017789

死神之眼

理查．奧斯汀．傅里曼／著

【策　劃】林郁
【製　作】天蠍座文創製作
【出　版】新潮社文化事業有限公司
電話 02-8666-5711
傳真 02-8666-5833
E-mail：service@xcsbook.com.tw

【總經銷】創智文化有限公司
新北市土城區忠承路 89 號 6F（永寧科技園區）
電話 02-2268-3489
傳真 02-2269-6560

印刷作業　菩薩蠻、東豪印刷事業有限公司

初　　版　2022 年 02 月